U0478854

有一种力量，叫文学；
有一种美好，叫回忆；
有一种感动，叫青春；
有一种生命，在鲁院！

鲁迅文学院「百草园」书系

# 枣园遐思

王新艳 ◎著

书中流淌着的淡淡乡愁，且行且思的行走，静静的生灵，从警的乐趣，闲暇时的情思……都是随性而发，真情流露。

XINGFU ZAI CHUNTIAN ZHAOSHOU

江西高校出版社

图书在版编目（CIP）数据

枣园遐思/王新艳著. —南昌：江西高校出版社，2017.4
（鲁迅文学院"百草园"书系）
ISBN 978-7-5493-5180-0

Ⅰ.①枣… Ⅱ.①王… Ⅲ.①散文集—中国—当代 Ⅳ.①I267

中国版本图书馆CIP数据核字（2017）第052295号

| 出版发行 | 江西高校出版社 |
| --- | --- |
| 社　　址 | 江西省南昌市洪都北大道96号 |
| 总编室电话 | （0791）88504319 |
| 销售电话 | （0791）88505573 |
| 网　　址 | www.juacp.com |
| 印　　刷 | 北京一鑫印务有限责任公司 |
| 经　　销 | 全国新华书店 |
| 开　　本 | 700mm×1000mm　1/16 |
| 印　　张 | 17.5 |
| 字　　数 | 220千字 |
| 版　　次 | 2017年4月第1版<br>2020年7月第2次印刷 |
| 书　　号 | ISBN 978-7-5493-5180-0 |
| 定　　价 | 47.00元 |

赣版权登字-07-2017-230

版权所有　侵权必究

图书若有印装问题，请随时向本社印制部（0791-88513257）退换

# 目录 Contents

枣园遐思 …………………………………… 1
荷园清趣 …………………………………… 3
过　麦 ……………………………………… 5
春　图 ……………………………………… 7
今夜，与嫦娥相会 ………………………… 10
年　味 ……………………………………… 12
雨中千岛湖 ………………………………… 14
黄河入海口漫步 …………………………… 17
茶韵诱我到日照 …………………………… 22
香溪的诱惑 ………………………………… 27
偶　遇 ……………………………………… 29
初见九如山 ………………………………… 32
山　韵 ……………………………………… 35
古城印象 …………………………………… 37
平遥"奶猴" ……………………………… 39
初游蒙山 …………………………………… 43
江湖文化城印象 …………………………… 46
红坛寺森林公园印象 ……………………… 50
聊斋城记事 ………………………………… 53
相约红叶谷 ………………………………… 59
再觅红叶 …………………………………… 63

| | |
|---|---|
| 碧波荡漾 | 67 |
| 嫁给佛心 | 70 |
| 奇　缘 | 73 |
| 银色项链上的颗颗珍珠 | 80 |
| 哦,那个小村 | 90 |
| 梦里常听您的歌 | 95 |
| 父亲留给我的财富 | 98 |
| 大年三十跑冰 | 100 |
| 一句话改变了命运 | 102 |
| 飞越鸭绿江的喜报 | 103 |
| 巧手曾祖父 | 105 |
| 二生的童年趣事 | 107 |
| 巧　辩 | 114 |
| 天上下雨地上流 | 118 |
| 特级蓝山 | 123 |
| 幸福菜 | 126 |
| "跑"过人生 | 128 |
| 给母亲买新衣 | 131 |
| 劳动着,快乐着 | 133 |
| 跳动着的蓝色蝴蝶结 | 135 |
| 紫葡萄的味道 | 137 |
| 话说二月二 | 140 |
| 一枝一叶总关情 | 143 |
| 微笑的魅力 | 146 |
| 种子的心愿 | 149 |
| 垂　钓 | 151 |
| 儿化音 | 154 |
| 好这一口儿 | 157 |
| 红色电波 | 160 |
| 把酒临风 | 163 |

| | |
|---|---|
| 橡皮筋…………………………………… | 166 |
| 现场会…………………………………… | 169 |
| 村令如山………………………………… | 171 |
| 钉子户…………………………………… | 173 |
| 夕阳下的孤鹜…………………………… | 175 |
| 雪青色上衣……………………………… | 180 |
| 时光倒流三十年………………………… | 183 |
| 光影交错的生命之歌…………………… | 186 |
| 别样灯塔………………………………… | 189 |
| 恩师独"醉"渤海春……………………… | 192 |
| 乐闻酒香………………………………… | 195 |
| 曲藏万丈虹霓志………………………… | 197 |
| 香消玉殒惜美人………………………… | 200 |
| 隐　城…………………………………… | 203 |
| 舀不尽的米缸…………………………… | 210 |
| 自动开演的电视机……………………… | 213 |
| 我所经历的警服变迁…………………… | 216 |
| 警车穿行在历史的长河里……………… | 219 |
| 警花绽放在警营中……………………… | 222 |
| 站在时光的列车上……………………… | 225 |
| 往事只能回味…………………………… | 227 |
| 女人花摇曳在红尘中…………………… | 230 |
| 大年三十………………………………… | 233 |
| 蝶儿翩翩………………………………… | 236 |
| 暗处的双眼……………………………… | 239 |
| 老　姜…………………………………… | 242 |
| 水仙的心事……………………………… | 245 |
| 南瓜花儿黄又黄………………………… | 248 |
| 浓雾散…………………………………… | 253 |
| 春天的海洋……………………………… | 255 |

爱的细节…………………………………………258
金桂飘香…………………………………………261
热线………………………………………………264
无悔的选择………………………………………268

## 枣园遐思

纷沓的脚步,惊了你的甜梦。你伸展腰身,弹掉身上的倦怠,用一脸温馨的绿,迎接一双双好奇的眼眸。

欣喜的笑语,洒在满园的叶子和果上。那半红半绿的玛瑙,晶莹似埃及艳后颈上的绮丽。点缀在枣园里的人啊,如一个个飞天仙子般,神游于绿海金果的仙境里。

思绪回到远古的日子。点点滴滴,青翠纷披。前世的你,也曾臂挎小篮,走走停停?也曾手牵绿枝,含笑亲吻枝上的红果,眼睛却从绿的缝隙间望过去,猜透另一个飞天仙子心里所有的秘密?

露水漫过来,醉着你的笑意。红红的脸儿,恰似熟透了的果子。那凝神长望的眸子里,是否也藏了"微风吹兰杜"的惬意?

枣树枝头,花喜鹊翩翩而起,惊了遥远的思绪。目光追随着花喜鹊的身影,有苇絮轻轻拂过起伏的心海。长是人千里。

摇曳的绿枝,托起颗颗饱满的枣子。淡绿盈盈,浅红轻缀。暗香幽散,异彩纷呈。尝一颗,沁人心脾。

"绿叶入幽境,青萝拂行衣。"绿海香雾间,一种灵秀,一种洒脱,一种飘逸,一种和谐,在如梦如幻的枣园,升起。行云流水,袅袅依依。有浑厚的仙乐飘来,心旌摇荡,意醉神迷。是枣仙们的盛会?还是才子佳人独辟幽径,寻觅文字的风骨和清韵?

香雾四散,枣园秋深。绿叶和红枣缀成秋的裙裾,流动着波光和涟漪。是谁将这一刻定格成永恒——臂弯里的小篮晃动,嘴角上的笑意盈盈。

满篮的枣子呀，挨挨挤挤地探出头，细数快乐的脚步，细听迤逦的心曲。

飞天飘飘，带走了枣儿的甘甜；飞天飘飘，留下了耳畔的轻语。

是什么，与枣叶一起，扎根在树的根蔓里？扮靓羊角辫上的蝴蝶结，陶醉旱烟袋上缭绕的升腾和飞离，积蓄着下一个向望和美丽。

枣香，入眼，入耳，入鼻，入口。

枣乡，入心，入梦，入骨，入魂。

## 荷园清趣

  骄阳铺展在满塘的荷叶和花上，反射出点点耀眼的光。花全部是白色的，悄然点缀在碧绿的荷叶间，有的欲语还休，有的展露笑脸，有的犹抱琵琶半遮面……

  这场景，令人在炎热的中午立刻静了下来，如来到了一群身着绿裙的女子中间，心里荡起了轻柔温润的涟漪。"面面湖光面面风，可人最是白芙蓉。"在这些素雅的白莲面前，心中的欲望翩翩，仿佛自己也变成了她们中的一员。

  有几只蜻蜓在荷叶上舞蹈，和花仙子们诉说着远方的故事。看它们陶醉的样子，自己的身心也随着飞舞起来。一缕清风吹过，满塘的白衣仙子袅袅娜娜，喁喁私语。她们的诉说里，有刚刚撑着红伞路过的那位姑娘吗？有昨夜相依相偎的那对恋人吗？

  采莲女细碎的脚步惊了花仙子的梦，蓝色印花草帽映衬出她略黑且透着微红的脸，可她脸上的笑灿烂着，感染了周围的一切。采了莲子，又采荷叶，她用这些将变出什么？

  男人光着膀子，赤脚下到荷塘里，找到水源源流出的地方。于是，绿色的荷塘里便响起了叮叮咚咚的水声，这水声一路欢唱着，跑向荷塘的四面八方，整个荷塘便在一种律动的乐曲里摇曳起来，乐声醉了白衣芙蓉，乐曲醉了赏荷观花的人。

  "彼泽之陂，有蒲与荷。"有诗句忽然从《诗经》里飞出来，眼前便幻化出荷花偎依着蒲草的多情和浪漫，以及浪漫氛围中那位痴痴等待的女子。彼时,那淡雅持重的女子啊,又有谁真正知道你心里的惊涛骇浪?

游人渐渐多起来,荷塘里飘起了悦耳动听的轻音。一个梳着马尾辫儿的小姑娘认真地扶摆着荷叶,在寻觅什么。

"小姑娘,你在找花仙子吗?"有人笑着打趣她。

"不,我在找荷花王子呢。"小姑娘嘟起嘴,水灵灵的眼睛望着荷叶,认真地说。

是啊,这满塘的荷仙找到她们心中的王子了吗?还是,那多情的王子正日夜陪伴在荷仙们的身边?

缕缕饭菜的清香从荷塘的一角飘过来。待游人走近时,刚才的那位采莲女已把采来的荷花和荷叶变成了桌上的十余道菜肴。山楂荷叶煲水鸭、荷叶香鱼、荷花鸡煲、软炸荷花、荷香菜卷、荷花豆腐汤等,桌子中间,还有一个醉仙翁造型的别致茶壶,里面沏的是荷叶茶。刚刚赤膊下荷塘的男子,正是这荷盛园的主人。主人微笑着招呼客人入座。满桌的荷香诱惑着你的味蕾,你有再坚强的意志,也要在这清香里入乡随俗了。更何况,热情大方的女主人又捧出了荷花酒呢。

夕阳的余晖抹红了天边时,回首再望荷塘,那些白衣绿裙的姑娘们正挺直腰身、轻摆裙裾,翘首企盼着夜色中荷塘的静谧和安详,还有那支小夜曲中的缠绵与甜蜜。

# 过　麦

"夜来南风起，小麦覆陇黄。"夏日，南风习习，仿佛一夜之间，遍地绿油油的麦苗就变黄了。窄窄的田埂上，一行一撮的青青菜，开出一朵又一朵淡紫色的小花，与硕大的金色麦穗相映成趣。

清晨，村人们还在梦里，金黄的田野上，布谷鸟就已贴着麦田盘旋，一遍又一遍地催促着人们去收割、播种。

女人伸出胖胖的手指，朝男人的腰身捅了一指头，然后翻身，一手搂着光身子的小儿，又呼呼地睡了过去。男人抬起头，瞅一眼窗户，天已大亮了。夏天的早晨，时间金贵着呢。男人一个鲤鱼打挺，就坐起了身。

该是开镰的时候了。一大早，男人们三三两两地凑在一起，边朝麦田里走，边谈论着过麦。

村里的人们是看不出小村的美感的，无论男女。村里无非有几排房子，有几条柏油小路伸向远方，还有一条瘦瘦的小河。小河里的水仿佛被越来越胖的女人们淘干了一样，伸着细长的脖子，悠然流去。脚下的田野无非是金黄的一片，有几棵绿树将麦田分成了大大小小的块状。有一湾水塘，偶尔响起几声蛙鸣。一年三百六十五天，每个季节和上一年没啥差别，就像相同的季节年年都相同一样。可村人们看麦田里的麦子就不同了，眼睛雪亮，仿佛麦子是他们的情人。他们看时，不会放过脸上的一个美人痣，不会放过足腕上红绳织成的一朵小花。他们能看出这家的麦田一亩地收多少麦子；今年，这家的收成会比那家高多少。

村人们是现实的，现实的他们活得实实在在，活得踏踏实实。他们需要一日三餐，他们需要传宗接代，这些，都需要麦子。

男人们一边打电话联系收割机，一边就真的下了镰，还是要重温曾经割麦的记忆？是要体会当年父辈的不容易？

太阳爬上东天一竿子高时，女人领着孩子，胳膊上拎着筐篮，走在乡间的小道上。当他们走近满场院的金色麦穗时，女人想起了小时候的自己。满垛的麦子堆在场院上，梳着羊角辫的女孩依着麦垛，编一只玻璃丝蟋蟀，绿绿的玻璃丝在女孩的巧手中很快变成了蟋蟀的一只大肚子，继而又编出了小小的脑袋。六月天，小孩的脸。女孩用黑玻璃丝编蟋蟀的眼睛时，天空乌云密布，雷声也响了起来。在大人的吆喝声中，女孩放下手中的蟋蟀，和大人们一起抢场——把没来得及轧好的麦子用塑料布盖起来。

想到这儿，女人用娇嗔的眼神瞟了一眼正在轧麦的机器和操作机器的男人，嘴角抹上了一串笑意。

男人在女人和孩子送来的饭筐里挑来拣去，还是拿起了最传统的烙大饼卷大葱和咸鸡蛋，他是想吃出当年的那个味？还是真的吃腻了别的东西？

收割机、脱粒机、扬场机、烘干机，在机器们惬意的轰鸣中，麦收结束了，一袋又一袋的麦粒被机动车运回了家。

望着憨笑的男人走下机动车，女人用一条湿润的毛巾轻轻地拍打着男人的后背。小不点儿端着水杯，歪歪斜斜地走过来。男人一口气喝干了杯中的水，接过毛巾擦脸时，女人伏在男人的肩头，咯咯咯地笑出了声。

## 春　图

　　阳春三月，春色渐浓。

　　清晨，迎着刚刚露出头顶的太阳，放眼一望无际的平原，一层浅浅的绿色顿时令人心旷神怡。垂柳的头上已披散开鹅黄色的长发，亮油油的，如抹上了一层乳油一般。散布在村子四周的三一堆、五一群的桃树上开满了粉色的花，小村庄如一位娇憨的村姑般一下子秀丽起来，秀发上的桃花正吐着花蕊，淡淡的香气萦绕在小村的周围。垂柳摇曳的村湾边，停着一个卖小鸡的人，响亮的吆喝声随着春风传遍村子的角角落落。不大一会儿，大人孩子就围上了卖小鸡人自行车后的竹筐。一筐筐淡黄色的毛茸茸的小鸡叽叽喳喳地挤着，尖尖的黄嘴啄着挑小鸡的人的手，手立刻就有一种痒痒的感觉。一群小孩子嬉闹着飞快地奔过来，用小手爱惜地逗弄着这些黄色的小精灵，有的孩子把家里的大人也喊了过来，闹着买几只小鸡。待孩子们都挑了自己喜欢的小鸡捧回家时，只有一个孩子还在卖小鸡人的筐前凝望着，卖小鸡的人怜惜地瞅瞅这个10岁左右的少年，把卖完了的装过小鸡的空筐放在加重自行车后衣架上，然后再把装满小鸡的筐放在空筐上，用绳子拴牢，骑上自行车沿乡间小路出了村。在戏班里演武生的这名少年，本是早起晨练的，眼见那毛茸茸的小鸡渐行渐远，就一边翻着跟头一边跟在那卖小鸡人的自行车后，这少年不知翻了多少个跟头，一路未曾间断，直到那位卖小鸡的人又到了相隔三里地的另一个村庄吆喝起来，少年竟立在卖小鸡人的身边，气定神闲。于是春日平原的乡间小路上，就曾有过这样一幅有趣的春图。

这幅春图定格在我脑海里的瞬间，文中的少年正端坐在饭桌前娓娓道来。彼时的您，脸上已被岁月刻上了些许的沧桑，目光却仍然如炬，眉宇间的刚毅和睿智让人觉出您的成熟和干练，适中的身材，敏捷的思维，灵活的肢体语言，把您的年龄界定在四十岁左右吧，我猜。您说自己打小就习武、练戏，演的是武生，唱的是两夹弦。两夹弦是菏泽泽地区的一种地方戏，唱腔极其阴柔。

"您说的唱腔阴柔的两夹弦是不是有点儿像黄梅戏？"我试探着问，语气里有一种想听一听这个从未听过的戏种的味道。虽不怎么懂戏的我，却极爱黄梅戏的阴柔与舒缓。

得到的回答是肯定的。让人惊奇的是在周围人七嘴八舌地劝酒的同时，您竟随口唱了出来，声音控制得极轻。霎时，便有一缕春风从遥远的天边吹来，一下子吹湿了空气中的干燥，又如初夏的早晨，薄雾淡淡地弥漫开来，荷叶下露出一张清丽的脸，薄纱披肩，纤手轻撩水花，袅袅婷婷，浣纱的倩影让人流连。我醉在这样的唱腔里，再看四周，那些劝酒声戛然而止，一桌子的人都醉在了这样的唱腔里。少顷，这种静谧的氛围又被唱者高雅的幽默点燃，一屋子的人开怀大笑起来。

听文友介绍，您是一位真正的小说写家，您写的小说曾几度荣获大奖，在全省全国都是出了名的，可惜平日懒散、读书不多的我从未读过一篇。问到您的小说，您却说："我从不为发表而写小说，只是让字自然流露笔端，然后打磨成心中想要的东西。"一种非凡人的风范，一副大家的做派，如潺潺小溪，流过却无痕，如轻功者飞过树梢，没有半点张扬的意思。

中式半袖衫，适度的幽默感，让人捧腹却高雅的谈吐，厚重的积累，丰富的阅历，时时处处显露出的严谨，成就着一个平凡却了不起的您，好有个性。这些都让初次见到您的我留下了美好的印象。

孤陋寡闻的我了解的这点儿情况中，竟没有一点儿涉及您拿手的小说。

彼时，《春图》的魅力远远大于了小说呢！

两夹弦的神韵如行云流水的慢板，让人如沐春风，如醉如痴，长久地回荡在您走过的土地上。

人生正如一个大舞台。台上的您字正腔圆的唱腔里，让台下的观众领略的却是您做人的朴实和严谨。

## 今夜，与嫦娥相会

关闭手机，我飞离了地球，翱翔于蓝天白云间，向嫦娥靠近。透过舷窗，俯视蓝天下的白云，似惊涛拍起朵朵浪花，似朔风卷起千堆雪，似秋日田野里等待收获的棉花铺成华美的被，似悠然持长鞭的牧羊姑娘摇动纤手驱赶着团团羊群……

忽闻仙乐悠扬，心儿一醉。穿着浅藕色连衣裙的我，用脚尖点在云朵上，让芭蕾舞的曼妙，迎来自己所在乎的一束束目光中的温馨。我从这朵云跳到那朵云，快乐成千年的精灵，飞呀飞。一直望着这一切的你说："那浅藕色的衣忽然就融进云里，变成了纯白，白成心里的狐。"说完这句，你的微笑如莲，在蓝色的天幕上一瓣瓣盛开，余香浸染朵朵调皮的云。

曾几何时，我总在心里幻想着"偷得浮生半日闲"。远离红尘，远离众人的眼睛，不闻世间车马喧，做一回真正的自己。而今，这一切突然就全部变成了现实。身儿飘在蓝天白云间，才知道人是多么渺小、多么容易满足的动物啊！只需有一个独立的空间，有一颗爱着欣赏着的心。

我说，就化成云的一朵吧，永远与她们为伍，飘于蓝蓝的背景下，欣赏陪伴那睿智、高傲、衣袂飘飘的月中人。偶尔，与之操练起琴棋书画，谈论起《金刚经》的某处境界。你抬起头，无声地笑，笑我的忘我和天真。我仰视你，不觉脸微微一红，为扎根在心里的你的魅力和自信。

我知道，此刻，自己生活的那座小城，仍是车水马龙，一派繁华和热闹。忽然，透过云层，我就看到了某个早晨，焦急地等在车子里的你我他，叹息着，望着蜗牛般移动的长队，看那身笔挺的警服上，戴了白手套的双手，不停地上下左右翻飞。多想把每个日子都提上来，让白云为其过滤，让蓝天为之洗礼，然后再放回到大地……

今夜，嫦娥该不会再是孤单的了。纵使我们的相会没有预约，以你的善良，也会圆了我的痴心。

好短的梦。醒来，办公桌上的红色电话十分安静，旁边，有一块月饼静静地躺着。我身着秋季警服伏在办公桌上，打了一个盹。原来，一枕黄粱也能慰藉一颗疲惫的心。

这个中秋节的晚上，云层忙于布阵，月隐于其间。

心中的月，却好圆。温馨的光，洒满人间。

# 年　味

　　在鲁北地区，特别是德州一带，过了腊八节，年的味道就越来越浓了。

　　"腊七腊八，冻掉下巴。"如今，腊八节这天，人们边吃着热腾腾的水饺，边笑嘻嘻地谈到此话也该与时俱进了。"瞧，都腊月了呢，温度还停留在零上多少度，根本感觉不到寒冬的味道。"人们见了面常常如是说。腊月躲在一边听着，不知不觉红了脸。

　　吃过腊八水饺，女人们开始在心里盘算过年的新衣了。经济富庶的人家，女人们频繁出入商场，寻得一件又一件自己满意的衣服；一般家庭的女人，逛上一天，拎回几件价位款式均满意的衣服，冲老公抿嘴笑个不停；经济条件相对拮据的人家，女人们也会在这个腊月里，无数次跑商场，无数遍看早在心里选好的衣服，千方百计在腊月三十前买回来。除了给自己买新衣，女人们也会给家中的亲人置办一身新行头，老人的，孩子的，最后才是自己的男人的。男人虽不讲究穿戴，可穿成什么样，却无形地述说出女人的品位。在女人们议论新衣服的叽叽喳喳声里，腊月便神采飞扬起来。

　　过去，未到腊月前，孩子们就掰着手指开始数还有几天过年了。吃过腊八粥，男孩们开始缠住大人买鞭买炮。小巷里、房屋后、老树下、猪圈旁、场园里、经常会突兀地"嘭——"一声脆响。吓得女人们捂着耳朵说："谁家的孩子呀，真烦人！"男孩们则躲在一边偷偷笑着，不敢出声。等女人稍稍离开些，男孩们会快速点上更大点儿的鞭炮,"咚——"地一声响,看着女人一溜小跑地消失了,男孩们才在其身后轰的一声大笑起来。笑声飘过杨柳树梢,在村子的上空盘旋。女孩子们则梦想着自己会有大把大把的蜡纸花红头绳及花花绿绿的绸片,最好还会挑一只自己中意的花灯笼。

如今的孩子们可和以前大不一样了。虽说他们仍是盼着过年,可盼的内容却不同了。快进腊月时,不管男孩和女孩,都盼着快快挨过考试,早一天放假。放了假,他们就可以天天宅在家里看电视,玩电脑,打游戏,通宵达旦,优哉快哉。随着孩子们的热情一天比一天高涨,腊月也热烈起来。

在零星的鞭炮声中,腊月二十一大集——乱市集来临了。这可是个标志性的大集。在这个大集上,不仅仅孩子女人,连辛劳了一年的大男人们也按着早已算计了多日的计划,开始采买自家过年用的东西了。先从能放得久的东西入手,如年画春联福字灯笼等,再到花生瓜子调料粮面油肉等食材。赶上几个集,年货也差不多置办齐全了。腊月在祥和中微笑着。

腊月二十三,小年这天,远在外地的人们大都紧着赶回家,在热腾腾的香气里吃顿团圆饭。

于是,腊月挥起水袖舞起来了,年的味道也妖娆起来。

## 雨中千岛湖

当千岛湖从我的梦里走出，终于出现在我的眼前时，我被她的秀美迷住了。

这是初秋一个飘着细雨的日子。湖面如静静的处子，在雨滴的敲打声里，奏出一圈圈温柔的涟漪。天空灰蒙蒙的，四周的群山层峦叠嶂，笼罩在如烟的雨雾里。立在湖畔环顾，湖光山色，由浅至深，柔和过渡，直至呈现出天水交融、层次朦胧的立体美。让人一下子有一种远离尘世、步入仙境、醉于天籁的感觉。整个千岛湖，恰如一位羞涩的仙女，刚刚驾了云雾由天外飞临。薄薄的轻雾如面纱一样罩在她姣好的脸上，给她添上一层神秘的色彩。

徜徉在开满五颜六色的伞花的队伍里，听细雨敲打伞面的轻韵，蛮有兴致地等待一艘艘快艇载了一拨一拨的人射向湖心。终于轮到了我们。开快艇的是一位三十多岁的女子，身穿藏青色印花上衣，和善地笑着，使你不觉在心底暗叹江南的女子——的确从内向外散发着一种温婉的韵致。虽然听不太懂她介绍的关于千岛湖的景色，可那妩媚的吴侬软语也让人陶醉。

快艇将绿缎一样的湖水劈向两侧。那些水花，立即跳跃起来，笑着闹着，闪着银色的光，向船的两侧飞奔。回望船尾，已卷起千堆雪。千岛湖是一个碧波中淹没了连绵起伏的崇山峻岭、形成了大大小小1078个岛屿的大湖。1000余个各式各样的岛屿散布在碧波万顷的湖面上，将湖面分割成大大小小的湖，宛如偌大的一张绿缎上点缀了大小不一的翡翠，一碧千里。这些岛屿有的似神女矗立，挡住碧波；有的如仙翁骑驴，遥指烟波上的浩渺；有的像玉兔的捣药棰被嫦娥揽在怀里，幽幽地俯视脚下的浪花朵朵；有的恰如几位仙女翩然欲飞，架起水天相接的银桥座座。快艇左突右击，时而冲向双峰对峙，又侧着身子倏地擦边掠过；时而绕过银屏阻挡，从翠绿的峰障中悠然穿过。峰回路转，碧波辉映，妙趣横生，不觉让人如坠缱绻绮丽的梦境，分不清是人游在画中，还是画在人的梦中。

细雨轻洒，远山如黛。湖面倒映着苍穹，在层次舒缓的黛青色中，湖岛相拥，水天相融。快艇转过一个岛屿，眼前是一片开阔的湖面。四周异常静谧。细雨飒飒，敲打着我的心。心儿便随着那湖水的深绿摇荡着，仿佛有玉手叩击出仙韵。班德瑞那首优美的《琉璃湖畔》立时在雨雾中弥漫。快艇在大大小小的湖域间穿梭，与贴着湖面飞翔的不知名字的鸟儿嬉戏，真乃"湖开两岸阔，艇飞播惊澜"。同行的人纷纷拿出照相机，透过雨帘捕捉着千岛湖的甜润和神秘。

雨中的梅峰岛以其蒙娜丽莎式的朦胧吸引了我们。登上梅峰岛，排在花花绿绿的伞队里，遥望等待坐缆车的焦急的长队，真乃神龙首尾均不见。我们被夹在神龙的腹中，随了曲曲折折的队形缓缓移动，不觉就溜走一个多小时。终于有缆车停在了我们面前，容不得多想，一个箭步坐上去，撑开随身带着的雨伞，开始了梅峰揽胜之旅。

梅峰并不是太高，坐缆车不过十几分钟就到达制高点了。也许是近山者绿的缘故吧，站在梅峰上观四周的景色，绿已占据了眼眸，再也不是越过湖面远观时的朦胧青黛色。雨仍在下着，没有丝毫怜香惜玉的意思。我撑着那把淡蓝色的方格子伞，抓紧放眼环顾，抓紧拍下美景，抓紧让自己登录画面，留影于多年后的赞叹和回忆里。雨中赏景、留影、拍照、加起来也就是坐缆车的时间吧，正欲转身下山时，忽见一条幽径，再次把游人送到高处。咦，原来这儿不是制高点呀！我们好奇地随着人流冲上去。

这儿才是传说中的梅峰观景台。不去考证这台是哪年修建的了，只听那一片唏嘘声，你就会明白游人站在这儿的感受了。就地扔下雨伞，我也冒雨占领了最佳观景处。站在观景台上远眺，心儿不知不觉就飞升起来了。怎么比拟此刻的千岛湖呢，我真想不出。如果说此刻的千岛湖是抱石斋主人精心运笔后，呈现给世人的烟笼雾锁的幽境，她却又加了太多的现代韵律和灵动着的迷离柔情；如果说她是技艺高超的染工，将用心调制的蓝色印花染料悄悄倒了一些在其中，她又多了些许的娇羞和丰情；如果说她是采茶女清晨雀跃的脚步、如铃的欢笑奏出的情歌，她又添了过多的妩媚和质朴；如果说她是妙手织锦的绣女倾情成就的苏绣，她又增了少许的渺茫和清愁。她就这样静静地立在那儿，任长烟引素，尽显风姿绰约；听天籁弥漫，舒展凝脂玉露……

从梅峰乘缆车回返时，我才真正地感受到了不虚此行的惬意。因为，面对千岛湖的如烟如画，我竟神不知鬼不觉地变成了一位仙子，正从梅峰翩翩而下，任雨帘轻吻面颊，任青烟在身侧飘飘洒洒，任仙气氤氲，任衣袂轻飞……真乃"岛色晴函翠，湖光映山苍。玉带缠佳木，冈峦列棋行。三千一明镜，处处散华芳"。

由梅峰上飘落，我们找了一家不算太大的馆子，点了未曾尝过的千岛湖有机鱼——子陵鱼。子陵鱼通体晶莹透明，呈金黄色，如同熠熠闪光的金子一样。饭店老板介绍说，淳安当地把子陵鱼叫作竹鱼，淳安话把"竹"念成"祝"，故而子陵鱼在当地被叫作祝鱼。这种鱼是千岛湖的特产，离开这儿，再也找不到，且做起来是不用味精的。喝着那鲜嫩的鱼汤，吃着那鲜美的鱼肉，仿佛听到千岛湖山涧清流的淙淙声，宛如看到子陵鱼金光闪闪逆流而上的身影。吃完一顿美美的子陵鱼大餐，立时觉得祛除了寒意和疲惫，让人顿觉温馨、振奋。

不过，更让我感动的是关于千岛湖居民的大迁徙。如果没有五十年前几十万居民舍弃家园的大迁徙，就没有新中国第一座自行设计、自行建造的大型水力发电站，就没有今天供国内外游客游览往返的美丽的千岛湖。

从雨雾中走出，踏上归途。透过车窗，回眸视野里的千岛湖，我再次被这"天下第一秀水"的神韵迷住。一只手下意识地抚摸着胸前那枚"千岛湖旅游"的白底红字的徽章，将它紧紧地贴在胸口。

# 黄河入海口漫步

梦里心里眼里耳里，母亲河——黄河的神韵时时刻刻都在召唤着我。

七月末的一天，我终于走进了她的怀抱，黄河入海口——山东黄河三角洲国家自然保护区。

细雨无声地落着。天空灰蒙蒙的，云的心情却略显闲散，大片大片的，快速地变幻着不同的造型，焦灼的空气被雨水洗涤的分外清新，高出地面几尺的柏油路面被小雨浸润后发着油亮亮的光，满眼一片辽阔的浅绿。车队在缓速前行，车轮溅起的水花在油亮的地面上轻轻地跳跃着，双闪的尾灯呼朋唤友地彰显着一行人快乐的心情。

柏油路两侧，片片浅水上浮起簇簇红荆墩、黄茎菜等绿色植物；放眼远眺，辽阔的湿地上，绿色植被如低旋的绿云，团团簇簇，展露着不同的风骨。白色的羊群，点缀在远处的天幕下，羊儿悠闲地亲吻着绿草，牧羊人手持长鞭轻轻地一下下挥着。立时，王洛宾的那首《在那遥远的地方》便在我的心里悠扬起来，好一派"天苍苍，野茫茫，风吹草低见牛羊"的草原风光啊。对着这样的景致，我正从湿地里望出心目中的草原姑娘、并把她描绘成自己设计的靓丽形象时，眼前忽然飞过几只海鸥，低低的，一下一下煽动着白色的翅膀。稍倾又有几只黑色的大天鹅悬于我们的头顶。这些天鹅并不飞动，却牢牢地立在高空，忽闪着翅膀，像表演技艺的空中杂技明星，令人叫绝。几只灰鹤踩着绿草踱过来，宛如袅袅婷婷的礼仪小姐款款走过迎宾的华美地毯。空气更加湿润起来，像加了冰块的柠檬汁，缓缓地流进我的心里，润透全身。再向前望去，辽阔的水域伸向天边。我明白，黄河母亲已派出她的孩子们来迎接客人了。

路两侧浅水面上的芦荡柽柳等植被由稀稀落落渐渐站成绿色的屏障。我们已进入黄河入海口生态园。一堆的模样一堆变的蘑菇云般相连的绿色天然柽柳是这儿的奇观，这些柽柳近看像撑起绿伞的不倒翁，远望又如波涛起伏的绿浪。几条弯弯曲曲的木桥似的甬道伸进柽柳蒲苇连成片的水域里，像一条条幽静的小巷，走在上面，霎时就觉得自己竟成了身着素色碎花旗袍的女子，手中撑了把粉红色印花丝绸伞，款款走在戴望舒的雨巷里，那种江南水乡的韵味浓浓地弥漫开来。待到站在高出地平面十多米的原色仿木制的三层观景台上远眺时，这种江南水乡的古朴却荡然无存了。那一刻，雨已停，只见旷野苍茫，芳草摇曳起伏，与四周辽阔的水面遥相呼应，水天一色处就是黄河母亲与渤海相汇的地方。离她越来越近了，心儿随着湿地上风车的转动更加激动起来，有一首欢快的歌在心海里跳动。

视野里，种类繁多的鸟儿，或翱翔在茫茫水之上空，或穿梭于水面和柽柳、罗布麻、芦苇等绿色植被之间，或在碱蓬点缀的浅水中起舞。当地的朋友介绍，黄河三角洲湿地是世界上暖温带保存最广阔、最完善、最年轻的湿地生态系统。黄河母亲的乳汁哺育了这方神奇的土地和华夏子孙，养育着五角枫、柽柳、青桐、速生杨、紫叶李等393种植物；栖息着丹顶鹤、白头鹤、中华秋沙鸭、白鹳、金雕、白尾海雕、大鸨等400万只鸟类，其中各类候鸟就超过100万只，因而这里被称为"鸟类的国际机场"；东方对虾、文蛤、梭子蟹、鲈鱼、黄河口刀鱼等600余种海洋生物在此繁衍生息。身处"天上有飞鸟，地上禽兽跑，鱼虾水中跃，绿林随风摇，花儿竞相开"的新、奇、旷、野的原生带，体会那份原始而独特的美丽，聆听耳畔啁啾鸟语，微风轻拂，宛若有天籁之声隐约来自天际，令人更觉心旷神怡。

湿地上的植被和飞禽终于把我们引进了入海口的深处，带领我们一步步走到了黄河母亲的面前。伫立在一望无际的静静的母亲河面前，我心潮澎湃，久久难以平静。这就是从青藏高原一路携带大量泥沙流到渤海湾、从远古流到今天的母亲河吗？这就是脊背穹起、昂首流经九个省的雄狮吗？这就是汇集了40多条主要支流和1000多条溪川、行程一万多里、流域面积达75万多平方公里的黄龙吗？此刻，她是这样平静温柔和妩媚，静静地躺在茫茫芦苇、柽柳、绿草间，文静地流淌着，袒露着自己宽阔的胸怀迎接着我们的到来。

乘着码头上的游船，我们开始拥抱母亲河，看"黄龙入海"的盛景了。游船开足马力在母亲河的怀抱里驰骋。放眼望去，辽阔的河面上劲风吹动，微波荡漾，层层混浊的涟漪向着看不到尽头的海天交汇处延伸。"九曲黄河十八弯，一碗河水半碗沙"，这就是黄河母亲的个性，她每年携带泥沙造陆3万亩左右，东营黄河入海口是全国唯一能"生长"土地的地方，也是黄河母亲最年轻的儿子。

游船快速在河里行驶，船尾的浪花溅起1米多高，拍打着船身，热情地扑向船尾的国旗，我们赶紧分别跑向船尾，身依国旗，放眼瞭望，感受"黄河之水天上来"的伟大和壮观，让同伴抓拍下这些感人的镜头。远处，河海天之间，有几只不知名字的鸟儿翻飞嬉戏，一只同样飘扬着国旗的游船驶过来。在这空蒙辽阔的河天交界处，鸟和船便都显得渺小无助，让人想起"飘飘何所似，天地一沙鸥"的诗句。我随口问同行的一位长辈："这些鸟儿叫什么名字呢？"长辈稍一沉思巧妙地回答："这鸟儿正和人相反，人越老头发越白，这鸟则不然，那只白色的是小海鸥，那只黑色的就是老海鸥了。"显然，长辈也说不清那些鸟儿的名字，却有如此机智幽默的回答。船上立时飘出一阵朗朗的笑声，同船的朋友全被他的这种睿智感染了。

游船驶入了更加宽阔的水域，驾驶游船的师傅说快到河海分界线了。果然，我们看到前方有一条浪花凸起带，海风吹动中，黄河簇拥着渤海，渤海亲吻着黄河，黄白相间的浪花在那条带上跳跃着，海面上形成了一道白沫组成的很长很长的线。驾船的师傅说："这就是河海分界线了。你们今天来得不巧，天气晴朗时，这条分界线的两侧是黄蓝分明的。"我们稍稍有些遗憾地深深呼吸了几口略带咸味的海风，频频凝望着母亲河义无反顾地投入浩渺大海的壮观。

面对养育了这片肥沃土地和中华儿女的母亲河，面对这开阔壮丽的入海口，我的心中再次升腾起一种亲切、自豪的情怀。黄河是中华民族的发祥地，是祖国文明的摇篮：矗立在黄河岸边的金碧辉煌的古都，深埋地下古朴华美的甲骨文，造型各异的青铜器铁器，中华文明的最早标志——四大发明。我仿佛看到了原古时期取鱼狩猎、默默耕耘、生活繁衍的祖先，在黄河之畔"伐木叮叮"，听"鸟鸣嘤嘤"；仿佛听到"关关雎鸠"声里，"窈窕淑女"们对着"君子好逑"的羞涩微语。秦皇汉武，唐宗宋祖，帝王将相，英雄用武，炎黄子孙拉开了黄河文明发展的序幕，火药、指南针、造纸、印刷术，唐诗、宋词、元曲，这些黄河文明中闪闪发光的瑰宝，述说着华夏儿女的勤劳、勇敢和智慧，把古代黄河文明推向了令世界瞩目的辉煌顶峰。

　　游船自河海交汇处划了一个漂亮的弧线，转身向回返。我的思绪也随着混浊的河水继续在遥远的年代漂流。夕阳西下，长河落日，残阳如血，满目疮痍。青藏高原上高原红映衬下渴盼的眼睛，黄土高原上拖儿带女逃荒的队伍，华北平原上黄河决口后冲刷过的累累白骨，战马啸啸、狼烟四起的战场，为儿壮行时持着酒樽颤抖的双手，都已成为历史远去。几分敬畏，几分无奈，几多无助，几多征服。人类发展进步的文明史伴随着从古至今炎黄子孙祖祖辈辈奋斗的泪水、汗水和血水汇入这浩浩荡荡的黄河，一泻千里。

　　畅游母亲河的激越和感慨在五十分钟的时间里把时光和空间的隧道穿透。游船接近岸边时，我才越发感悟出母亲河的厚重和伟大。

　　为了饱览入海口更多的盛景，车队选择另一条路线离母亲河。满眼的天然绿色柽柳林随着微风在这大片的盐碱地上婆娑起舞，向行人述说着它们的执着和坚强。随着车队的前行，一个个不紧不慢地摆动着头部的抽油机映入我们的视线，它们把地下深藏的原油一下一下地祈求出来，让这块土地上的人民日臻富庶，那一起一伏不知疲倦地"磕头"（当地人叫它们"磕头机"）的样子，让人联想到这片土地上勤劳的人民，是他们执着地辛勤耕耘、顽强地拼搏抗争，才使的这片盐碱地日益富庶和壮美。

　　同行的朋友介绍说："这片神奇的土地，秋天会变得更美，特别是这柽柳林，秋风一吹，她们会换上绚丽的红色衣裳，在风里摇曳，在阳光下闪耀,远望恰似一片红地毯。夕阳西下时,黄河入海口呈现出"落日飘金"的美景,成双成群的鸟儿会在红地毯上漫步、嬉戏、翻飞,那时的黄河入海口流光溢彩、蔚为壮观。"

双手托腮眺望车窗外的旷野,列维坦《金秋》画作中那股诱人的神韵再次袭来,我把自己放进黄河入海口秋日的盛景中,信马由缰地诗情画意起来。

## 茶韵诱我到日照

于茶，我情有独钟。茶香一缕，袅娜入文字，这便是我读书或写字时一种最好的享受了。最早品的日照的绿茶是从朋友处得之，那缕特殊的清幽和韵味直入心里，再也挥之不去。总想，那个有竹相伴的绿茶园该是一种怎样的风韵和幽雅呢？

七月的最后一天，寻着绿茶的清韵，我终于走进了日照。

在即将进入日照市的一个路口上，随团的导游把我们交给了早就等在那儿的日照导游。炎炎烈日下，放眼望去，一片片五彩的伞花缤纷地盛开着，衬托着不远处的海更加辽阔。到这时，我才在茶的诱惑中猛醒，一下子意识到日照是个海滨城市。在这儿，映入眼帘的是海里或大街上各式各样的泳衣随着或胖或瘦或黑或白的躯体移动。特别是走在大街上的人，虽身穿泳衣却仍是昂首挺胸走得那么洒脱和自信。他们中，有的左手提着红红绿绿的游泳圈，右手抱着一个全裸的孩童；有的手撑一把遮阳伞，伞下的鼻梁上架着一副墨镜，湿漉漉的长发飘飘洒洒；有的戴一副白镜框的墨镜，扭着圆圆的小屁股走在大人中间。"哇！真让人有种到了家，到了家中的客厅，到了家中的卧室的感觉呀！"同行的游客中，不知哪位这样感慨。立时，引来同游的人一片唏嘘和浅笑。我却在这笑声中嗅着一股茶的芬芳。

已是中午12点半多了。导游安排我们先去住宿吃饭。车行驶在绿荫夹道的柏油路上，那翠绿的叶子们闪着耀眼的光，如两队身着绿衣的少女，在路的两侧展示着各自的美艳。我分辨着这些各式各样的叶子，始终没能找到想要的那种。车又行驶了二十余分钟，我们终于到达了乔家墩子民俗旅游度假村。

偌大的停车场上，已是车满有序，我们的旅游车费了老鼻子劲儿才找到了一个空位停下。游客们拎着自己的包下了车，正午的炎炎烈日强有力地吸开了人们特意带着的遮阳伞，我们也加入到熙熙攘攘的人流里。

据导游介绍，乔家墩子民俗旅游度假村坐落在风景秀丽的日照市山海天旅游度假区内，里面有10000多个高、中、低档床位。这里依山傍海，林海相依，民风淳朴，热情好客。在导游的带领下，我们穿过两侧摆满泳装和拖鞋的小巷，徒步走出几百米，来到一户渔家。四十岁有余的渔家大嫂热情地接待了我们。好独特的四合院，天井上盖了顶子，所有空间都利用得如此完美。一种混合的美味弥漫在院子里。菜是渔家大嫂现做的。大嫂撑炒勺，一家子齐参战。不到十分钟，十多个不同的菜就摆满了两大桌，全是家常菜。米饭是任你吃个够的。一会儿的工夫，大家就狼吞虎咽地扫光了桌上的饭菜。喝着大嫂端上来的热茶，我的眼前再次幻化出那片茶园。

我们最先到达的是灯塔景区。它因岸边高高耸立的白色航海灯塔而得名。这个景区以灯塔为核心，向四周辐射出如茵的草坪，各色的鲜花，一直延伸到海边。站在海边的礁石群上，听海浪拍打礁石发出隆隆的撞击声，任浪花跳跃着身子亲吻鞋袜、衣衫……此时，回头再看灯塔，它如一根破土而出的定海神针，让人顿觉安全和踏实，又如一位端庄贤淑的母亲，安详地眺望远方，等待着出海的孩子们归来，为他们端上一杯杯香气缭绕的热茶……灯塔是日照的建筑性标志，高三十多米，闪烁着红蓝交织的光，这光又向人们诠释着潮涨潮退的盛况。如遇海天迷蒙，夜雾迷漫时，四柱强大的旋转光束射向四面八方，照彻幽暗，让远航的人温暖感动，像家里那盏暖色调的灯，正指引着漂泊的航船踏上归程。

万平口那以锚和罗盘组合的特有图案吸引了我。它像一颗大大的纽扣缀在万平口的胸膛上，让这位主人潇洒地在日照的客厅里迎接四面八方的客人。万平口，是历代商船停泊之地，有"万艘船只平安抵达口岸"之意，寓意着万事如意，一生平安，笑口常开。站在景区的制高点上，向东眺望，碧波之上海鸥翻飞，冲浪的男男女女缀满了金色的沙滩；再观西面，高楼鳞次栉比，建筑风格别有洞天。令人感慨无限，流连忘返。

桃花岛是个很吸引人的名字。在我的想象中，她该是有着风姿绰约、仪态万千的那种江南风韵。乘坐快艇，在飞溅的浪花中听着同船人的大呼小叫，几分钟的光景就靠近了岛。我这才明白自己想错了。穿过那个有桃花点缀的标志性建筑，敞开怀抱迎接我们的仍然是大海。不同的是这儿的海被礁石包围着，成片的礁石被海水冲刷成不同的颜色，近看更美。站在涨潮后的礁石上，翻滚而来的海浪拍打着礁石，冲刷着我特意换上的沙滩鞋。湿润的海水顽皮地冲来退去，把那些小蟹、小蛤蜊、小贝壳留在礁石上惊恐地窜东窜西。这时，赶紧拿出早早准备好的网兜、小桶吧，那些小蟹、小蛤蜊、小贝壳稍顷就会成为囊中之物了。

忽然想到：这个岛为何叫桃花岛呢？仅凭那个标志性的建筑物上一株株被塑上去的四季不变的桃花吗？我摇摇头，独自离开水边，向西侧的山上走去。穿过几棵绿意盎然的树木，见有神水泉、祭礼台、香炉石等自然景观掩映在现代建筑和绿树丛林间。心中忽地一动，想：莫非有绿茶在此生长？小岛并不大，只用了几分钟的工夫，我就转了个遍。并未见着绿茶的身影，却觉出了小岛形状的奇特。难道仙人飘飞时，从小岛的上空俯视，这儿像一朵桃花吗？又想到"桃之夭夭，灼灼其华"的句子，仿佛看到古代那个窈窕的女子头戴桃花嫁到夫家时满脸的喜气……不觉为自己的想象哑然。随加入到旅友们组成的"大部队"中。

夜宿度假村时，按照旅游团的日程安排，我们早早吃过晚饭，在日照的小吃摊上悠闲着。各式各样的海鲜小吃让我的肚子圆了又圆，直至百无聊赖。忽然一下子就想到了大学的同窗，有好几个是日照的呢，于是心血就来了潮。虽说已是晚上九点多了，昔日同窗仍热情地在高档酒店安排了一桌，四位同班同学全在，还有他们的家眷。同学本来就幽默，故意把大家的座位打乱安排，而后，让我猜哪两个人是一对。我乱点一阵鸳鸯谱，惹来在座的人捧腹大笑。一次次的高潮将我们五个同学推到大学时代，推到校园的操场上、靶场上、课堂上、阅览室里、林荫路旁……情浓夜色，夜风如酒。当和同学们漫步在日照的街头时，夏夜的海风吹来，每个人是真的醉了。

日照国家森林公园，这最后的一站该是揭开秘密的关键处吧，我暗想。旅游车载着我们来到森林公园售票处。在检票口点过了人头后，我们手举阳伞朝前走呀走。扭头望过去，绵延无边的海滩上，沙子被阳光照得闪着金光，漫过一片片金沙滩就是辽阔无边的大海。咦，怎么没有森林呢？更不用说茶园了。我着急地向导游打探着。导游轻描淡写地说："就在前边呢。"走出约三四里路吧，终于来到了一个人员密集的海滩。"哇，下饺子似的呀！"望着沙滩上的人潮，不知哪位游客这样喊。立时，有人附和说："是呀，这比喻太形象了呢。"导游介绍说，这是日照最大的海滩，是目前我国少有的未被污染的"金沙滩"。同行的人迫不及待地脱鞋换衣，争先恐后地投进了大海的怀抱。

因来之前，我完全是寻着日照绿茶的清香上路的，故没有下海的准备。见随行的人几乎全部下到海里，导游也脱下鞋子准备跟上去。我着急地说："森林公园在哪儿呢，我如何才能去看茶园？"导游被我喊住了，在路边截了一辆马拉的观光车，说："你上观光车吧，它会带你去森林里的，还有很长的路呢。"我还从未坐过这样的马拉车，于是，欣然应允。马拉观光车载着我这位特立独行的游客上路了。

坐在这样的马车上，仿佛灰姑娘坐在赴王宫舞会的南瓜车上，心情一下子激动起来。公园小路两边是高而密的参天大树。赶车的师傅介绍说，这个森林里主要有黑松、雪松、杨树、水杉、紫穗槐等树种。赶车的师傅毕竟不是专业的导游，说过一两句后，就戛然而止了。我陷入焦灼与迷茫中。忽然掏出相机使劲地拍了起来。迎面而来的观光马车、路两边不知名字的树木花草、三人同骑的自行车、驯马馆、蒙古包……一一被我收进了相机，却独独没有我渴望的那片翠绿，那缕幽香。观光马车转了二十多分钟后又回到了原地，我只好带着深深的遗憾，独自找个凉快的去处，躲藏着当头的烈日。

终于找到了一个桥旁的空场。这儿本来就是个观海听涛的地方吧，瞧那些石桌石凳，被磨得溜光锃亮。海风吹过来，如温暖的小手轻轻拭去我脸上的疲劳和无奈，把骄阳下的热浪吹翻、吹跑。在这个人生地不熟的偌大公园里，独自观海听涛总是一件愉悦的事。是天公不忍心如此安排吗？乌云说来就来了，接着电闪雷鸣，暴雨倾盆。沉浸在海里的男男女女不得不意犹未尽地爬上岸，落汤鸡似的钻进各自的车里。

仅有两天的旅程结束了。返回的路上，虽说坐在旅游车里的人除我之外全部是湿漉漉的，但我仍不能平衡自己的心态。多亏有同学们强行给我带上的独垛春茶，一路静静地、亲切地陪伴着我。

当独垛春的清香缭绕在微机前伴我读写时，我的心又回到了日照。

那片绿茶园，那缕永远也挥不去的清香啊，她故意躲藏在了哪里？她该是藏在深闺中酝酿吧，等待我们再次醉在她经年的陈香里。

## 香溪的诱惑

凭窗凝视，四月的香溪，带着顽皮，带着江南的风情，常常在我的脑海里忽地冒出来，越来越清晰，清晰到穿越时空，放大，再放大，直至再次被她拥入怀中，醉去。

醒来时，我深深地思索：这种诱惑的感觉一部分来自于2500年前的春秋时期。因为，香溪最先让我想到的是西施当年是如何诱惑了夫差，使得所有的水路因运送建造馆娃宫的木材而堵塞，才有了这个悠久的江南古镇——木渎。还有，是西施日日梳妆时的胭脂香粉顺流而下，才成就了香溪这氤氲着香气的名字。另外，这种被诱惑的感觉一部分还来源于香溪的天生丽质，来源于那份浑然天成的飘逸和秀美。

香溪的身姿是逶迤的，犹如衣袂飘飘纤腰袅娜的美女；香溪的面容是清丽的，犹如洗尽铅华独坐桔灯旁的少妇。记不清是从哪儿上的那艘醉态朦胧的乌篷船了。碧绿的香溪淡定着，乌篷船轻摇慢晃地来到了我们身边。在乌篷船不失优雅的轻轻摇晃中，我们嘻嘻哈哈，左摇右摆地坐定，耳畔带着吴侬软语的普通话才渐渐清晰起来。抬眼细看时，那个着蓝印花布上衣、黑色直筒裤、黑色平底布鞋的身姿，恰恰有着一张端丽姣好的脸，她的一颦一笑叙说着江南女子独有的神韵——"轻拂罗衣慢试履，不忍春风惊花絮"。木渎，就连十二娘中的船娘竟也这般清秀飘逸。

是邻船的歌声提醒了我们。我们对船娘说："你也要唱歌给我们听的哟。"

"好的，就唱五首吧。"美丽的船娘大方地说。

先是《太湖美》。那优美的旋律从船娘的嘴里飘出，香溪便更加幽静朦胧了。船娘轻哼的小曲在碧绿香溪的水波上缭绕，把我们带进了美轮美奂的仙境。船娘一起一伏地摇着船，身姿曼妙。我们随着船娘的动作，左右摇摆，一船欢歌笑语被两岸绿绿葱葱的树木和五颜六色的花包围着，分不出人在画中，还是画由景生了，恰如法国印象派油画大师克劳德·莫奈的一幅杰作。对面又来了两艘乌篷船，同样装束的船娘唱着不同曲子，擦肩而过，三只船的歌声在此交汇，游客们笑脸相望，明丽、淡定的笑容就这样牢牢地定格在四月的香溪，真乃"景若佳时心自快，心远乐处景应妍。休与俗人言。"

香溪两岸是白墙灰瓦的一排排房子，这些房子掩映在树丛和鲜花中，它们的倒影在香溪的绿波中轻轻颤动。岸边，白墙下，一对一对的恋人正在抓拍实景婚纱照，大红的唐装、白色的婚纱与雪白的墙壁辉映成趣。不知二千五百年前的西施看到这样的场面有何感想。

乌篷船转了一个弯，前面出现了一个挂满绿藤的石桥。船娘介绍说，这就是千年古桥——永安桥。如果不是船娘的及时介绍，我们还真没发现是一座古桥静立在那儿呢。因为绿藤萝几乎把它给掩住了，就像香溪上扎起了一个绿色的弓。抬眼望处，仿佛有马车的铃声轻轻响过，车内檀香氤氲，缕缕轻烟袅袅娜娜，更增一层古朴与神秘的色彩。

穿过永安桥，船又行驶了几百米，御马头到了。御马头因乾隆皇帝六下江南必来木渎并在此登岸而得名。看来，西施是在诱惑了夫差后的一千多年里，又被乾隆惦记着了。乾隆六下江南，均必到木渎，必来香溪。不知乾隆皇帝当年走出虹饮山房，面对曼妙多姿的香溪时，是怎样的一种惆怅与感慨啊。

香溪是木渎的掌上明珠，盛夏之夜，她会像母亲一样为她的女儿一边摇扇一边哼着入眠的小曲，让四海的游客垂涎；香溪是苏州十二娘的领班，她把自己的神韵潜移默化地融入到十二娘的一颦一笑中去……

"若到江南赶上春，千万和春住。"如果你有机会去苏州的木渎，如果你在看到香溪的那一瞬，能不被她的妖娆和秀美诱惑，那你就是会控制自己七情六欲的神人了。

# 偶　遇

只一瞥，你就这样定格在了我的眼中。

又一瞥，你的影子在我眼前再也挥不去了。

我不知你那是在哪儿，只知道遇见你时是四月。你那时在我的车窗外，我扭着头，随着车速一整天一直看你，就那样看着你，留恋的视线再也舍不得离开。直到夕阳西下，行进中的大巴车穿行在夜幕里，我才收回目光。打开相机，浏览刚刚在行进中匆匆拍下的你的身姿。我醉了，醉在去南国的大巴车里。

清晨，从泉城济南出发，目的地是与人间天堂相媲美的地下苏杭。

以前，因忙于警务工作，我从没有机会去南方，更未去过苏杭。为了满足我领略南国风情的夙愿，身边的那人陪我踏上了通往南国的路。

大巴车行走了三个多小时，从小在北方长大的我，渐渐感觉到车窗外的环境是从没有见过的了。方方正正的田地，四周种着整齐的树木，田野里的农作物绿油油地茂盛着，一脉一脉的水被规划成四四方方的形状，水边盛开着丛丛鲜花，有粉红的，淡黄的，散散地摇曳在春风里。我不知她们叫什么名字，透过她们的散漫和淡定，却仿佛认识了几位从不相识的女子。我们彼此冲对方微笑着，心里为这场相识留下了好大的空白。

车子又行进了一个小时左右。再往窗外看时，你就这样热烈地优雅地舒展在了我的面前。放眼望去，大片大片的黄花，在阳光下明艳地靓丽着。这些花地被规划成四方形相互连接的一块又一块，间或有方正的水池将它们小心翼翼地隔开。透过水池，可以看到支撑着这成片成片花海的，是绿油油的茁壮地生长着的棵子（植物的梗子）。坐在旁边的那人轻拍着我的肩头说："快看，你的油菜花。"

是啊，我的油菜花。我无数次在梦中向往过的花海，就这么不经意地遇到了你。透过路边快速后退的树林空隙，我看到高速公路下，大片的金黄色的花海里，点缀着坐北朝南的一幢幢二层三层或四层的农舍。这些农舍大部分是独立在花海中，相隔几米的距离，全部是白墙黛瓦。有的农家还垒了院墙，院墙也漆成白色，上面盖了与房子上相同颜色的瓦。黑色的大门上挂了一对大红的灯笼。不远处的黄色花海里，一二个、三四个农人戴着斗笠在田间辛勤劳作。那一刻，黑白红绿黄五种颜色巧妙地搭配着，蔚为壮观，恰似一处人间仙境。我看不清那些农人脸上的表情，但却想象得出，他们的脸上一定是洋溢着满满的幸福。天人合一，人间胜景，好一个"万亩黄金醉落霞"，我不觉脱口而出。真想让大巴车靠路边停下，然后下车，融入这春日的景致中。

"这就是有名的徽派民居，在五颜六色的盛景衬托下，确实美。在这儿居住的人，真乃仙人也。"那人竟也感慨。

我不失时机地说："咱也做回仙人？"

答曰："这回来不及了，下次吧。"

我不再奢望，却再次把头扭向窗外。太阳已移至西天，一抹晚霞搭在金黄的地毯上，飘逸在黛色的屋顶上。望着急驰而过的大片金黄，我正在想象住在白墙黛瓦的房子里的人此时或许在做些什么。恰在这时，一位身着红上衣黑裤子的少妇端了一盆水，走出院门，弯下腰，把盆里的水使劲向外抛洒开去，洒出去的水在地上形成了弧状的阴影。院门左边，一头水牛抬起头，冲着主人伸长脖子，想必是发出了哞哞的叫声。我赶紧举起照相机，把这幅春图保存在心的深处。

又是一年的四月，仍没有相机会单独去到那片金黄色的花海。坐在办公室里，闲暇时打开那张抢拍的春图。唯美的画面上，夕阳的余晖使照片的颜色显得稍稍暗了些,像有一层轻雾朦胧了整个画面,那种靓丽的金黄却丝毫也不受影响,白墙黛瓦的民居优雅成水墨画一般。点击照片,放大,红上衣黑裤子的少妇弧线丰满。此刻,她忽然抬起头,冲我盈盈笑着。

只一瞥,你就这样定格在了我的眼中。

又一瞥,你的影子在我眼前再也挥不去了。

# 初见九如山

一个人之所以能与别人区别开来，主要是因为这个人有其独到的特点。一个地方之所以能与别的地方区别开来，同样也是因为这个地方有其独特之处。

济南的南部山区群山连绵，绿树葱茏。作为其众山之一的九如山，在我初见了她一面之后，就再也无法忘记了。

从各路媒体处了解到，九如山以瀑布见长。炎炎烈日下的一个周末，我们轻装简从踏上了去九如山的寻凉之途。

进入济南南部山区，但见远山如黛，近草如茵，树木葱茏，百花袅娜。车子行走在宽阔的柏油路面上，心儿已飞到了九如听瀑的幻境中去，真乃境由心生。

"看路标，马上到达九如山了。"车上有人高兴地喊着。

我的注意力被这声提醒唤了回来。透过车窗，举目远眺，九如山的丰韵已朦胧地显现。忽然想起，宋代词人王观曾说："水是眼波横，山是眉峰聚。欲问行人去哪边，眉眼盈盈处。"眼前的九如山朦胧中有着一丝神秘，正如一位美女，发髻高挽，衣袂飘飘。我仿佛看到了那"眉眼盈盈处"，听到了瀑布流淌的哗哗声。

虽说早上还是阴天，此刻太阳却已露出了笑脸。我们戴上早已备好的太阳帽，仍然觉出了阳光的穿透力。好在没走多远，就邂逅了第一个潭。潭水绿波滚动，各种鱼儿在水中欢游，一座小巧玲珑的石拱桥从潭的上空轻盈跨过。我们在桥边挨个留影，秀着恣意的神态。公园里的工作人员见我们如此陶醉,微微笑着说:"这只是九如山'八潭、九瀑、二十四泉、三十六峰'里的一个景点呢,前边还有很多,有你们拍的。"随后,她又对着新进来的游客说:"各位游客,游览各景点有两条路,一条路是从这儿步行观景,一条路是乘坐电瓶车,一路观景一路向前。请大家随意选择。"听了工作人员的介绍,我们望着炎炎烈日还是选择了先乘坐"一会儿"电瓶车。

坐在风驰电掣的电瓶车上,边听工作人员介绍边领略九如山的风采。那一刻,才了解了九如山的名字出自于《诗经·小雅》。我心想,整个景区从创意、设计到管理,原来都融入了古典文学的元素。怪不得,她的一草一木、一瀑一亭都深深地吸引了我。

下了电瓶车,步行一段距离,绕过一个叫"滴水崖"的大饭店,眼前便是九如峡谷了。步入峡谷,两边高悬的瀑布穿峡而落,形成了条条飞链。这些飞链从峡谷的高处落下来,在距地面二三米的地方平铺成瀑布。在这儿,悬挂如白链般的瀑布有十多处,山水相映,叮咚成趣,号称九瀑,十分壮观。古藤在峡谷的上空交错缠绕,溪水从高处的山涧中流淌而下,那份灵动、飘逸的感觉,正如徐霞客在他的游记里所坦露的"两崖壁立,一涧中流"。

走出峡谷,终于找到了那些蜿蜒着、飘逸着的木质栈道的入口。工作人员介绍说,十公里的实木栈道,是国内景区首屈一指的。它即是上山的唯一通道,又是一道标志性的靓丽风景。走在炭灰色的实木栈道上,一只手用力抓紧扶手,仰脸远眺:弯弯曲曲的实木栈道有的"镶嵌"在绝壁山崖上,似扶摇而上的天梯;有的横跨峡谷飞瀑,如悠然荡起的彩虹;有的穿梭在葱茏的树藤间,像玉女手中飞舞的彩带;有的缠绕在绿树飞瀑间,似荡悠悠的秋千。一步步向前,一点儿一点儿攀登。眼睛随着身体的移动而上下移动,蓝天白云在头顶上流动,飞瀑绕翠在山崖间流转。那一刻,不知不觉就想入非非了,仿佛自己就是那位居住在此的神仙,悠闲地徜徉在熟悉的家园。

忽而,一处平台吸引了我的视线。原来,半山腰上建了一个鹿园。园子里,几位身着褐色斑点衣的鹿妈妈正亲吻着自己的孩子呢。我跟在一个梳羊角辫的小女孩身后,将手里拔下的一缕青草投到鹿园里。立时，有两头小鹿跑过来，笑眯眯地望着我，望的我心里甜滋滋的。在这儿，动物与植物、动物与人、人与植物，竟是如此这般融洽地相处，令人感慨万千。

顺着树藤自然形成的甬道，我们猫腰踏在木质栈道上，疾步向前。走了十多分钟，一个亭子出现在拐角处。工作人员准备了免费的茶水，正等在那儿。一行人坐在半山腰的木质亭子里，喝着清香四溢的茶水，放眼群山，恍惚中记起了"落日平台上，春风啜茗时。石栏斜点笔，桐叶坐题诗"的句子，别有一番意境。这座山上，有着如此情调的免费品茶点，有好几处呢。

"茗生此中石，玉泉流不歇。根柯洒芳津，采服润肌骨。"在九如山，如果你愿意，便可从170多种植物中辨别出茶叶，采摘下来，把清清的泉水加热，泡上新茶，悠然啜饮，尽情感受仙人的境界。

已近中午，半山腰上的"滴水涯"饭店已经爆满。我们只好一步一回头地下山。

九如山，那叮咚的泉水，白链般的瀑布，蜿蜒绵长的实木栈道，免费的香茗，随处可见的微笑着的义务导游，所有这些流动着的风景，以其独特的美，牢牢地定格在了我的心幕上，永远吸引着我的视线。

# 山　韵

　　出石家庄向南不长时间，高速公路渐次钻入连绵起伏的群山中。
　　雨越下越大了。路两侧，群山巍峨，雾气朦胧，满山的绿意显得神秘莫测。
　　车子爬上一个长长的坡，一个个山尖已在脚下，继而又是一段长时间的下坡路，山风树叶及雨水混合奏出的乐曲在耳边鸣响。穿过了一道云蒸霞蔚的大山，又一道山水雾茫茫地矗立在眼前。回眸走过的路，如一条长蛇自下而上逶迤盘旋在青山中。
　　透过浓密的雨帘，望着连绵不尽的群山，欣赏这雄健与柔美的组合。心里想着，靠山而居该是多么自由和幸福啊！继而又疑惑，这么陡峭的山，这么险峻的路，居住在山里的人何以为生呢？
　　车子在山路上飞驰。不一会儿，我心里的疑问就解了。
　　眼前高高的山峰上有一个绿色的缓坡。原来是勤劳的山里人依照山坡的走势，开垦出一小片一小片的梯田，上面种了谷子玉米等农作物。越往前走，这样的梯田越多，且面积越来越大了。继而，在云雾缭绕的群山中露出一片十平方米左右的低丘，精致的高屋脊民居依山的走势整齐地排列着，四面青山对望，白云在头顶飘移，山涧溪水叮咚。这些民居精巧坚固，彰显出山里人的智慧和坚毅。"远上寒山石径斜，白云深处有人家"，真想停车靠边，好好在此欣赏一番。无奈，雨一直下个不停。只好遐想：如果能住在这儿，在晴朗的夜晚，坐在没有院墙的院子里乘凉，看头顶上的月亮从山尖尖背后露出羞涩的脸，耳边有山风吹过，伸手摘一片白云，闻一闻天的味道，温馨而惬意。

　　大山是富庶的。高速公路上，迎面而来的一辆接一辆装满煤的大货车呼啸而过，我的思绪不得不转了个方向。靠山吃山，确是如此啊。就连那一块块石头也会在智慧的工匠手下变成小巧玲珑的石水果、石动物，还有形状各异的看门石狮子呢。

　　进入晋中平原绿毯一样的沃土，山的影子渐渐远去时，我才悟出大山深处的魅力。在那儿，有浪漫的回声，有神奇的石雕造型，有惊险的山路，有稀世的珍宝，有富足的矿产……那儿厚重大气，那儿藏龙卧虎，那儿美丽如画，那儿神秘莫测。这就是大山的性格。

　　山里人，正是感染了大山的性格，才有了这美不胜收的山韵。

# 古城印象

细雨霏霏中，抬头望去，灰色的古城墙巍峨、肃穆。

从古城墙的大门进入，眼前的景象让你感觉仿佛坐在时光列车上，轰隆隆倒回到时光隧道的深处。

古城浅灰而威严的表情，让人迷幻。心儿快速翻阅往日的积累，搜寻他乡相关建筑威仪的记忆，确也枉然。每一座古城定有其独到的韵致和特点，这是必然。

历史的风从深处吹来，带着当年潮湿的记忆。

古城的街道是逼仄的，斜斜的阳光透过青砖灰瓦们排列出的建筑，将它们的倒影打在寂静的街面上。走在这样的弄堂里，明清时代温润的气息透迤而来，低声轻吟"廊腰漫回，檐牙高啄"，眼前的行人就披上了千年前的衣衫，徜徉在古屋的面前。

拐过一条街，又一条街。恍惚间，自己就是那位偶坐小轿的女子，欣喜间用兰花指挑开了轿帘，回眸擦肩而过的行人，努力寻找着前世里熟悉的面孔和身影。突然定睛，对视着头戴花饰、衣袂飘飘、一脸恬淡的自己，有清莹的泪光滴滴洒落。

举一把花伞，在滴滴答答的细雨中，行走在平遥古城西大街上。沿街的店铺里摆出的物件、悬挂的门匾和对联，一件件、一字字都悄悄述说着古老的往事。一个个青灰的古院神秘地矗立着，让人禁不住想探究那些散布在全国各地的门店票号，当年，它们的总部究竟是哪一座。

似乎不挑点儿什么带上，就辜负了晋商们讲究信义诚实经商的原貌。于是，手腕上便有了一支大红色的推光漆雕木镯。细细观赏木镯上雕刻的龙凤呈祥图案，眼前便幻化出高头大马上，胸戴大红花朵的他是怎样的喜气洋洋，被一群吹吹打打的兄弟簇拥着，神气地带领身后的轿夫行进在起起伏伏的山路上。走下那顶花轿，她从此居住在灰色的深墙大院里，种一院鲜艳的玫瑰，剪一屋大红的福字，绣几个胖墩墩的娃娃，等待走西口的脚步停留在屋门前的皑皑白雪中，然后喊，我回来啦。

置身于古城的每处深宅大院，仰头时都会被砖雕、木雕、石雕的花鸟图儿吸引，那雕梁画栋的景致，让人不得不惊叹古代艺术家那巧夺天工的技艺。

平遥县署朝南的大门前，游人摩肩接踵，就像当年县官升堂的盛景正在上演。在高出县衙一大截儿的观风楼上，一位十岁左右的小女孩儿头戴凤冠玉饰银佩，正端坐于一顶古轿上，小嘴紧抿，俨然是一大范儿。

夏风吹过明清一条街，浅灰色精雕细刻的墙壁上，两溜一字排开的大红灯笼点亮了远古幽远的期盼。

有杏花村的香气袅袅袭来，醉了古城，醉了游荡在古城里的人。

# 平遥"奶猴"

初次踏入平遥古城，望着厚厚的城墙里，条条浅灰色的街巷星罗棋布，听着紧跟身后的当地生意人喋喋不休地介绍说，古城如何之大，你穿这样的鞋子（皮鞋）根本没法走完全城，还是坐辆观光车吧，快而便宜云云。我们矜持着，坚持着，想休闲地自由自在地看看这个古城，而不是走马观花。

古巷静静的，并没有太多游客，有几个老者倚门而望。顺着老者身后的空间，向深处望过去，里面竟然是平常人家日常居住的模样。我幡然醒悟，原来，古城仍保持着当年居民居住时的原貌。这样想来，走完全城确实是很辛苦的。一辆人力三轮车扯着彩色的顶子，在一辆辆飞速驶过的游览观光车面前格外打眼。身边那人慢慢朝人力三轮车踱去。

我正用百分之百的热情在沿街的一个个门店里挑选中意的物件，那人却带着人力三轮车夫笑吟吟地走了过来，说："咱坐这个车试试？"

我点头应允，那一刻心里只是想着坐这种三轮车比坐电动观光车速度慢，可以悠闲地看看古城。转而又想，如此这般，人力三轮车夫不是很累吗？于是说："师傅，我们还真不好意思坐呢，让你驮着，多累呀。"

那位车夫说："你们这是照顾我的生意，不然，没人坐我的车，我一天也没有收入啊。"

是啊，他说的在理。于是，我们坐上了他的人力三轮车。

他一边用力蹬车，一边给我们介绍古城的情况。

"你们不用着急，我边走边说，主要的景点会停下来，让你们参观拍照的。"他说。

我突然意识到什么，问："师傅，怎么这儿人力三轮车只有你一个呀，其他都是电动观光车呢？"

车夫说："时代进步了，人力车也退伍了。我呢，本是在外地干壮工的，因今天阴天没去成，所以就弄出了这辆三轮车来赚个力气钱，养家糊口。你看，我蹬车多有劲呀，不是干壮工的能有这么大的力气吗？"

原来如此。我们终于为能选了他的人力三轮车而有些许的欣慰了。

来到"浑漆斋大院"，车夫小心地停车，说这儿是个不错的景点儿呢，你们尽情看看吧，别着急出来。

浑漆斋大院建于明末清初，已有400多年的历史，是平遥现存规模最大、历史最长、保存最完整的古民居建筑群。据工艺美术大师耿保国先生的儿子介绍，他们家是1997年以100万元的价格买下了这座院子。细心浏览墙壁上贴着的几幅照片，全是名人来此的存照。整个院落为底上二层建筑，四四方方，中轴对称。廊柱及门窗全部是木质的，雕刻精细，图案优雅。绕院一圈的大红灯笼在微风中摇摆着，勾起人无限的向往。

沿院子两边砖坯修建的楼梯拾级而上，就到了二楼。站在二楼的平台上，放眼望去，皆是青砖灰瓦飞檐走壁的古居。痴想：若是晴天，一准会看到太阳从两个或三个尖顶上的砖雕或木雕的花中露出笑脸，全城的古建筑在她的金辉里熠熠闪光，于是整个县城热闹起来了，鸡鸣狗吠，炊烟袅袅，市井的喧哗越来越清晰……

下了楼梯，来到后院的工艺作坊。一名老工匠正在打磨手中的木质工艺品。耿先生的儿子趁此给我们介绍了推光漆雕工艺品的制作流程。看到墙上悬挂的平遥推光漆器髹饰技艺被誉为"国家级非物质文化遗产"的牌匾，我们禁不住仔细地欣赏起老工匠刻刀下的一笔一画。

　　主人带我们下楼，来到了东偏房的成品展示厅。在这儿，琳琅满目的推光漆雕工艺品熠熠生辉。大红色的推光漆雕作品上是各式各样诱人的图案。有一枝独秀的牡丹，有亲密无间的并蒂莲，有调皮的百子嬉戏，有大气的松竹映画，有秀气的龙凤呈祥……每一件都让人爱不释手。身边那人怂恿我说："多好看啊，快挑一件。"于是，在左看右选后，我终于挑了一件牡丹图案和一件嫁娘图案的首饰盒，送到他面前，以示定夺。他帮我选了嫁娘的。大红色的漆光盒面上，一位身着同样大红嫁衣的女子，正双手微微掀起盖头的一角，俏皮地笑着。我好喜欢。

　　三轮车夫见我们买了首饰盒出来，笑着说："你们是懂艺术的人。"我们相互瞅瞅，相对莞尔。

　　前面是一段上坡路，我不忍心看车夫吃力蹬车的样子，于是下车，举着伞与车夫并排行走。在一问一答的对话中，我知道了车夫姓巩，家里有妻子和两个小姑娘。

　　"三张嘴呢，都得等着我喂。"巩师傅说着，笑里有点儿苦。

　　"你有力气，舍得努力，会好的。"我们安慰他。

　　车子来到雷履泰故居，巩师傅又稳稳地停了车。透过始建于嘉庆、道光年间的这幢古民居，我们感受到了中国第一家票号"日升昌"创始人当年运筹帷幄、决胜千里的气魄。在这儿，主人把创新意识融入传统的建筑艺术中，集砖木石雕于一体，或高大夺势，或精雕细刻，或蕴含哲理，气势恢宏，寓意深远，使这处结构独特的人文景观于180余年后仍然闪烁着历史的智慧、金融管理的秘籍和建筑艺术的神秘。

　　三轮车转了一个上午，来到明清一条街时已是十二点。我们找了一家门面装修幽雅的餐馆，叫巩师傅一起吃。他却拒绝了，说在门外等我们。

　　身边那人说："巩师傅既然不和我们一起吃饭，那就此分别吧，不用等我们了。"他掏出钱包，付了车费。

　　巩师傅诺诺着接了，说："你们吃，我等你们，一定要送你们到上车的地方。"

我想，巩师傅接了钱一会儿会走的。

等菜上齐，我们也吃得差不多时，我走到门口向外观望。巩师傅真的立在饭店的门前等我们。

我说："巩师傅你就别等了，剩下的路我们自己走好了。"他仍坚持，不离开。

我们付完饭费，走出饭店后，又坐上了巩师傅的三轮车。坐了一百米不到，我惦记他没有吃午饭，坚持下车。他再三要求把我们送到古城大门口，说还有一大段路呢。

我说："巩师傅，你这人真实在，如再来平遥，还坐你的车子。"

巩师傅说："本地人喊我"奶猴"，就是傻的意思，有的直接喊我傻子，嘿嘿，说我傻就傻呗。我总觉得，做人要厚道，要真诚，要对得起自己的良心。"

我的心底涌起一股敬意，再次凝望厚厚的古城墙下"奶猴"蹬车远去的背影。

# 初游蒙山

读了一位作家写的《蒙山六记》后，对美丽迷人的蒙山就心驰神往了。

9月8日黄昏，我和一位女友终于来到了蒙山脚下。

住进蒙山下的一所宾馆后，稍事休整，我们便去拜见蒙山了。

已是初秋，山风亲吻着肌肤，一阵阵清凉沁人肺腑。时值闰农历七月十六，月亮该比十五还圆的，但此时的它却偏偏羞涩地躲进了云层里，只用透过云层的余光照着四周如黛的青山，平添了山的沉稳与厚重。我和朋友相携漫步在宾馆前的山路上，听山风轻吟、泉水淙淙，禁不住从心底轻语，蒙山——我终于见到了你。

入夜，山风渐起，我们就回到房间休息了，为明天的登山做着准备。乘车奔波了六个多小时，也实在是有点儿累了。于是在秋虫叽叽喳喳的鸣叫声中，渐渐进入了梦乡。

翌日清晨，用过早餐，8时，我们便轻装出发了。

绕过宾馆后面的石桥，沿小径徒步拾级而上，首先映入眼帘的是采摘园。园内，迎门而立的是医药大师李时珍的石雕塑像。虽已是初秋，园内的各种草药依然生机勃勃。熟悉花草的向导朋友已是蒙山的老友，不时向我娓娓述说着采摘园内的植物，讲解着它们的性能。我不觉对学中文的她钦佩起来。她怎么知道的那么多呀！此时，一丛红艳的花束跳入眼中，我说不出它的名字。朋友让人采一朵，揉碎了，放在指甲上，不一会儿，指甲就变成了粉红色。原来，这就是有名的夹竹桃。随着一步步前行，我认识了银杏、橡树等植物，还认识了合欢树。朋友说它又叫芙蓉树，白天叶子伸开，晚上合拢，开一种粉红色的绒绒球状的花。朋友捡起地上落下的橡树的果子，帮我装进包里，作为留念。我才第一次知道了这种果子叫榛子。

　　走出采摘园，再走过一长列山路旁的小摊，便是长长的盘山石阶了。我们一边聊着工作、摄影、家事、世事，一边沿窄窄的石阶缓缓向上攀登。朋友一边不时穿插着给我讲路边的连翘、针叶松等，一边用相机记录下了一个个美好的瞬间。不知不觉间，已走了很长的一段。令我们奇怪的是，长长的登山石阶上，并没有其他人经过，只有我们两人。按理说，初秋周末的蒙山，游人应是摩肩接踵的才对呀。我向朋友提出了自己的疑问，朋友略加思索说，时间还早吧。我看看表，已是上午十时，应该不早了啊。拐过几个弯道，已是气喘吁吁的我们，却惊喜地发现了一个小棚子，棚子下面摆满了的西瓜、苹果、矿泉水，还有一位十七八岁、倒穿花棉袄的小姑娘。微黑的圆脸，朴实的微笑，被山风吹得有些零乱的马尾辫，更显出了这位小姑娘的可爱。见我们过来，小姑娘脱下棉衣放在矮凳上，热情地向我们打招呼。朋友买了两只苹果，我们一边吃着苹果，一边与小姑娘聊，得知她初中毕业就在这儿摆摊了。山里的孩子早当家啊！吃过苹果，觉出山风好凉，我方才明白那位小姑娘为何倒穿棉袄了。

　　走过那个卖水果的小摊，却见山路越发陡峭了，抬头向上看，石阶如直立一般，上下有几米高，不觉双腿无力，竟先有些怵了。朋友给我打气，说不要向上看，只要踏准石阶一步步地上，把目标分解，困难就小了，上得会容易些。我们手拉着手，踩准脚下的石阶，一会儿就上了十几米，比只是站在底层一步一观望地上快多了。见峭壁林立，石阶陡峭，朋友也有些质疑了。这是什么地方，我以前怎么没走过呢？好在路边有一木牌，上书大二郎帽、小二郎帽。瞧，那两块大石头叠在一起，真像一个帽子，这就是大二郎帽了。接连又上了几大段陡峭的石阶路，我们之间的谈话已随着大口的气喘而断断续续的了。我问朋友蒙山主峰有多高，她说："1159米。"又说："我们走了三分之二多了吧。"恰好又到一个平台区，便坐下来休息，见路标上写明再往上的那个山峰叫"骆驼峰"。站在通往骆驼峰的小径上远眺，山影逶迤，满目苍翠，瀑布如飞练，山路似蛇迹。朋友不好意思地摸摸后颈说："我们是不是迷路了？"眼见离上山时与蒙阴朋友约定的时间快到了，我们只好原路返回。等我们双腿发软地走下那些陡峭的台阶，已是近12点了。此时，山路上已有了三三两两的游人。来到那个卖水果的小棚子前，小姑娘奇怪地问："你们怎么又回来了？"我们说迷路了。小姑娘却说："没有呀，过了骆驼峰就是下山的路了，再就是蒙山会馆、雨王庙，还有下山索道呢。"我听了便在心里遗憾起来。朋友说，没关系，下次再来吧。下山的路上，游人渐渐多起来，想必我们上山的时间真的是太早了吧，抑或其他的登山路上游人正多，这儿倒是一个很清静的去处呢。

  经过山路旁那些悬挂着五彩缤纷的纪念品的小摊时，见一个农家大嫂正拿只铁夹子，从一堆毛茸茸的淡绿色果子里，往外剥那褐色发亮的栗子。朋友买了一塑料袋背在肩上，我就笑她像个偷粮食的大老鼠。她也忍不住咯咯地笑起来。笑声伴着泉水的哗啦声在山谷中不住地回响。

  等坐上车子离开蒙山时，我一边望着那连绵起伏的苍茫长龙，一边想，蒙山真像一个调皮的孩子，跟我们捉了一个大迷藏，它是把《蒙山六记》中那些最好的东西留起来，想让我再次登临吗？我忽然就决定，下次一定再来看看它。

## 江湖文化城印象

细雨沙沙,吴桥杂技大世界笼罩在一片茫茫的水雾中。

也好,这样的天气不会有拥挤的游人吧,我想。

穿过偌大的广场,步入江湖文化城时,雨也乖巧地停了。

"我脱下这王八皮,给你们露一手。"这是我走进吴桥大世界江湖文化城,听到的第一句话,一下子被吸引了。脱光上衣的老者正拿着一件白色的短袖衫在卖口:"这衣服不是你的不是我的,是我借的,借的谁的就不告诉你了。"哈哈,有意思。我们驻足,兴趣盎然地看起表演。

老者银须飘飘、银发闪闪,表演起单手劈砖、掌劈顽石,竟手到渠成,砖石横飞,令人不得不佩服他的一身硬功夫。再加上他出口成章,幽默善言,不一会儿,就把游人全吸引了过来。让人称奇的,是他在白肚皮上切青菜的绝技。利刃飞刀切在肥硕的肚皮上,刀起刀落,绿菜飞舞,他那肚皮竟比砧板还结实,没有丝毫的损伤。原来,他就是吴桥大世界的第二绝——人称"小钢炮"的高福州老人。

观众被"小钢炮"逗起来的笑还停留在脸上,回过神竟不见了刚才表演的老者。

"上刀山下火海喽——"在铜锣密集的鸣响中,一个男人亮着嗓子喊着,登上了舞台。

我顺着他的喊声望过去,见一架软梯晃晃悠悠地直刺蓝天,一名穿着黑裤子,扎了红腰带的赤膊青年,打着赤脚,正在运气。再细看，这架软梯竟然是用一把一把钢刀组成的。

"小子，给大伙儿来点儿厉害的——"铜锣又响，刚才的男子亮起嗓门儿喊。

"好嘞——"地面上的小伙子一口应着，双手攀住头上的钢刀，光着脚板踏在了下一层钢刀的锋刃上。

"嗖嗖——嗖嗖——"小伙子麻利地攀登，一把又一把钢刀从他的脚底退下。那嗖嗖的响声仿佛是锋利的刀刃割在那双赤脚上，继而又从那双赤脚上割到我的心坎上。我紧皱眉头，细看小伙子的脚下是否有血流出来。令我庆幸的是，小伙子没事儿。几分钟后，小伙子已顺着"天梯"攀到几十米高的云端。

"小子，来点儿绝招儿——"台下的铜锣伴着喊声又响了起来。

只见高空中的小伙子赤脚在刀刃上翻飞，做出各种动作，好不惊险，如一只苍鹰在淡蓝色的天幕上翻飞。

在刀梯的顶端，在紧挨蓝天白云的地方，小伙子把一个铁钩子挂在自己腰带上，开始倒挂着做一些高难度动作。随着小伙子做出的各种高难动作，他腰际的红飘带迎风舞动，令人眼花缭乱。台下敲锣的老者不时向高空嘱咐上几句。我这才明白，刚才小伙子的一番表演都是没有保护措施的。真乃"艺高人胆大"，如果，他失手了怎么办？

等这个小伙子表演结束，从空中踏着晃晃悠悠的刀梯回到地面，对着鼓掌的人们抱拳行礼时，敲铜锣的男子才介绍说，这是他的儿子。原来，他们竟是一对父子。父亲叫李印怀，儿子名李亮。看那李亮，不但杂技表演炉火纯青，小伙子长得潇洒阳光，玉树临风的气势恰如雨后茁壮的参天白杨。可那位父亲就惨了，中等身材，瘦骨嶙峋，一幅窝囊老头儿的邋遢样儿，嘴里还时不时溜达出几句俗语。

令人没想到的是，等李印怀登场表演完毕时，他的形象一下高大了。

在吞吐钢珠宝剑后，李印怀老人打开一个小锦盒，取出两根2寸左右的骨针，从两个鼻孔分别送入，而后，用纸把鼻孔塞住。一番语言上的渲染后，他用手在脸部揉了几下，那两枚骨针居然从眼睛里冒出来一厘米左右！全场一片惊呼！有些胆子小的女人和孩子竟闭上了眼睛。原来，李印怀老人是8岁拜师学徒，15岁登台献艺的民间绝技大师。真应了那句老话：有其父必有其子啊！

穿过古朴雅致的文化走廊，被墙上书写的励志言语激励着、感动着，在"上到九十九，下到刚会走，每人都会露一手"的吴桥，这些励志语言就是吴桥人不懈努力和追求的佐证。干一行，爱一行，专一行，在中国杂技之乡——吴桥，这句话得到了最好的诠释。

绕过月季盛开的小花园，我被另一个场景吸引了过去。在一个演出棚里，一名娇小的少女穿着一身红衣，款款入场，几句开场白后，对着观众行了大礼，而后仰面躺在一张长条凳子上，四个壮汉将一口大缸抬放在少女的双脚上，而后离开。少女的双脚开始灵巧地翻滚大缸，那架势宛如用双脚在玩一只足球。大缸在少女的双脚上正倒侧竖潇洒旋转不说，少顷，两个壮汉又把台下的一名女观众送进大缸里。坐在大缸里的女观众在少女的双脚上战战兢兢地颠簸，台下爆发出长时间的掌声。据主持人讲，这名少女叫魏春华，她一次能蹬一千多斤呢。怕台下的观众心存异议，主持人从观众席上随便喊上来几个小伙子。结果，四个小伙子共同使劲，竟没抬起那口大缸。台下又是一片掌声。一个小女子，竟能把千斤重的大缸玩得哗哗转，这背后该有多少艰辛和磨难啊。

绕江湖城一周，末了，竟发现了一片翠绿的竹子。我好奇地奔过去，见竹林旁有一石碑，上书"情人林"，便立时来了精神，要探究一下这片林子的深意。可走完整片竹林，除翠绿的竹子外，仍是翠绿的竹子，既没见一对情人，也没看到一点儿介绍。我的好奇心被调动起来，继续寻找。走出竹林，竟有一个古色古香的四合院立在竹林边，院门上有"鬼手居"三个字。近到前去，发现院门紧闭。细看院门旁的简介，原来，这儿是杂技高手"鬼手"的表演处所。可惜的是此时恰是"鬼手"闭馆时，此处下午才开放。这次是赶不上看了，只能待下次有机会再来。可是，"鬼手居"与情人林的竹子又有什么关系呢？我在脑海里划了一个深深的问号。

台上一分钟，台下十年功。作为一名江湖艺人，呈现给观众的一面是艺术，观众看不到的背后却是刻苦的磨炼和艰辛的努力，是真功夫。

在这个浮躁的年代里，吴桥的江湖文化给人留下的是真善美，是拼搏的坚持，是生存的希冀，是一丝不苟的追求，是浮华背后的沉思。

# 红坛寺森林公园印象

对假期休息期望值一直不高的我,"五一"期间,一天值班,一天备勤,剩下的一天应朋友敏的邀请,前往临邑县红坛寺森林公园。

红坛寺森林公园位于临邑县城以北9公里处。因我们从不同的地方出发,路程远近不同,待一行十几人在红坛寺森林公园门口集合起来时,已是上午11点10分了。没顾上在大门口留张合影,敏就清点了人数,在前面带路,一行人步入林荫深处,突然嗅到了一股浓浓的槐花的清香,那感觉就像一双柔软的酥手从绣了江南梅的丝缎上划过一般。

走出警营的敏是个活泼调皮的女子,此时身着杏红T恤、宽松休闲裤,瘦瘦高高的她,更是十二分热情地尽着"地主"的周到,先是手举一瓶矿泉水做话筒状,用一口漂亮的普通话向我们介绍着:红坛寺森林公园是利用黄河古道湿地、历经100年时间建成的森林公园。公园占地东西14华里、南北6华里,拥有林地14027亩。园内有著名的红坛寺址,也是明朝初期著名的战场遗址。现在公园主要分为6个景区,即:旅游服务区、愉湖游乐区、红坛度假区、苇海风情区、林海揽翠区和观光生态区。现在我们正经过林海揽翠区和观光生态区。敏甩动着精致的短发,声音宛若黄鹂,回荡在槐林深处。

我们一行人发出感叹:"哇,真不知我们德州地区还有这么个好去处,值得看,值得看。"只是下次再来时一定要换好旅游装,特别是鞋子。

敏指着路边棵棵高大的槐树说:"大家看,林海揽翠区和观光生态区的林木主要以刺槐为主，刺槐占所有林木的80%左右，另外还有杨、柳、榆、桐、椿、桑、杜仲、芙蓉等树种。林内有30多种鸟类栖息繁衍呢，还有70多种野花野草。说话间，两只不知什么名字的鸟从我们的头顶飞过，彩色的羽毛恰似一块精致的锦绣，身影灵巧地穿梭于十多米高的槐树梢间，惊得一串串洁白的槐花噗噜噜落下来，吻着我们的头和肩，霎时，那股清香就醉透了鼻孔。披红挂绿的马拉彩轿的车子经过身边，有人问："多少钱坐一位？"那位牵着马的老者答道："五十元一位，绕公园一周。"只是并无人去坐那车，也许游人们还是喜欢用自己的双脚去亲近这美丽的大自然吧。

一行人吸着槐花的香气，不知不觉间来到了一座浮桥边。放眼望去，长长的浮桥有五六十米的样子，在碧绿的湖水上飘着，行人走在上面，浮桥就荡了起来，像迎娶新娘的花轿，颤巍巍地从水路上飘过来，带着湖水的潮湿，带着对面紫槐花的香气，让人联想到春日清晨朦胧的雾。我忽然想到，这花轿似的浮桥下该是有无数个"水上漂"隐了身撑着吧，不然，怎会如此悠然？待到自己上了浮桥才知，"坐花轿"原来是这种滋味呀。把手中的水瓶交给身后的"保镖"，自己则双手伸开攥紧两侧低矮的铁链，腰不得不弓成了一只虾米，也许是第一次过这种浮桥的原因吧，脚上又穿了双高跟鞋，从远处看自己彼时的样子，一定狼狈透了。一边这样揪心地行走，一边就想到了当年的红军过铁索桥，妈哎，和那些红军比，自己过的浮桥该是何等稳当，至少没有追兵吧。就这样手脚并行地走到浮桥中央，水已透过木排的缝隙漫了上来，有女声的尖叫响起："哎哟，我的鞋子全湿了！"听了这叫声，小伙子们更是晃上了劲儿，浮桥吱嘎吱嘎响着，唱起了欢快的歌。

好不容易走到了对岸。钻进那片垂柳摇曳里，再抬头就是紫槐花的笑容了。朋友六岁的儿子跟在大部队后面，两个小家伙中，有一个手端挂在脖子上的数码相机咔咔地拍个不停，那神态俨然是一位小小摄影师，另一个则摆了猴头儿的各种姿势被锁定在紫槐花摇曳的背景下的镜头里。到这时我才想起，这两个小家伙是怎么走过浮桥的？

敏修长的纤手指着西边的一个建筑说："林区西边还有历史古迹'凤落堰'。每年的五月，我们这里都要举办一次槐花节，吸引了很多游客前来观光游览呢。明年的秋天你们再来时，就会看到成片成熟的中华寿桃、冬枣等果实，还有大面积的美国紫花苜蓿灿烂地盛开。到时候，各位一定要再来观赏、品尝啊。"

在一片尖叫和惊心动魄中一行人又回到了对岸，被湖水打湿了的鞋子透着丝丝凉气，好爽。

穿过一片各类小吃摊位排列的长队，我们的胃也在窃窃私语，继而咕咕抗议。敏的同事从随身携带的大包里取出火腿、面包等，让各位先垫垫。哈哈敏和同事真为这次聚会费了神，有备而来呢。

大摄影师和小摄影师各显身手，咔嚓咔嚓地拍了一大通合影后，身后的槐林越发幽远了。猛抬头，才见太阳已偏西。

敏赶紧带了大部队来到事先侦察好了的槐香阁大酒店。此时，以竹子为主建成的槐花阁底上两层楼已是客满为患，领略竹楼情趣的念头只好放弃，一行人在槐树下露天而坐。店老板快速为我们搭起了简易饭桌，十几个人各自坐下，四周是一眼望不到边的高高的清香四溢的槐树，中间是一张张拼起来的饭桌。真乃人在画中坐，景从眼前生。不一会儿，炸槐花、炒槐花、柳条菜还有一些不知名字的野菜在胃的焦急等待中闪亮登场，大家客气一番后就大快朵颐了，头顶上有从高空飘落下来的槐花掉在餐桌上，像天女飘然而过时随手撒下的佐料，各种香气混合在了一起，美不胜收。

酒过三巡，菜过五遭。敏这个不胜酒力的东道主就醉意朦胧了。趁着酒劲，敏讲起了也许是她自己杜撰的"凤落堰"的传说。

传说建文年间，燕王朱棣扫北至临邑，手下冯罗燕三员大将留恋临邑这块风水宝地，加之年事已高，不愿再连年征战，遂向燕王提出留居此地。燕王恩准三人就此解甲归田，并筑台以示纪念，取三人姓氏定名为"冯罗燕"，后人敬其英名，取谐音"凤落堰"。在座者听后无不唏嘘，有感于三位大将军的伟绩，更赞叹这块宝地的魅力。

槐林大餐后，我们一行人一一与东道主告别踏上了归途。

虽说因时间太紧我们并未游览红坛寺森林公园的全部，但收进心底的这些自然景观已让我回味无穷，激动了好几天呢。

红坛寺森林公园，我会再次去领略你的独特风采的。

# 聊斋城记事

## 一

去聊斋城报到那天,本想早早过去,留一些时间仔仔细细地看看想象了无数遍的聊斋城。可是等把手头的工作全部处理完,从最后一个会场逃离时,已是下午五点三十分。应邀陪同的人已把车备好,等在办公楼下,我们出发时,已是下午五点四十分。

坐在车子里,心却飞到了聊斋城。那是一个鬼魅出没的世界吧?狐仙们定是一顶一的漂亮了。会有惊恐吗?会有惊悚吗?会难以入眠吗?会有狐仙在梦里走出来陪我同游聊斋城吗?一向自称唯物主义者的我,也开始了浪漫的幻想。

车上没装导航仪,我们两个对路都不熟悉,不知是不是冥冥中有狐仙在前引路,天渐黑时,我们已陷入了迷途。几次下车问路,眼前总觉得有狐仙的身影,衣袂飘飘。好不容易找到通往淄川的路,四周已是华灯初上。当我们在电话里、由李振雷老师引导、终于找到山河国际大酒店时,已是晚上七点了。

李振雷老师站在酒店门口迎接我们。他中等身材,慈眉善目,谦虚的笑容里包含着满满的真诚。望着他头上醒目的白发,我一时想到:蒲松龄故里的文人,可能均浸润了老先生的风韵了。

帮我们安顿好，李老师第一句话就问："辛夷，你是写什么的，带书了吗？"

我不好意思地笑笑说："我一向没这习惯，不过，今天碰巧带了一本呢，就一本。"

他一听乐了，这巧碰得好。

## 二

第二天，吃过早饭，我们乘车来到了聊斋城景区。迎着霏霏细雨，走在柳丝青青的柏油路上，文友们谈笑风生。文思敏捷者已有好诗出口成章了。从风情门步入聊斋城。城门口有一位美丽的女子，头戴羽毛凤冠，身穿靓丽的古装，手持导游话筒，在讲解聊斋城的总体布局和内里景点的情况。文友们亲切地喊她"小狐仙"。

水雾缭绕处，"狐仙园"三个字在绿树百花的掩映中露了出来。"小狐仙"引导我们来到狐仙园门前。门两侧，一边是威风凛凛的雄狐狸，一侧是温馨享受天伦之乐的母子狐。"小狐仙"讲，摸摸狐狸嘴，会给人带来好运，人会变聪明变精神。于是，文友们争先恐后地围住了这两个石雕像，期待让自己有所改变。

进到狐仙园里，彭丽媛演唱的那柔美清丽的《说聊斋》在空中回荡。顺着紫藤花遍开的幽径前行，听"小狐仙"把蒲松龄一生的故事娓娓道来，感受世界短篇小说之王当年"写狐写妖高人一等，刺贪刺虐入骨三分"的足迹历程。

在聚仙峰，狐仙相聚，惟妙惟肖。婴宁在树杈上打闹，小翠在亭子里玩耍，小倩在玉石上说笑，荷花三娘子在水中亭亭玉立。我瞅了个空子，赶忙跑上仙雾弥漫的留仙桥，与荷花仙子留了个影，又身依聚仙峰，把小倩们收进镜头里。

站在紫藤花怒放的一隅，准备拍下"一生无缘附骥尾，三生有幸落孙山"这幅称赞蒲老先生因未进功名才得《聊斋志异》的对联时，恰逢几百里之外的同事打来电话，说起了单位里的糗事，一颗心顿时茫然，全然没了游览下去的兴致。

## 三

次日，踏着明清古道，仿佛有千年的劲风吹过，顿觉自己身穿长衣衫，行走在摩肩接踵的古人中间，悠然信步。古道一侧是溪水潺潺，绿树葱茏，另一侧则是碧河环绕，景点连连，不时有聊斋俚曲的旋律隐隐飘来。

游牡丹园，眼前重现葛巾及其妹妹结婚生子、落户洛阳的一个个情节。挑了一处牡丹花盛开的地方，贴近牡丹们，嗅过去，任牡丹的香气带我的魂魄在她们的故乡浏览。

在落英缤纷中，过万笏山、远心亭、霞绮轩、丈人石，终于见到了茅盾先生书写的"柳泉"二字。

## 四

柳泉是蒲松龄先生当年泡好茶，迎路人小坐，听其讲故事的地方。蹲下身，掬一捧清凉的泉水，仿佛看到蒲老先生端坐茶桌前认真听路人讲解的模样。望着柳泉上空飘荡的袅袅浓雾，我们一时来了兴致。明杰老师和野雪老师带十余文友，小亭围坐，讲起了各自心中的故事。这些故事像是讲给柳泉居士听，要他一定补充进《聊斋志异》里。

文友们正行时，疑似一处荒野出现在视野中。杂草丛生，树木姿态怪异，再加上缭绕的雾气和幽冥似的乐曲，恰似狐仙经常出没的地方。同伴架起相机，我走进了似梦似幻的荒地里，留下了小倩似的笑容和调皮。

坐在薰松草堂的石凳上，顺浓雾中的两排红灯笼望过去，飘忽的一级一级台阶，在朦胧的绿树丛林中盘旋而上，似有袅袅婷婷的倩影悄无声息地飘过来，用眼角眉梢的狐气，吊着路人的欲望……

　　此刻，我宁愿穿上一套书生的服装，再把秀发深深藏起，然后踯躅在幽幽小路上，脸上布满落魄和孤寂，等某个狐仙发现我，让我也感受一下狐妖的柔情蜜意，而后，把世间的烦恼和忧愁赶到九霄云外去。

## 五

　　脚掌轻扣在幽静的石阶上，白雾升腾处，翠树青木间，玄夜院的灯笼忽明忽暗。我挑一小窗坐上去，呈打秋千状，闭目，冥思。连琐的倩影突现，小巧的狐型脸，明眸皓齿，鼻梁挺直，小嘴巴紧紧地抿着，似微笑的月牙，苗条的身姿举手投足中透出灵巧敏捷。耳畔再次响起"玄夜凄风却倒吹，流萤惹草复沾帏"的轻声吟诵，我不觉脱口回道："青山绿水轻舟济，莺啼柳浓行船归。"连琐的吻立时印在了我的脸庞、唇边。

　　出玄夜园向上走，从木质甬道抬级而上，鲜红的灯笼挂在棕黄色的木道两旁，白雾氤氲间，绿树葱茏可见，人却飘飘欲飞，恍若神仙了。我赶忙抓紧同伴的手，怕轻风过后就真的飞起来，成为不归客。两位美女文友路过时，抓拍了我那时的神韵。

## 六

　　在宦娘琴缘门前的一处小摊上，一种水哨在摊主的嘴上吹出了爱恨离别幽怨情仇，婉转凄清的旋律，让人不得不驻足。我也买了一枚，藏身到人迹稀疏处，吹来试试，好不惬意。

　　去蒲松龄故居的路上，夹道的小商贩们摆出了根据蒲老先生的小说编写的"小人书"和"文革"时期的旧物。我兴趣盎然地一件件瞅过去，准备淘一些带回家。手翻一本小人书，在与摊主讨价还价时，遇到了翠微。她也想带一套小人书，送给幼小的孩子。讲价不成，我们另换一处，就这样走走停停地来到了这条街的最后一处小摊。一问，小人书的价格比之前的都贵，我们相视而笑。

从包里悄悄取出那枚刚得的水哨，轻轻吹了一声，妙。瞧着手里的"魔笛"，才觉得这次淘宝毕竟是有所收获的。

从蒲松龄故居感受了老先生一生不懈的追求后，再在广场见到卖小人书的商贩，并未讨价还价，我欣然买了一套，带回家来，分送给亲朋好友。

## 七

在聊斋城里求字的情景，令我至今难忘。望着大师们挥毫泼墨、一气呵成的一幅幅字，我在心底喊着：求一幅有纪念价值的。围着大师们转了一圈又一圈，始终不好意思开口，因为每个大师的后面都排满了等候写字的文友。再加上程思忧先生严把出门关，写好的一幅幅字均被他的部下巧妙地收走了。

在李炳峰老师后面排了很久，他已宣布收墨时，我怯怯地走上去，说了自己的意思。李老师直起腰身重新铺纸泼墨，"功名不求盈满，做人恰到好处"几个字带着墨香呈现在我眼前，李老师还特意写上我的名字，以至于我把这幅字顺利地带出了聊斋城。事后，我和李老师说："在那样的情况下，我真没想到您会给我写上一幅的。"李老师答："你满脸写着'善'，我能拒绝这样的人吗？"我的感动，唯能用"谢谢"两字表达。

张峻伟老师的字是我通过他的夫人求到的。张老师和蔼地问："写什么？"我说："励志的吧。"于是张老师在即将收墨时，再次伏案写下了"宝剑锋从磨砺出，梅花香自苦寒来"送给我。我谢过张老师，冥思苦想带这幅字脱身的方法。终于，我拿着字，悄然走出了聊斋城。

周永山人老师的字，我是从淄川回来后才求到的。看到周老师专用的信封和信封上潇洒的字体，我被这种真诚感动着。

哈，聊斋城的当家人——程先生，不好意思啦，我私下带出了两幅字，因为，我求两幅字也不容易嘛。

## 八

"鬼也不是那鬼，怪也不是那怪，牛鬼蛇神倒比正人君子更可爱。笑中也有泪，乐中也有哀，几分庄严，几分诙谐，几分玩笑，几分那个感慨，此中滋味，谁能解得开。"离开聊斋城十天了，仍没从它的氛围中走出来，彭丽媛那清丽的歌声还在耳畔萦绕。透过聊斋城的表象，深入到蒲松龄先生的不朽巨著中，倒能感受到蒲老先生当年著此书的几分深意呢！

你也说聊斋，我也说聊斋。蒲老先生的聊斋故事在世人的顿悟和赏谈中，将流芳百世、千世、万世！

# 相约红叶谷

"满山那个红叶哎似彩霞，彩霞年年映三峡。红叶彩霞千般好，怎比阿妹在山崖。手捧红叶望阿哥，红叶映在妹心窝。哥是川江长流水，妹是川江水上波……"

电影《等到满山红叶时》里的这首插曲，在八十年代就已深深地印在了我的脑海里。那时虽然没有看过这部电影，但是这个叫朱逢博的女歌唱家那甜美、圆润的歌声从此就回荡在了我心中。在以后的每个秋季，在每每目睹出现在眼前的片片红叶时，这首歌的旋律就会在我的心中、脑际，回旋缭绕。每当这个时候，我都会躲在清静处，轻轻哼唱这首歌，一遍又一遍。边唱边想象着歌词里的情景：那大片大片的红叶，从低处到高处，层层叠叠，爬满山坡，一直到达与蓝天白云相接的地方。间或有一小片的黄叶、绿叶、紫叶，夹杂其间，秋风过处，叶儿轻舞，发出细微的沙沙声，年轻的姑娘和小伙子在红叶间穿梭、嬉戏……这样的精彩镜头，也就自自然然地走进了我所欣赏的朝鲜画家黄炳浩的国画里，那种质朴而朦胧的美，带给人无尽的遐思和向往。

于是，找机会去济南红叶谷游玩便成了我心中的一个夙愿。

首次去红叶谷是五年前的秋天。那次是去省公安厅学习，学习结束后，同事提醒说，咱们来趟省城不容易，何不去红叶谷见见世面。于是，一行人换上便装朝红叶谷进发。正是国庆长假，游红叶谷的人络绎不绝。我们五六个来自全省各地的同道人融入这些游客中，说说笑笑地进入了景区。刚进十月，红叶谷还是万木葱茏，难以找到红了的叶子，可这并不影响我们的游兴。大家诉说着各自心目中的红叶，就像这满山的葱茏一下子变成了大片大片的彩霞。趁着兴致正浓，大家摆出各种姿势，把身后的红叶谷定格进镜头里，录进心灵的底片。我当然也不失时机地再次唱起那首"满山红叶似彩霞"，引来同伴们的称赞。据说，红叶象征着对往事的回忆，对昔日的眷恋。那次游红叶谷，虽说并未看到红叶，可红叶谷的风韵仍然在我那平凡的生活里掀起层层涟漪，令人神往。

再去红叶谷时，已是去年的仲冬。从"总部"集合时，我是绘声绘色地进行了一番动员的："据说，在红叶落下之前就能接住它的人会得到幸运的，而能亲眼目睹萧萧枫叶送寒声的人，如果在心底许一个愿的话，在将来某个时间一定会悄悄实现。还有，如果能与心爱的人一起看万千红叶飘落，那么两个人就可以永不分开啦。"怀着这样的目的，一行人到达了红叶谷。可到了后，漫山非但没见到一片红叶，连绿叶也没有多少了。我盼望见到红叶的满腔热情降到了空气中的温度。几个早知会"上当"的小青年，原本是为了陪我去"赏红叶"的，见我没有了多少兴致，他们就变着法为我寻开心，用不同的笑话将镜头前的面孔逗笑，那微微的笑意竟让身后的浓浓冬景透出了几分温暖。在一个小园子里，我们发现了一对对的情侣鹦鹉，他们有着色彩艳丽的外衣，火红色的头颅上点缀着小小的眼睛和尖尖的嘴巴，神态优雅，落落大方。我瞧着这一对对的鹦鹉，终于来了兴致，对结婚不久的侄女说："多像你们，怎一个幸福了得。"侄女瞟了一眼女婿，两人快乐地抛着媚眼。一阵山风吹过来，一只翠绿的鹦鹉向另一只鹦鹉的胸前靠了一下，我仿佛看到了落叶萧萧下，一对许愿的恋人，耳边再次响起了那首"满山红叶似彩霞"。

今年，为了不再错过红叶，我早早查询了观赏红叶的最佳时机。从十月初开始，我以红叶象征着情感的永恒和对昔日的怀恋为主题，对身边的那人一点儿一点儿地渗透观赏红叶的意义，并约定十月二十八日，一定要去红叶谷。

十月二十八日，天高云淡，金风送爽。曾经，我们在这一天找到了彼此相伴终生的人。所以,这个日子也就成了我和他永生都牢记的日子。我清晨即起,边轻声哼着歌边做着去旅行的准备。不料,那人躺在床上,睡眼蒙眬地说:"这么早,干什么嘛,也不让人睡个囫囵觉。"

见此人如此不堪,我气愤地说:"你忘了今天是什么日子?"

他使劲眨了眨眼睛说:"去红叶谷的日子嘛。可是,九点还得开个会呢,得为那两个闹矛盾的民警调解一下。"

"非得星期日?"我瞪大眼睛说。

"你又不是不知,干我们这行的,只有星期天的时间还算充裕点儿,把民警之间的矛盾调解了,他们下个星期上班心情也好啊。"

我一听,人家说得在理,就低下了头,停住了歌,打住了心绪的飞行。

那人看到我这副模样,不好意思地笑笑说:"你也别灰心嘛,我又不是不看重这个日子,会尽快完工的,完事再去,即使是下午去也晚不了啊,不就一个小时的路吗?啊!"

对着他语调上仰的后半句,我勉强笑了笑,算是默许。

从九点等到十一点,他终于微笑着走出了办公楼。看到这笑容,我知道两个民警一定是握手言和了。一问,果真如此。他还说:"我效率挺高的吧?他们两个最后的拥抱才让我放了心啊。"我的脸上也涌起了感动,赶紧说:"是啊,效率挺高嘛,你办事我放心。"

"走喽,去南山。"他高兴地说。也许是得到了表扬再加上刚刚调解成功的喜悦,他竟然也一边开车一边哼起了那首"满山红叶似彩霞"。

车子在高速上飞驰了半个小时后,进入了通往济南南部山区的路。高远的蓝天下,五彩斑斓的植物站立在路的两边,使路显得更加宽广和笔直,一直延伸到与天相接的地方。走了一会儿,四周便层峦叠嶂,秋景尽现了。接近红叶谷时,路两边的枫树整齐地排列着,如一个个手持红叶的姑娘,站成了两列迎宾的队伍。我们踏着南山的红地毯,巧妙地穿过摩肩接踵的车流,心情愉快地来到了半山坡上的红叶谷大门。

吃过了山鸡、山蝎子等山货，我们走进了红叶谷景区。

领略了百合园神话般的异域仙境，在维纳斯雕像前留了影，心中的浪漫也随之升腾了起来。那人在忙碌中未来得及换"行头"，穿着皮鞋、工装裤爬山的身影唤起了我心里的感动，眼里漫上来的雾气急急地叙说着："我是一个心肠特软而又容易知足的小女人。"于是，我们坐上了景区的游览车，开始只用眼睛去观赏满山的秋景。

"丹枫万叶碧云边，黄花千点幽岩下。"秋日的暖阳铺下来，柔和的光束打在幽静的深绿上、大片的鸵红上、靓丽的柠檬黄上……这些缤纷的色彩互不相让，用柔美而娇俏的本性闹着秋，醉着秋。秋风调皮地抚爱着她们，用各种各样的味道诱惑着沉迷于这些景致的人。于是，人便也醉了。不远处，潺潺的清溪仍端着那一贯的淡定，可心儿却跳得更欢了，那些流淌出的音符述说着无尽的柔情和蜜意。这会儿，我心里的歌再次流淌了出来，就如川江已在眼前，那绵绵的长流水啊，那多情的水上波……

观光车停留在绚秋湖畔。当我们携手迈上湖中的长桥、徜徉于曲折的长廊、举目远眺湖四周的群山时，就像朦胧薄雾中挂起了一张大大的锦绣毯，这些绣毯鲜亮的画面倒映在湖水上，波光颤动，划过赏景人的眼睑。云雾缥缈，如入仙境。

出了红叶谷，已是长烟落日，暮色降临。身儿坐在车上，心儿仍然留在了红叶边，嘴里再次哼唱起那首歌：

手捧红叶望阿哥，
红叶映在妹心窝。
哥是川江长流水，
妹是川江水上波
……

# 再觅红叶

如果不是因为前一天晚上一夜无眠，我是绝不会在十一月中旬去看红叶的。

其实，每年的10月28日我都会想到红叶，想和一起去的人看一看红叶的容颜。当然，今年也不例外。不过，想到和做到一般是难得统一的。今年的这一天，想和我一起去看红叶的人却临时去了东北。

一个人赏红叶的情景还没经历过，两个人一起赏红叶只有一回。彼时，遍山的红叶大都还绿着，我们边走边聊，一边说着来早了，红叶还没红呢，一边想象着万山红遍时的景致，心情是愉悦的，饱满的，备受鼓舞的。三个人赏红叶的那次是一个会议结束后，我们虽未赶上红叶，却把红叶印到了心里，让那红枫似的友情深深地扎了根。五个人赏红叶的那次，已是十一月底，遍山无一片红叶了，连绿叶也所剩无几，可我还是被这份亲情感动了，找到了亲情释放的原点，回来写了文字，留作纪念。三次，竟一次也没赶上红叶正浓时。闲暇时，浏览三次赏红叶的照片，感慨万千——红叶于我，就像冥冥中两个本该相遇的情人，初次相识时，她尚年幼，再次相遇时她还小，第三次满怀热情地赶去见她时，她却嫁了人。又偷偷想，还没四个人去一回呢，也许这次去了正赶上红叶亭亭玉立，待字闺中呢。这样想着时，四个人一起赏红叶的机会就来了。

C君和他一起从东北回来了。也许，他在漫漫无聊的路途中和C君说了我们本想去赏红叶的事，也许是C君自己的意思，反正，他们回来的那个周末，我们两家四人就成行了。

车子刚一开动，我就把自己的担心说了出来："弄不好，这次我们又赶不上红叶呢，已是十一月中旬了。"

C君娴熟的驾车技术和幽默的话语，让我们把担心全部扔在了高速公路上。进入红叶谷景区了，火红的野生黄栌还是羞羞答答地露出了头。我们一同欢呼，至少，还是有红叶的。

汽车一路爬坡来到半山腰的红叶谷景点门口。门前已是鞍马稀了，寥寥的几个小商贩认真地看着我们，想必在心里问，这会子才来？

四个人悠闲地进了红叶谷的大门。

进门的一瞬间，眼前的景象证实我的担心并不是多余的。红叶大都已落去，剩余的叶片已成褐色，毫无生机地挂在枫树上。庆幸的是，那些较小的叶子仍然展露着橘红色的笑脸，热情地迎接着我们。有这些小小的枫叶映衬，总览整个山景，仍能呈现出层林尽染的气势。这种气势很快感染了我们。

行走在两侧红绿相间的山路上，我和萍姐在前，他们两个在后面，边游览远远近近的风景，边谈论与这些风景相关的话题。山路左侧的方化墙壁书法吸引了我们。"水能淡性为吾友，竹解虚心是我师"的狂草大字让C君流连忘返；"梅花带雪飞琴上，柳色和烟入酒中"的行草字体，却让手持相机的他依依不舍；我和萍姐依在书样的《桃花源记》行草中细闻墨香。他按动快门，把我们的身影融入山景书韵中，变成永久的记忆。

C君和萍姐是在商场打拼中稳操胜券的一对伉俪，所以，听他们的谈话，常会令我感觉耳目一新。而对C君和萍姐的了解，来源于我们两家偶尔的出行中。C君温文尔雅，书卷气十足，如果不了解内情，你定会认为他是学者，而非商人。这样的儒商肚子里是存了"真货"的。"居善地，心善渊，与善仁，言善信，正善治，事善能，动善时。""大丈夫处其厚，不居其薄，处其实，不居其华。""知足不辱，知止不殆。""祸莫大于不知足，咎莫大于欲得。"这些是C君常挂在嘴边的老子的名言。他随时随地随处都能引用名言，而后，再不厌其烦地加上自己的所感所悟，让听的人不得不佩服他的真知灼见。

一路紧走慢赶，眼前就是绚秋湖了。四人走过垂花门时，细心的C君看到了其上的门匾，轻轻念道："仁山智水。"

"是啊，你既是仁君，又是智者，最适合来这儿了，我们也跟着沾光呢。"我嬉笑着打趣说。

"爱山和乐水这是一般人都能做到的，可是有几个人能成为真正的仁者与智者啊。"C君的谦虚令人动容。

在流笺桥的99根圆柱上悄然而过时，我还是看到了当年才子佳人们举行"笔会"的情景：一首又一首的佳作被红叶承载着，漂向心仪已久的人，一首又一首的心曲又被红叶承载着，漂回来，抚慰对岸的期待。我也看到了那个寂寞的宫女，把少女的心绪刻在红叶上，让它顺流而去。令她想不到的是，一封专门的"回信"，又被漂了回来，从此，这个宫女便有了相思，以至于发生了由她而起的百名宫女集体失踪的事件。

一缕秋风吹过长廊，令人神清气爽。举目眺望，陶亭如一位玉女婷婷立于湖心，一对恋人正在她的身旁亲密地拍摄婚纱照。

置身于陶亭，眺望四面的风景，我们才明白，这个亭子为何取了这么一个名字。层峦叠嶂，层林尽染，湖光山色，尽收眼底。

"这儿应该是红叶谷最美的景了吧，真让人陶醉啊。"

"'待到菊黄佳酿时，共尽一醉一陶然。'孟浩然同志有诗为证啊。"

四个人的快乐已淋漓尽致。有人提议："我们也和那对儿拍照的年轻人一样，合照一个？"

"好。"四双手同时举起，通过。

于是，五彩山色柔情秀水间，一对一对的身影又回到了年轻的时光，浪漫的岁月。

这种浪漫一直持续到万叶塔、情人谷、红叶山庄。在红叶山庄，C君特意买了两枝酷似真红叶的仿真红叶，也许他想在心里为我们装饰一个万山红遍的盛况。我本不喜欢假的东西，可耐不住萍姐相劝，我们一人举着一枝仿真红叶，在一片竹林前合影留念。那翠绿的竹林与红叶相映，让人顿觉心旷神怡。

路过名人拓展中心时，我们还是忍不住被这个名字吸引了。在这儿，更让我们感兴趣的是一个白色的双人秋千。我鼓励萍姐和 C 君坐上去，萍姐已入座了，C 君仍在不好意思地推托。我笑着说："人家习近平主席都和夫人坐秋千呢，你 C 君有何不好意思的？"于是 C 君欣然入座。秋风习习，秋千翻飞，让我们的思绪又回到了少年、青年，让我们的笑声在山谷间飘扬、回荡……

"荆溪白石山，天寒红叶稀。山路元无雨，空翠湿人衣。"站在观景台上，总览整个山景，王维这首诗一直在脑际盘旋。是呀，在一片浓翠的山色映衬下，寥寥几枚小小的红叶反而越加显眼了。好一个"空翠湿人衣"啊。同样，以一个好的出发点为背景，洞透别人的一片善意，内心的感动和感恩是汹涌澎湃的。

赏红叶确实是需要心境的。这次的红叶谷之行，睿智的 C 君和萍姐就给我制造了这种心境。

## 碧波荡漾

去千岛湖写生,是秦璇很长时间里的一个心愿。

阳春三月,秦璇终于走出了那个温馨曼妙的世界,背上画夹,独自上路。

临出门时,秦璇对着那双依依不舍的眼睛说:"画家必须亲近自然,才有灵感,这和你们搞行政的完全不一样。"

随后,秦璇做了一个活拨调皮的动作,一甩如瀑的长发,消失在清晨的薄雾里。

千岛湖以其一贯的柔美和热情迎接了秦璇。

放眼望去,远山如黛,云层交错,水天相接。碧波荡漾的水面上,点缀着座座小岛,快艇在其间冲浪,不断传来游人兴奋的欢呼和笑声。

秦璇按捺不住创作的冲动,在湖边支起了画架。只用了几分钟,神笔翻飞,潇潇洒洒,一幅山水画便跃然纸上。

也许是精力太集中的缘故吧,旁边这位身穿粉红色休闲服的女子竟如仙如幻般落在了秦璇的对面。

扶老人,抱小孩,红衣女子一次一次将援手伸给需要帮助的人,这让远观的秦璇很是感动。

千岛湖的仙气氤氲着,缥缥缈缈。

秦璇将那清纯色的山水作为背影,仔细地描绘出红衣女子助人的画面。

秦璇正在挑剔地对着面画添添补补时，红衣女子不知何时来到了她的身边。

"这不是大画家秦璇老师吗？"红衣女子音如银铃。

"您认识我？"毕竟一天的时间里，经历了天南地北的距离，秦璇感到有些意外。

"您这么有名的大画家，又有谁不知道呢？"红衣女子笑得十分自然。

"您看我画的这幅画如何？"秦璇顺手把画拿给了红衣女子。

"太像了，简直是把山水人完完全全地搬到了画上，真乃神笔！"红衣女子赞叹着。

"这画就送给您了，外表和心灵一样美的人！"秦璇微笑着说。

"谢谢您！我是从一个人的手机上认识您的，这人和您的关系很密切。"沉默了一会儿，红衣女子咬着嘴唇说。

秦璇的心一沉，脸上不动声色地说："是吗，那个人又是谁呢？我怎么能在他的手机里？"

"我想，这应该是您感兴趣的事。"红衣女子的语调明显冷了下来。

"你这人真奇怪，我一向不爱绕来绕去的。有话直说好吗？"莫非，这位红衣女子就是他多次回避谈起的人？秦璇在心上打出了问号，问话的语气也不同了。

"您觉得我的形象怎么样，还能打个七八十分吧？"红衣女子答非所问。

"简直是完美，百分之百的分呢。"

"可有人不喜欢百分之百，宁愿舍近求远。"

"您是一个很理性的人。"

"我一直很欣赏您，包括您的画，您的一切。"

"谢谢您的关注。我挚爱的是艺术，为了艺术，我几乎什么都舍得。"秦璇说这句话时，目光中满是真诚。

"他也懂得艺术，懂得你。"红衣女子紧盯着秦璇的眼睛说。

"他是个多愁善感的人，也是个多情的人。但我只关心我看到的东西，对潜意识里的或隐性存在的东西，我没有兴趣。"秦璇说着，收起画夹，欲离去。

"可是，我对潜意识和隐性的东西感兴趣，于是，我知道了您的存在。"红衣女子的目光没有让她走的意思。

"八万元，虽说不多，也是他的一份心意，为了千岛湖之行，为了圆了您的梦，他尽心了。"红衣女子的话轻飘飘的，像遥远处吹来的一缕风。

"你连这些都知道？"秦璇愕然，脑海里他深情望着她的眼神开始变得张牙舞爪起来。秦璇良好的修养，让她稳住了自己。

"女人好可悲，好可怜！"比如今天，从您一出家门，我就在您身后了。

秦璇的身子打了个激灵，浑身的汗毛直立起来。

"我并没觉得自己可怜，也许可悲的成分是有的。"秦璇觉得眼里热辣辣的，她仰起了脸。

红衣女子飘然而去。

秦璇环顾四周，千岛湖碧波荡漾，她如在湖心。

秦璇坚决地关掉了手机。

她退掉了当晚赶回那个城市的机票，在千岛湖畔住了下来。

春天了呢，又是新的一年。

## 嫁给佛心

仲夏的傍晚，西子湖畔，垂柳摆动，清波荡漾。

小伙子独自悠闲地行走，身上笔挺的绿军装把他衬托得如万绿丛中的一棵小白杨。

在一段僻静处，草丛中一个鼓鼓的橙色手包吸引了小伙子的视线。他急走上前，捡了起来。

小伙子打开手包，厚厚的一沓人民币呈现在眼前，还有各种卡。再细翻，驾驶证、身份证也在包里。身份证上一个俊俏的女子淡淡地微笑着，那双大眼睛清纯透明。

小伙子心想，这位姑娘现在还不知急成什么模样呢，得赶紧想办法把这个手包交到她手中。

小伙子向附近的派出所走去。

在派出所里，值班民警详细询问了小伙子捡包的经过，又仔细地登记了包内的物品和小伙子的联系方式。

第二天，派出所的民警就找到了手包的主人。

姑娘是某企业的财物主管，正急着到处找包呢。

贵重物品失而复得，姑娘一脸的感激，从包里抽出一叠钱塞给民警，欲报答民警的拾金不昧。

值班民警赶紧说："我们只是做了该做的事，那位军人才是你应该感谢的，是他捡到了你的包。"

姑娘在民警的指点下，找到了那位小伙子。

姑娘一番感激的话语送到了小伙子耳边。

小伙子腼腆地说:"不用客气,我捡到包就应该尽快地还给你,这是每个军人都应该做到的。"

末了,姑娘对小伙子说:"你需要什么,我一定满足你。"

小伙子说:"我什么也不需要,你就不用客气了。"

姑娘从包里拿出了几张人民币递到小伙子面前说:"你无论如何得收下,这是我的一点儿心意。"

小伙子说:"我坚决不能收你的钱和物,你还是别打这个主意了。"

姑娘问:"你什么也不需要,你家里很富有吗?"

小伙子说:"我的家乡远在北方的大山沟里,非常贫穷。但这不是我接受你的钱物的借口,我不收就是不收,拾物寻失主,这是一个军人的本分。姑娘你赶快回去吧。"

回去的路上,姑娘的心里如波涛翻滚。

她的家中父母均是高干,她本人也有一份好的职业。待字闺中的她几年来一直在寻觅一段真情缘。眼前的小伙子让她眼前一亮。

回到家中,姑娘把自己的想法向父母和盘托出。父亲点了赞,母亲默不作声。

一来二往中,姑娘和小伙子逐渐热络起来,感情也在升温。最后,还是姑娘捅破了这层窗户纸。

小伙子和姑娘终于领了大红的结婚证。

领了结婚证的小伙子带着姑娘回乡探亲。姑娘给小伙子的家人买了大包小包一打一打的物品。

山沟里的贫穷让姑娘明白了小伙子的志向,山沟里人们的朴实和善良让姑娘的心更加踏实欣慰。

乡里乡亲们听闻小伙子娶了高干的千金回来,便提着自家种的瓜果来看新媳妇。望着俊俏真诚的城里姑娘,乡亲们问东问西。

"姑娘,俺这山沟沟又穷又落后,你嫁到这里来图个啥呢?"

""图你们有颗佛的心啊!"

"好姑娘啊,真是千金难寻的好姑娘,小儿哎,你可要对得起人家这片心。"

"大爷大娘，你们放心好了，俺又不是傻瓜，能不对媳妇好吗。"小伙子和大伙儿笑侃。

事后，小伙子才明白，姑娘之前谈过几个男朋友，可那些人不是看上她的家产，就是看上她是名门。那天，姑娘和最后这位男朋友又谈崩了，二人不欢而散，姑娘气愤地离开西湖畔时，把手包也忘了。

回到家仍沉浸在悲伤中的姑娘，直到派出所给她打去认领手包的电话时，才知道自己的包丢了。

"谢谢你，老公。"在返回部队的途中，姑娘含羞对小伙子说。

"是我该说谢谢你，媳妇，你那双眼睛让我找到了目标和自信。"

"傻瓜，是你的目标和自信才打动了我啊。"姑娘边说边把头靠在小伙子的胸前。

## 奇　缘

　　我和文友们来到聊斋园门前时，小狐仙已着靓丽的古装等在了那里。

　　小狐仙，是我们对导游的称呼，来到聊斋城了嘛，总得有聊斋城的特点。比如，导游们全部着各色的古装，头发梳成古代的风格，头上戴着三根彩色的羽毛。我们面前的这位姑娘有着一张国字脸，小小的下巴稍稍凸了出来，眉清目秀，鼻梁高挺，嘴巴笑起来弯弯的，十分迷人。她身着一袭白色的古代长裙，头上的三根羽毛是淡粉色的，高雅，飘逸。文友们亲切地叫她小狐仙。她听了，微微笑着，算是默认。我却透过她的微笑看到了她平日的谦逊善良和低调，心中免不了对她生出了几分崇敬和爱恋。

　　其实，我并不是坏人。虽说这板寸头留的不阴不阳的，可我身材魁梧，不胖不瘦，五官仍算端正，微黑的脸膛无声地述说着我的沧桑。

　　对，就得用沧桑这个词。我只能这样概括自己年到不惑的这份感受。中年丧妻，膝下无子，女儿漂洋过海去了澳大利亚打工。十五年，整整十五年啊，妻子用一个植物人所能用到的本事，牢牢地粘着我，我该做的都做了，方圆几十里没有不知道我是个有情有义之人的。我一时竟成了深巷里的酒坛，香飘百里了。就在两个月前，妻子的心脏停止了跳动，可我的身心却没有丝毫被解脱的快感，反而越发沉重了。年轻时的她曾是那般让我沉醉、爱恋，她生病的这些年，我只是在还债，却觉得永远还不完。

小狐仙甜美的声音，让我回到了现实。哦，已到了狐仙园里。在聚仙峰，我一下子认出了小翠的模样，也看出了红玉的笑脸，似乎听到了小倩的笑声，欣赏到了婴宁舞姿的柔曼。我拿出相机，拍下众狐仙的肖像，脑海里便有了涌动的文字翻滚流连。我想就此坐下来，把这些跳跃的精灵编织成诗，存在纸上。

我的文学爱好始于少年时期，以后经年不断。诗如酒，诗如妻，诗如一切我向往的东西，在灵感之门大开时，带给我无尽的愉悦和快感。为此，我有了文友。这次的聊斋城之行，就是受文友松童之约的。他说：去吧，去散散心，放松一下自己，说不定……

松童在电话里欲言又止。我浪声笑侃："说不定会收一个狐仙吧，哈哈，哈哈。"于是，我抱着换个环境，换种心情的目的，来到了这里。

松童说："别尽顾着找狐仙了，把自己落在大部队后面哈。他的一句话提醒了我，"我赶紧收起思绪，追了上去。

和松童的相识，一是因为文，二是因为他的字。他潇洒挥毫，一泻千里的行楷，让我着迷。人家说，看字识人。这句话很对。正是从松童的字里，我认识了大度浪漫却真诚的他。在过去苦难艰辛的日子里，松童的字和文像一剂又一剂的药，给了我坚持下去的勇气和力量。

出了狐仙园大门，松童身依狐狸的塑像、让我拍照时，一个女子巧笑倩兮的脸闯入了镜头。

我一下子惊呆了，以至于忘了按手中的快门。她的脸是典型的狐仙脸，上宽下窄，不长不短，黛眉青山，双瞳剪水，两腮微红，面如桃花，特别是那张嘴，双唇抿着，做微笑状，调动的整张脸上都是微微笑着的表情，细看每个部位时，却并没有笑。这位女子身着淡黄的上衣，下身着一条洗的发白的牛仔裤，肩上斜背着一个小巧灵玲珑的黑包，腰身轻盈、婀娜、动作灵敏、洒脱。

"哎，老兄，照相啊，走神了吧，有狐狸缠身了？"松童依在石狐仙身上大喊："浪费表情等于犯罪哈。"

我一下子回过神来,"咔嚓"一下按动快门,松童依着假狐仙傻笑,却不知真狐仙就藏在他的后面。

小狐仙导游继续引导大家前行。我边走边看相机里的这张照片,她的整个表情有些媚,却不失狐仙的可爱。我把相机递给松童,冲他诡秘地努了努嘴,自己则悄悄向刚才的那位女子靠过去。

"美女,你是从什么地方来的?"当我走到她身旁时,小声地问。

"我从秦安来。你呢?"

"我上饶。"

就这样,我们接上了头。

踏在明清古道上,小狐仙的导游词已无法吸引我。我搜肠刮肚地寻找话题,以便粘住这位新狐仙。

"可以知道你的芳名吗?我叫木空,当然,这是笔名。"

"呵呵,木空,有意思。"她笑时,两腮上现出一对不深不浅的酒窝,眼睛故意半眯着,有一幅撩人的神韵。"我的笔名叫纯子,就说一遍哈。"她歪着头,双眼皮下的一对大眼睛一睁一眨的,冲我调侃。

"你喜欢写什么?"

"写诗呀。你呢?"

"我也是,咱们爱好一致啊。"

"呵呵,是呀,那以后多交流呗。"

纯子边和我对话边把眼睛瞟向另一位正在谈笑风生的文友,身子朝那个方向靠过去。我不失时机地跟上去,并机灵地从松童的手里拿过了相机。

牡丹园到了。满园的牡丹如仙女一般清丽脱俗,文友们对着牡丹举起了相机。

"牡丹园的景致真美啊,这朵牡丹很像你,要不要立此存照。"我笑着对纯子说。

纯子立即摆了一个很媚的姿势,脸儿轻轻靠在牡丹花上,一滴水珠欢快地从牡丹的花瓣上流到纯子的脸上。我举起相机,拍下了春光明媚里的俏女子。

我正在欣赏相机里的照片时，松童问："看什么，迷上了？"

"哥们儿，你看这个人像谁？"我眯起眼做细看状。

松童只瞧了一眼，立马说："像我媳妇啊，呵呵。"

"男人，真是臭不要脸，见到有几分姿色的女子总想象成自己的女人。"我笑着打趣他。

"难道，你不是男人？"松童这句话狠狠地将了我一军，我哑口无言。

踏过落英缤纷的明清路，眼前就是聊斋宫了。纯子轻盈地迈上聊斋宫的四十一级台阶，随着涌动的人流，走了进去。我紧随其后，松童则紧紧跟在我的身边。

经过阴阳界，呈现在眼前的是龙宫里的一场婚礼。我和松童欣赏龙公子掀起新娘的盖头时，纯子却不见了踪影。

跨过阴阳界，眼前竟是一个全黑的世界。在点点幽火中，大家小心地经过飞狐娇娜的身旁。正胆战心惊时，旁边一具年轻的白衣女尸突然发生尸变，由躺姿变成了坐姿，继而又变成站姿，面貌也由狰狞变成美丽。这美丽却让我心里更加惊悚。我轻轻推了推松童，示意他看看这具女尸的面目，松童不由惊呼出声。人群里连续发出一阵又一阵的惊呼，我摸了下松童的额头，冷汗正滴着呢。另一只手摸向自己的额头，同样。

绕过二郎神庭审的现场，我和松童终于走出阴间、见到了阳光。一阵轻柔的春风吹过，我打了个激灵，顿觉全身似有千斤重。

松童察觉出我的变化，关心地问："老兄，你没事吧，是不是刚才那具女尸吓着了你？"

"切，她能吓到我？你没看出刚才那人像谁吗？"我立刻强迫自己振作起来，说话也加了底气。

"像纯子？我的感觉哈。"松童说。

我默默地点了点头，没再发话。

"前面就是仙界了，只要爬过这几十个台阶，咱就会成仙呢。加油。"松童乐呵呵地说着，伸手拽了我一把。

我木木的，并未回应他，口中却在轻声呼唤纯子的名字。松童意识到了什么，拉起我，顺着台阶向上走。

每走一步，我的脚下都像坠了巨石，沉重得无法挪移。不知过了多长时间，我们终于登上了仙界。我四处寻觅，同来的文友们全在，仍没有纯子的影子。

站在高高的仙界，任春风浩荡，鼓起衣衫，敲打心房。

突然，一个女子迎面走来，面无表情地望着我，似曾相识，又想不起在哪儿见过。我们这样对望着，默默走近对方。几乎擦肩而过时，她幽幽地说："我是纯子啊，你不认识了。"

纯子？不可能，那张疑似狐仙的脸呢，瞬间变到哪里去了？那摇曳的楚宫腰呢，为何换成了普通女子的身段？我再次定睛细看她，却越发觉得眼前的面容熟得让我战栗。

"你是谁？我的声音都变了。"

松童顺着我的声音走过来，惊得"啊"了一声。

"木空，你妻子怎么在这儿？"松童把嘴巴凑到我耳朵边说。

"我也不知道是怎么回事啊？"我用哭声回答他。

"木空，我怎么了？没有什么改变呀，你怎么这么看着我？"纯子一脸的无所适从。

"从迈上聊斋宫的台阶后，我再也没有见到你，怎么寻找都没找到你。在此期间，你没觉出有什么不一样的地方吗？"

纯子凝神细想着，突然说："刚才在龙宫欣赏婚礼时，我觉得全身发紧，呼吸困难，赶紧离开了。再就是刚才看到尸变，我脑子里突然没了意识，进聊斋园后的事啥也记不得了呢。"

"啊？"松童望着张大眼睛的我，不由倒吸了一口冷气。

"你确信你仍是纯子吗？"我疑惑地问。

"确信。"纯子说话时目光坚定。

"那你即兴做首诗吧，这儿是仙界呢，我和松童在仙界陪你。"

"作诗？能当饭吃吗？虽说我也爱好，可之前我并不喜欢你作诗舞墨的，难道你今天想让我改变自己的初衷吗？"

"之前？你是说什么时候？"我警惕地问她。

"就是我们今天没见面之前呀。"纯子慢吞吞地说。

"可，那时我们并不认识。"我像丈二和尚摸不着头脑般。

纯子嘴里嘟囔着什么，不再正面答话，静静地立在仙界的春风里。

小狐仙带领文友们逛完仙界，见不会轻易成仙，都陆续向下面走了。我和松童望了一眼纯子，跟着大部队往前走。

纯子见我们动身走了，也跟在了后面。

一路上，纯子没再说一句话。我和松童也没再说话，可我明显地觉出纯子的变化，与初进聊斋园时相比，已判若两人。

我的身上一阵紧似一阵地冒汗，因为，我越来越感觉到，无论从神态还是动作上，这个自称纯子的人就是两个月前的妻，只是面貌上有些差异罢了。

"老兄，这次笔会收获不小呢，回去后请我喝酒啊。"为了打破尴尬的气氛，松童故意说。

"家里没酒了，全让他喝了个底儿朝天呢。"纯子幽怨的声音从后面飘到前面。

我立马停住脚步，回头看着她。确实，我家里的最后一瓶酒在我来时已喝干。你想啊，一个大男人憋在家里，进进出出的就一个人，不喝酒能干嘛呢。可是，纯子是怎么知道的呢？

"纯子，你？"

"我还知道，家里洗衣机里塞满了要洗的衣服，你却没有洗，厨房里该倒的垃圾，全堆在那里，窗台上的尘土有一寸厚了。"纯子一口气说完这些，走到我们两个男人面前，仰起脸，深深地望着我们。

"秦安毕竟离上饶几千里，生活习惯也不同啊。"我左手掰着右手，自言自语。

松童灵机一动，说："老兄，我觉得你们的共同爱好挺多的，写诗作对，欣赏书法，爱摄影，懂生活，走遍大江南北。如果，你们能在一个屋檐下生活，简直是绝配。纯子，不如这次就跟我们回上饶啊？"

纯子低了头，双手在腹部交缠着，脸红红的，只是笑。

看到她的表情，我全身轻松了不少，目光火辣辣地冲向她。我说:"咱俩相差近二十岁呢,你要面对现实。"

"年龄相差十多岁的婚姻太普遍了,我就不一一举例了呢。我在山里待久了,特喜欢平原,希望自己的下半辈子能牵着爱人的手,在一望无际的平原上幸福地度过。"她说这些时,明亮的大眼睛发着光,说完又低下了头。

我心里有了底。此时,我们已行至玄夜院。纯子已不再拘谨,话也多了,动作也放开了,竟不知不觉地恢复了先前的调皮,她一屁股坐在了木屋的轩窗上,做打秋千状。我举起相机,拍下了这动人的画面。

松童不知何时已溜之大吉。

坐在玄夜院的凉亭里,任白茫茫的雾气飘起来,亲吻着我们的额头、嘴唇、双臂,直到全身。

雾海里,小狐仙和文友们全没了踪影,我和纯子相拥而坐。

"玄夜凄风却倒吹,流萤惹草复沾帏。"

"幽情苦绪何人见,翠袖单寒月上时。"

雾越来越浓了。我和纯子诗兴大发,从古典诗词到现代诗歌,在一问一答中,我们彼此深入对方的心底。

"远上寒山石径斜,白云生处有人家。"家,是温暖的浪漫的。纯子头依我的肩头,幽幽地说。

"爱人在身旁就是天堂。"我则轻声唱起了这首《火红的萨日朗》。

# 银色项链上的颗颗珍珠

如果你不深入到'南水北调'的第一现场,可能就不会明白什么是泵站、河闸、干渠、暗渠、穿黄等工程;如果你不亲自到施工工地走一趟,也许就不会更深地明白什么是爱岗如爱家,爱事业如爱生命;如果你不亲眼看看烈日下施工的场面,或许就不会被身披骄阳、口含尘土却笑容满面、斗志昂扬的施工者所感动;如果你不静心坐下来与那些豪放的汉子们交谈,抑或永远都不会知道这些永不知疲倦的躯体里深藏的一个个感人泪下、催人奋进的故事……

2011年7月12日,我随山东作家'南水北调'采风团走遍了'南水北调'山东线一期工程的所有施工点,领略了'南水北调'工程带动齐鲁的壮观,看到了一个个施工工地上热火朝天的动人场面,以及他们那些少有人知的攻坚克难、拼搏进取的精神。在这儿,"水"成了'南水北调'的一个代名词;在这儿,由南向北调水的山东段人,发生在他们身上的每一件事、'南水北调'山东段中的每一个大大小小的工程,都如洒落的颗颗珍珠,在美丽富饶的山东大地上熠熠闪光。

## 第一颗珍珠——来自高层的"论坛"

1952年10月30日,毛泽东主席提出"南方水多,北方水少,如有可能,借点水来也是可以的"宏伟设想,50年来,科学工作者从未停止过"南水北调"的各项工作，做了大量的野外勘测和测量，并获得了一大批富有价值的成果。

"我们山东省为什么要实施'南水北调'工程呢？这是因为'南水北调'工程是党中央、国务院决策实施的优化我国水资源配置、缓解北方水资源严重短缺局面、实现经济社会可持续发展的重大战略性基础设施。工程分东、中、西三条调水线路，通过与长江、黄河、淮河和海河四大江河相连，构成我国水资源配置'四横三纵、南北调配、东西互济'的总体格局。"在山东作家赴'南水北调'工程参观采访活动启动仪式上，省水利厅副厅长、省"南水北调"局局长孙义福慷慨陈词。

业务娴熟、知识渊博、博古通今、记忆力惊人的孙义福局长还给我们讲了自古代以来我国的治水情况及当前我国各大城市、农村的缺水状况。他从古代的神农氏、大禹、管仲到乾隆、左宗棠，到新中国的毛泽东、周恩来，历数古今的治水名人及他们的治水言行。他说："现在，我们中国有很多地方缺水，比如北京、天津、石家庄等。目前，中国最缺水的是甘肃省定西县，那儿全年降雨量只有250毫米左右，蒸发量却高达2500毫米以上。那儿的人一辈子只洗三次澡，即出生、结婚、死亡各洗一次，这还不算稀罕，稀罕的是流泪都要张开嘴喝点儿。至于我们山东省，最缺水的地方是鲁北和胶东，这次国家实施的'南水北调'工程山东线第一期工程主要是缓解山东最缺水地方的用水。"

接着孙局长给我们介绍了"南水北调"山东线一期工程的概况及各施工站点的进展情况。他说："根据国务院2002年批准的《南水北调工程总体规划》，'南水北调'东线一期山东段工程为南北、东西两条输水干线，全长1191公里，呈"T"字型输水大动脉，供水范围涉及我省13个市，71个县（市、区）。一期山东段共分为11个单项工程，静态投资172.2亿元，动态投资约230亿元。截至2011年6月30日，'南水北调'东线一期山东段总计11个单项、54个设计单元有8个单项、50个设计单元获得批复并开工建设，累计批复初设概算186.3亿元，下达投资计划136.7亿元，到位资金114.7亿元，完成投资 121.1 亿元。山东线一期工程实际上分为三大段，即南四湖至东平湖段（简称两湖段）、济南以东段、鲁北段。三大段工程建设项目主要有'三站三库四河一渠'。截止到目前，三大段工程已全面掀起施工高潮，各个项目都在加速推进。"

听完孙义福局长的这段话，再看面容清瘦、精神矍铄的他，似乎有一团光环正从其头顶冉冉升起，在阳光的斜射中闪着耀眼的光。

## 第二颗珍珠——枣庄地盘儿上的"水"

带着对"南水北调"总体概况的朦胧印象，7月12日中午，我们一行十几人在炎炎烈日下从济南出发，踏上了去"南水北调"一线采风的路。

七月的骄阳格外热情，强烈的阳光径直地从头顶辐射下来，满含热望和矫情，被她吻过的山更加清秀了，被她吻过的水更加清澈了，被她吻过的树木更加葱茏了。透过车窗，放眼远眺，齐鲁大地上一派赏心悦目的繁荣景象。干线公司工会主席、综合部副主任高德刚一路不停地为我们介绍着"南水北调"工程山东线一期工程的建设情况。随着他的手指在那张超大地图上的滑动，我们的目光急切地从图上移到窗外，从窗外又移回到地图上。

我们到达的第一站是枣庄市的台儿庄区，台儿庄泵站的领导已在迎候我们的到来。台儿庄泵站是长江水流入山东后经过的第一站，也是"南水北调"东线山东段一期工程的第一站。人高马大、知识面十分宽泛的秦璞局长热情地接待了我们，并为我们讲解。

从台儿庄泵站工程的站区和管理区，到第一期工程的设计调水量，到深入地下十几米的一个个立式轴流泵，甚至到每一个抽水机和水轮叶片，再到万年闸泵站工程、韩庄泵站工程、小季河截污导流工程、二级坝泵站工程，秦璞局长边走边讲，且讲得头头是道，深入浅出，把每个泵站的抽象数据形而化之地变为容易接受的具体形象。望着眼前一个个泵站、涵洞、明渠、运河、二级坝、船闸、泵站、截水闸等,我的眼前浮现出建筑工人顶烈日斗严寒、泥里滚土里爬、天当被地当床、风餐露宿、忍饥挨饿的一个个镜头,耳畔回荡着著名作家冰心说过的一句话:"走在生命路的两旁,随时播撒,随时开花,将这一径长途点缀得香花弥漫,使得穿花拂叶的行人踏着荆棘不觉痛苦,有泪可挥,不觉得悲凉"。忽然,我一下子就明白了南水是怎样被一级级抬高,一路欢歌向北流去的。如果说那些藏在地下十几米处的蓝色的轴流泵如一个个神奇的大力士,将由南方奔来的滔滔长江水举起来、送上头顶、一个一个地传递下去,眼前这些水利人岂不就是统领这些大力士的指挥嘛!

在我们的强烈要求下,韩庄局的李局长讲起了他们初到工地时的情景。他说:"令他至今难忘的一个场面是,刚开工那会儿,啥也没有,刚刚搭起的窝棚透风冒气,夏天还好说点,冬天的冷风刺骨,屋里屋外的温度是一样的,虽然建筑人的心是热的,可身子变成了冰人;没什么可吃的,顿顿都是吃白水煮面条就小咸菜。"望着他讲起这些时的淡定神态,我们的心里波涛起伏……

在台儿庄,看了模拟隋炀帝下江南行走的大运河水路线,我们终于更加直观和形象地明白了南水为何要北调,才知道水往低处流的古训只不过是平淡看水的一种程式化思绪而已,水往高处流的创意才更具有现代人的胆识和气魄。

## 第三颗珍珠——微山湖畔的水和人

13日上午,我们一行去了微山湖湿地。微山湖南北长大约126公里,东西宽5至25公里,流域面积达31700平方公里,是"南水北调"东线工程的必经之地,湖水将从这儿被输送到东平湖。"南水北调"工程东线最大的难题是治污,微山湖在东线水质净化中起着关键作用,其水质的好坏,直接关系到"南水北调"东线工程的成败。因此,微山湖成为东线工程治污的重要一环。

微山湖湿地分为两部分,一部分是人工湿地,一部分是天然湿地。两种湿地交相辉映，各具特色。在人工湿地上，大片的荷花正袅袅婷婷地开放，荷色清淡，香飘四野。湿地里不时有各种不知名字的鸟儿飞起来，优哉游哉地掠过我们头顶，在不远处的绿色植被中降落，发出好听的鸣叫。天然湿地则是另一番原生态景象，的天然绿色植被将整个湖区覆盖，其间，点缀着几处木质的瞭望塔，让人禁不住想起内蒙古的大草原，仿佛此刻就身处那种苍茫和辽远中。借着湿地的宝气和神韵，大伙兴致极高地摆好各种姿势拍照，干线公司宣传科的杨建伟科长不辞辛苦地一一将俊男靓女及其身边的微山湖美景收在镜头里。

　　微山湖不仅有水库的调蓄作用，还起着净化"南水北调"水质的作用。故我们听当地的领导介绍微山湖时就多了一份"听"中的好奇，很特别。望着大片大片的沼泽湿地及芦苇、竹子、鸡米花（茨实）、莲藕等植被摇曳在湖里，我心中顿时响起了那首熟悉的歌——"西边的太阳快要落山了，微山湖上静悄悄，弹起我心爱的土琵琶，唱起了动人的歌谣……"当年的铁道游击队神出鬼没于这片神奇的水域，留下了一个个美妙动听的故事。如今，这些当年掩护了游击队员的天然植被们正变成勤劳的过滤器，减缓水流的速度，让水中毒物和杂质沉淀，并排出净化水质，起到"排毒""解毒"的功能，调整着从长江调来的水的质量。

　　当地的领导介绍说，微山湖湿地原来是一片水洼地，自从农民种上荷花、芦苇等植物后，收效颇丰。一是这些天然植被起着净化水质的作用，使微山湖的水质量更优，保证了"南水北调"的水质；二是这些植被起着美化环境、环保的作用；三是每亩地收入达几万元，大大地提高了农民的经济收入。如今的微山湖是"日出斗金"的地方，这儿的姑娘们出嫁时，娘家的陪嫁品就是一条大大的渔船呢。听着关于微山湖的前后对比的叙述，看着眼前的美景，恍惚间，自己就成了一名微山湖的姑娘，坐在娘家陪嫁的大船上，缓缓驶入夫家。美丽的夕照中，姑娘跟随夫君在美丽的微山湖上打鱼、采藕、弄莲蓬，夕阳的柔光洒满她幸福的脸颊，玫红色的纱巾在晚风中飘飘洒洒，姑娘脸上那缕娇羞、那份温馨和浪漫，羡煞人呢。

坐在蓝白相间颜色的巡逻车上畅游微山湖，那种灵动和秀美鼓胀着我的心。我问专心开车的值勤民警，他们的工作职责是什么。值勤民警告诉我，黑白巡逻，维护湿地的治安秩序。说完，长着孩子式圆脸的民警咧着嘴露出可爱的笑脸，他说："我们巡逻时经常救起小蛇、小鸟等动物呢。"我也望着他笑了，心底涌起一股温暖的涟漪。想不到，这儿的民警还有这份爱心。

在济宁市"南水北调"局，我们一行人专门听取了济宁地区在"南水北调"中征地拆迁工作的经验。济宁是全省"南水北调"中拆迁面积最大的一个市，自2006年开始，5年的时间里，拆迁涉及3000多户，无一起群体性事件发生。他们对群众提出的问题不回避，立足解决群众的实际问题的经验做法让人感动。形成了拆迁征地全国看山东、山东看济宁的良好局面。

听济宁市"南水北调"局的领导们介绍治水的经验，我半个小时下来竟收获了一些好得不得了的素材，赶紧宝贝儿般地圈点起来，留待以后的文学创作用。同时，我也就听出了他们成功背后的关键——及时发现苗头，全力化解矛盾。这个普通的方法让我看到了背后周密的细节，令我想起了居住在这个城市的一个大学同班同学。我悄悄摸出手机，拨通了她的电话。一别十几年，电话里的她还是当年的语调，语速快而亲切，透着调皮和睿智。

同学是当年宿舍里八姊妹中的老三，我这个老八就直呼她三姐了。三姐一见面就给我来了个欧式拥抱，我们的亲情就这样续上了。三姐仍是在校时的泼辣样子，精干的短发随着说话的语速摆动着，一看就是个能干事、会干事、干成了事的人。一问，果然如此，她竟是济宁市某分局的"一把手"了呢。佩服！佩服！我连连高呼。更让我佩服的是三姐他们协助"南水北调"工程做好群众拆迁工作的经验和一个个故事。我听得眼直心热，手中的笔不停地记呀记。当然，最能打动我的仍是他们事先摸排、预防苗头、及时化解矛盾的良苦用心和密而不漏的工作措施。

在济宁市，让我记忆犹新的还有市"南水北调"局的张局长——一个讲起话来思路敏捷、条理清晰，对业务如数家珍的中年男士。听他的每一句话，你都能感受到"南水北调"工程在他们头脑中的位置；听他讲的每一个故事，你都能体会到在这项艰巨的工作中，他们用心付出的力度和深度。

## 第四颗珍珠——"天上瑶池"落平原

当中巴车载着我们踏上鲁北平原的土地时，我的心也雀跃起来。因为，鲁北不仅是一个物产丰富的地方，还是一个缺水的地方，我正是细数着她的条条小溪和河流长大的。

走进聊城，车上的高德刚主任就开始给我们讲解穿黄隧道工程了。

穿黄河工程是"南水北调"东线的关键性控制项目，用于调引长江水的输水线路在山东境内黄河河底约70米深处穿过。试想由南方千里迢迢跋涉而来的湍急水流，在黄河最窄处遁入地下70米，从黄河的腹底穿越，而后跃上陆面、一路向北，这该是多么宏大的工程啊，世界上这样的工程能有几处呢？正是这项工程的神秘和神奇深深地吸引了我们。

在当地水利局领导的陪同下，我们一行人戴上红色的安全帽，小心翼翼地逐级而下。刚才大家还都是汗流浃背的样子，下到隧道几米处时却觉得凉飕飕的了。空旷的隧道里，照明灯的眼睛更加明亮了，正在紧张施工的水利人不时大声地传递着工作术语，招呼着自己的同伴，协调着劳动的节奏。洞顶的水滴滴答答地落在我们的安全帽上，让人想起西游记里的水帘洞，诱惑着你不得不沿着台阶一步步向下走去。下到几十米处，我们几个年轻人就觉得呼吸困难，脚步沉重了。年长的作家只好望台阶却步。又向下走了几米，寒气逼人，阴风渐重，呼吸越来越困难了，我们只好打道向回返。返回的路上，我在想，这些洞底作业的水利人该是受过何等的历练、吃了多少苦、受了多少难啊。是啊，一项伟大的工程背后，凝聚了太多人的付出和奉献。"人从虎豹丛中健，天在峰峦缺处明。"回眸刚刚走出来的穿黄隧道，我脱口背诵出了这句古诗。

从穿黄隧道出口，到东阿、阳谷、仕平、临清、东昌府、经济开发区、武城、夏津，我们感受了"南水北调"鲁北局的宏图大略。有着水泊梁山好汉风度的时伯华局长不但是个业务通，还是个热情好客的向导。当晚进餐时，时局长给我们详细讲解了鲁北局工作的进程，第二日更是带领我们来到了大屯水库工地。

大屯水库作为"南水北调"东线工程山东境内的调蓄水库之一，是山东省鲁北输水工程的重要组成部分，其主要任务是调蓄"南水北调"东线向德州市德城区和武城县城区城市居民和工业供水的水量，并向天津和河北供水，保障"南水北调"东线鲁北输水工程完成供水目标。大屯水库设计最高蓄水位29.80米，相应最大库容5209万立方米，设计死水位21米，死库容745万立方米，水库调节库容4464万立方米。向德州市德城区年供水量10919万立方米，向武城县城区年供水量1583万立方米。水库围坝坝轴线总长8913.99米。

正午的太阳烤着一望无际的黄土和黄土中正在辛勤工作的劳动者们，五色的彩旗插遍热火朝天的在建工地。站在大屯水库已经成型的黄土围坝上，放眼远眺，热浪蒸烤下的黄土在空气中形成轻微的浪，偌大的水库雏形呈不太规则的矩形四平八稳地躺在鲁北母亲的怀里，安详得如一个才出生的婴儿。望着这感人的场景，我的眼前立马就浮现出了注满水后的大屯水库。碧绿的水面如一面大大的明镜，镶嵌在鲁北平原上，让人联想到王母娘娘的瑶池。水库边浣水的姑娘们如一个个天仙，衣袂飘飘，玲珑剔透。是啊，"世上无难事，只要肯登攀。"几年以后的此地此景该又是如何呢？是不是同行的其他人也有如此联想，反正大家都争先恐后地在大屯水库的围坝上照起了相，且均用一个最普遍的姿势，即面朝镜头，立于围坝上，一手叉腰，一手随着手臂伸展开，手指指向远处的矩形库面。也许，在每个留影者的心里，此刻均呈现着几年后旧地重温的梦幻，到那时，再拿出现在的照片和彼时的照片相比，就很有一些"说头儿"了……

"俱往矣，数风流人物，还看今朝。"鲁北平原，因大屯水库而荣耀；鲁北人民，因大屯水库的水而直起了干渴的腰。昨日的梦境今朝终于实现,天上的瑶池终于在人间重现。

## 第五颗珍珠——用善心恩养的那份缘

"江湖"一词沿用至今天,除了指"商场""官场"、偶尔指"情场"外,我在这儿还想借用一下代表我们四天来所经历的"采风场"。在"南水北调"作家采风团四天马不停蹄的跋涉中,1300余里的路程在我们的脚下风驰而去,"南水北调"这条银色项链上的颗颗珍珠只轻轻地一抖,就深深地镶嵌进了我的脑海。四天,1300余公里,我们看到的哪能用笔可以写明白,一路的感慨、震撼、感动、向望是在心中生了根、坐了印的,无以叙述,难能写清,以上记叙的仅仅是从记忆的宝盒中撷取的几颗珍珠。更令我难忘的是我们这个团队和团队里的每一位老师和朋友。

一向"讷于言而敏于行"的我,一路上只是以听和记为主,偶尔加上自己的小感慨在内心里发发,基本属于"波澜不惊"型的。可这一路上,中巴车上的笑语无疑是一次知识和智慧的大集会,让我深深体会到了学海的广博,受益匪浅。在这样的团队中前行,与这样的师友为伍,乃人生一幸事。

而今,坐在自己的书桌前,回味那四天在"南水北调"工程采风的日子,"江湖"上的那些人又晃动于眼前,亲切地对望着。忘不了手中的箱包被同样肩背重物的兄长"抢"走时,自己心中的那份感动;忘不了为了打破初相识的尴尬而有意上演的一个个精品故事和超级幽默;忘不了组织这次采风活动的领导亲临现场探寻细节时,背上用汗水画出的"地图";忘不了略显深沉的师兄打开话匣子的那一刻,让人感受到的深刻和淡定;忘不了在中巴上得到的赠书留给我的震撼和激动;忘不了一路周到细致的水利人的那份睿智和真诚;忘不了漂亮洒脱的美女带给我的亲切和感动……

缘,是恩养在善心里的珍珠;缘,又是促使善发扬光大的酵母。仅仅四天,由初相识到相互关照,由被感动到让这些感动推动着再去感动更多的感动，我们相信，这是"江湖"上的一种缘分。

在不能相守的日子里，就让我们"相忘于江湖"吧，让真诚的祝福和期盼插上翅膀，飞越千山万水。

孟子说："泉源混混，不舍昼夜，盈科而后进，放乎四海。"愿初相识又分离的我们，在"相忘于江湖"的日子里，彼此丰盈着自己的"泉源"，期待着再次相会的那一天。

## 哦,那个小村

在我的记忆中,冀北平原上的那个小村总是那么美。

春雨滋润着小村田野里的嫩芽,夏阳普照着小村浓荫上的片片翠绿,秋风将小村里压弯了枝条的果子的香味送到四面八方,冬雪又将小村覆盖成银装素裹的小家碧玉。我的童年就是在那个小村度过的。

和一般孩子不同的是,我一出生就住在外婆家。小时候,自己也搞不清为什么别的小朋友都有奶奶爷爷相伴,而我和妹妹只有外婆陪着。长大了才知道,这些都因为外婆。

外婆18岁就嫁到了那个小村,20岁就生下了妈妈,23岁时外公竟因一场风寒送了命。小村见证了外婆和妈妈相依为命、苦苦挣扎的艰难岁月。

在那个"行路靠脚量,吃饭靠菜糠"的年代里,外婆竟含辛茹苦地将妈妈供成师范学校的毕业生,而她自己却成了"痨病鬼"。毕业后的妈妈毅然回到了那个小村,成了当时远近村在里唯一的一名女村支部书记,发誓终身陪伴外婆。后来,妈妈遇到了在山东工作的爸爸,爸爸被妈妈的精神和经历所感动。从与妈妈结婚的那一天起,爸爸也与那个小村结下了不解之缘。

六十年代末,我拽着"四清"运动的尾巴出生了。从此,那个小村成了我的乐园。

至今让我记忆犹新的是小时候玩过的捉迷藏。在没有电视的年代,捉迷藏是我最喜欢的一种游戏。记得有一年的中秋,月亮已从东边挂上了，大大的、圆圆的、黄黄的，有一种让人走进去的诱惑。我一边惦记着外婆手里一家人待会儿赏月时才能吃的月饼，一边凝视着月亮里的嫦娥，一边竖起耳朵听着院外的动静。不一会儿，阿花带着大敏等小伙伴来了，不知是谁学了两声布谷鸟的叫声，在那如水的秋夜里格外震耳。我望一眼一旁正瞅着月饼出神的妹妹，悄悄溜了出去。

为了玩游戏时不让妹妹成为累赘，我和阿花约定了以两声布谷鸟叫为暗号。出了家门，才看到月光像水银一样洒下来，照得小村像白天一样。一群小伙伴撒丫跑到了村西的大槐树下，俩人俩人地分成组，每组小朋友手牵手，然后将牵着的手藏到背后，等到喊"一、二"时，将紧攥的手相握着亮出来，手心向上的自成一组，手背向上的自成一组。然后，一组藏，一组找。轮到我所在的那一组藏了，藏好了的小伙伴打了一声"呕——"，找人的那一组立即扑了上去。我藏在深深的玉米秸堆里，心扑扑跳个不停，听到了小伙伴们到处寻找的脚步声，心想"千万不要找到呀"。藏到另一堆玉米秸里的大敏弄出了窸窸窣窣的声音，几个小伙伴立马奔过去找到了她。我趁混乱之际悄悄爬出了玉米秸堆，向"大本营"——大槐树跑去，搂紧了那棵永远也不慌张的大槐树。（手摸到大槐树者为赢，累计摸到大槐树人多的一组为胜。）

月亮爬高了，圆脸从大杨树的树杈里露出来，含笑望着玩得着迷的孩子们，将斑驳的树影印在明亮的街面上、草堆上，小村的四周已格外静谧。"阿——花——""大——敏——"她们的娘在叫着各自的孩子。妈妈是从没时间、也从不这样叫我的，只有外婆才会扯着柔柔的嗓子长时间呼唤着我的乳名。

回到家时，院里很静，一家人正围桌赏月，梧桐树下的圆桌上放着分给我的那块月饼和几只苹果、梨，爸爸和妈妈又在商议着什么。我赶紧洗手，咬一口那块盼望已久的月饼，真香、真甜呀，抬头看到圆月下妹妹的小手托着圆脸目不转睛地望着我的吃相，我赶忙掰下一块月饼，不情愿地递给她，妹妹快速接了向嘴边送去。外婆在一旁说："这是姐姐的，你的那块已经吃过了。"我望着一年才吃一次的那块月饼"大方"地对妹妹说："吃吧，吃吧。"

妹妹自会走路起就像影子一样跟着我。记得那年放暑假，在县城工作的父亲接了我和妹妹去玩。父亲的同事看到我们姐妹可爱，给我们买了一大堆食品，父亲却只留了那包糖块。待无人时，父亲把糖块均分了给我和妹妹。不到三天，妹妹的糖块就吃完了，而我的那份却只吃了一、两块。白天父亲上班，我便领了妹妹去看在小村难以见到的一切。就是那一次，大街上两位民警骑三轮警摩经过的身影深深地烙在了我的心中，并在以后激励我成就了自己的警察梦。可5岁的妹妹好像对其他东西都不感兴趣，只看准了那些摆得整整齐齐的食品，闹着要吃，但我们并无一分钱。此时的我忽然间就长大了，从贴身的衣袋里掏出了珍藏了几天的一块糖，哄着妹妹离开了那个"是非地"。可恶的是，大街上卖食品的为什么这么多，才离开一处，又遇到了一处，妹妹又开始闹了，我只好又掏出了一块糖。留了几天舍不得吃的几块糖就这样到了妹妹的嘴里。只留住了一块，任妹妹再闹也没给她吃，直留到二十天后父亲送我们回到那个小村，才把它给了外婆。外婆说什么也不吃，我只好骗她说，我和妹妹都吃够了，她才幸福地把那块糖含在嘴里。

在城里吃了糖的妹妹自然会去前院的小舅家向大她一岁的表姐萍儿炫耀一番。萍儿的馋虫来了。小舅让两个妹妹喊我过去，郑重地向我交代："这是三分钱，能买三块糖，钱放在你手里，带两个妹妹去前村的小卖部买糖，你们一人一块。"我快乐地接受了"重任"，带两个妹妹离开了那个小村，向一里地之隔的附近仅有的一个小卖部走去。三个小姑娘蹦蹦跳跳地哼着歌，蝴蝶结都飞了起来。当我说明来意时，售货员却说涨钱了，只能买两块。接过刚买的两块糖，一块给了表妹，一块给了妹妹。回家的路上，她们两个是怎么快乐的我已记不清了，只记得自己心情沉重地招呼着两人快走。等到了小舅家，表妹对小舅说明了情况，小舅说再回去买。7岁的我回答小舅说："不用了。"就头也不回地向家中跑去，眼里却分明含了泪。

那个小村里，小舅是给我印象较深的人了，她是妈妈的叔伯弟弟。每到秋后冬初，地里的庄稼早已收完，空旷的田野一望无际，偶而有野兔瞪着小眼睛慢腾腾地跳过田埂，见到行人又飞速狂奔。忙碌了半年多的乡亲们要过一段轻轻松松的日子了。太阳刚落，小村就静得让人睡意绵绵。为了活跃气氛、丰富生活，此时各村都要放上一两晚电影。那时，看电影是最美的享受了。方圆五里六里的都留下了小舅带我们跋涉的足迹。《地道战》《地雷战》《平原游击队》等一些战斗片都是那时候看的。本村的电影是场场不误的。每当听到邻村要演电影，我都先去找小舅。其实，那时的小舅已三十多岁了，有三个孩子，还有舅妈管着，请他"出山"壮胆看场电影真难呀。当我推开小舅家的门，看到舅妈在时，是从不说去看电影的。等到小舅饭吃饱了，舅妈也去洗刷了，我才大着胆儿在一旁"吹风"。"小舅，邻村又演电影了，大敏骑着她爸爸的脖子去了。"小舅在一旁有一搭无一搭地说："演就演吧，今天累了。"我并不死心，又哄表妹去说，表妹说不通时，我们只好哭着求他了，直到小舅答应了我们，四个人一起搬了小凳出村时，还会听到舅妈在后面狠狠地骂着。

　　就有一回，我也是骑着爸爸的脖子看的电影。爸爸在县城上班，回家时赶上村里演电影的机会不多。那一次，我和小舅、表妹三人一块又去邻村看电影，路上正碰上赶回家的父亲，父亲见状把我和表妹放到自行车后架上，与小舅一同走到了邻村。待到看电影时，因去的较晚，场上人已很多，我只能看到大人们的后背。爸爸将我举上头，我就这样坐在了爸爸的肩上，骑着他的脖子，手抚他的头，美美地看到电影演完。如今父亲已去世十多年了，一直留在我心中的这一幕却是一向严厉的他留给我最温馨最感动的记忆。正是踏着父亲的肩膀，幼小的我一步步成长、逐渐坚强起来。

　　我爱看电影的兴趣也一直保持到了今天。上大学时，一次寒假里又在那个小村看电影，一身棉警服包裹下的我引起了看电影的乡亲们的注意。见大家都瞅着我，小舅赶紧解释，她在学校常看的，今天正好赶上。我听了心中窃喜。小舅是怕我尴尬，其实又何必。爱看电影的特点我是从不隐瞒的，无论在何时何地，就像我的天性，从不刻意去隐瞒自己的率直和诚实。尽管现在电视多了，可看电影的感觉却时常诱惑着我，催着我去看一场"真正"的电影。

到九十年代初外婆去世时，那个小村家家都有了电视，有的甚至不只一台。又过了两年，53岁的妈妈搬进了县城里，不再担任那个小村的支部书记。警校毕业后，因工作太忙我一般只在给外婆扫墓的日子踏进那个小村。可那个小村留给我的关于童年时的记忆以及那印着我的欢乐与悲伤的点点滴滴却如电影一样，一遍遍在我闲暇时的脑海里放映，让我感动，催我奋进。

哦，那个小村，我心中最美的小村。

## 梦里常听您的歌

梦中，我总走向平原上那个绿树环绕的小村庄。

您依然站立在村头，左手轻扶一颗尚未长成的小杨树，右手搭起凉棚，向远方眺望着、眺望着……

秋风吹起您的白发，又调皮地掀飞您的衣角，您却一动不动地就这样向前望着、望着……

在我的记忆中，已记不清您是第几次送我，只记得岁月的年轮一刀刀刻在您曾是美丽的脸上，我在那个秀丽的小村头，双手捧着这张脸，看她从娇艳的夏莲变成清瘦的秋菊。一次次背着您的目光上路，听着您的歌远行，揣着您的心满怀激情地生活。我渐渐长大，您却永远地离我而去。

您 18 岁就嫁到了那个小村，23 岁时丈夫抱病而逝，从此，您便与 3 岁的女儿相依为命。清贫的生活，孤寂的日子，把您磨成了一个铁人，村里人都说难得见您笑，直到有了我和妹妹。

因了母亲与您相依为命的原因，我打出生那天起就赖在了您的怀里，与那个小村结下了不解之缘。穿起您劳作一天后灯下为我一针针缝制的鞋袜衣衫，吃着您精心细做的小米饭、玉米糊、大饼子、小窝头，听着您不经意间哼起《小燕子》《苦菜花》，我由一个小不点儿长成了梳着两只羊角辫的小姑娘，而这两只羊角辫却一直是您的杰作，直到我上了初中，才留起了一头短发。

记得 9 岁时一个大雨滂沱的夏日的一天，下了一整天的雨仍没有停的意思。母亲又在忙村里的事了，家中只剩下您照看着我和妹妹。平时您总是从地里收工回来后，匆匆到偏房做饭的，因为下着大雨，早上、中午家里没有"动火"，每人只吃了点儿凉干粮果腹。挨到晚上了，您冲进雨里，跑到偏屋的伙房做起了摊鸡蛋饼，在那个年代，这是少见而绝好的美味了，虽然饼里掺了玉米面，可那金黄的色泽、脆脆的口感、美美的香味，至今还留在我的记忆里，我相信那是今生吃到的最好吃的饼了。

后来，我上了公安学校，每次放假后开学时，您都在我离家的前一个晚上，踮着小脚，躬着背，摊了鸡蛋饼，准备了金丝小枣及糕点，还有一大堆好吃的零食，把它们整理成一长队，摆在我的床头前，让我带给同学们品尝。每次弄这些，您几乎要用大半个晚上，那时的您已是近70岁的年纪。可是，次日清晨，您总是把自己收拾得干干净净，送我到小村口，扶着那棵小杨树，目送哼着《小燕子》的我渐行渐远⋯⋯

从公安学校毕业后的第二年，我成了一名户籍民警。元旦期间，正值年终人口统计的关键时刻，已有一个多月没有回去看望您的我，忽然想您想得心痛，那时，整个小村都没有一部电话，我准备等向市公安局上报完人口统计表格后，立即回去看您。这样想着时，阴阴的天空就飘起了雪花，雪花越飘越大，竟鹅毛般飞舞了起来。单位的司机老张走进办公室，说前几日听说您生病了，建议我回家看看，说趁下雪正好走，一会儿就回来了，并自告奋勇送我一程。我想也没想这是为什么，就坐进了老张的吉普车里，到县城唯一的那家百货商店买了一大堆您爱吃的东西，立即上路。一路上想着您的音容笑貌和见到您后的样子，我又不知不觉地唱起了那首《苦菜花》。

吉普车在雪中颠簸了四十余里地后，在小村的巷口尚未停稳，我拎着买给您的东西匆匆向家奔去。一进家门，母亲撕心裂肺的哭声让我懵了！我大声喊着您，奔向您的房间，看到的却是白布覆盖下您安睡的脸。深深的自责和对您的思念，让我在您的灵柩前哭得死去活来。待我稍稍平静，母亲手托一件缎面棉衣和一个眼镜盒走到我的面前，告诉我，您在病中天天做这件棉衣，剧烈的咳嗽让您一次次停手，看上一会儿眼镜盒后，又一次次拿起，一边咳嗽一边做，直到去世前一天晚上刚刚做完最后一针，总在念叨着不知穿了是否合身。我忍住悲痛，轻轻穿上那件留有您体温的棉衣，暗红色的缎面上一枝枝梅花悄然怒放。又轻手拿起那个眼镜盒，在您的眼镜盒里面，居然是我身着警服的一张半身照。我无语凝噎。

唯一可以告慰您的是，那年，我获得了全市"户政岗位标兵"的称号。

没有您的日子里，我时常拿出那件缎面棉衣，抱一抱她，再小心地收藏起来。梦里也常常回到那个绿树掩映的小村庄，听着您唱那几首熟悉的歌，看燕子飞过您向远处眺望的目光，醒时却是泪湿枕畔。

"小燕子，穿花衣，年年春天来这里，我问燕子你为啥来，燕子说，这里的春天最美丽。"外婆，又是春天了，春燕已在春风拂动的柳丝里翻飞，我在唱您教的那首《小燕子》，您听到了吗？

# 父亲留给我的财富

二十多年来，无论在寒冬的晨风里，在春日布谷鸟的啼叫声中，在五月的麦香里，在金秋水果味的空气里，当我闭上眼睛放飞自己的思绪时，您就那样微微笑着向我走来……

您的笑容是那样慈祥和蔼，带给我温暖和前进的动力。可是，让我不明白的是，我对您印象最深的为何总是您那些严厉有加的表情和瞬间画面。四十年来，经常浮动在我眼前的是数九寒天里的乡村晨图。

那年冬天，您被打成"右派"后，从县城回到了家乡。妈妈对别人讲起您为何不去上班时，都会说到"站错了队"几个字。那时，我不懂啥叫"站错了队"，通过观察您和妈妈及别人的目光，我明白您是犯了错，被赶回了家。我心想，您都犯错了，一定不会再如从前那般对我和妹妹那么严厉了。事实证明，我想的全错了。

相邻三里路的大芦村新修了一眼深机井，温水从地下咕咕地冒出来，水汽氤氲着旁边的机井小屋，还有屋外光秃秃的柳树林。在一个清晨，军人出身的您跑步时发现了这个温泉井，于是，您就像发现了新大陆一般，天天坚持担水走十二里路，送水回家。那时，村里没有自来水，吃水就靠去村外的深井里挑。您说："反正担哪儿的水也是担，不就是多走几里地嘛，吃这样的活水比吃井里的死水好得多，用这样的水洗脸不得感冒。"并从此让我和妹妹和您一起晨跑。

六点，您准时把我和妹妹叫醒。我们穿上棉衣，戴上帽子和围巾，跟在您担了空水桶的身后，踯躅前行。清晨的乡村还在梦里，田野空旷、辽阔，大地被冻得裂开了一条条深深的口子，光秃秃的杨树上，几只花喜鹊围着自己的窝蹦蹦跳跳，偶尔发出一两声欢快的叫声。您摘下手套，一边走一边用力地搓着两只手，让我们按照您的方法重复着搓手的动作。晨风如小锉刀一样，锉过我们的脸和手，只几分钟，我们的手和脸就变得通红。您说："开始跑吧。"我和妹妹迈着小碎步，在乡间的小公路上开始跑了起来。东天有些微微的发白了，四周偶尔传来一两声狗吠，不到十岁的两个小女孩跟在一个挑了水桶的中年男人身后，颠颠地跑着小碎步。这是我记忆最深的画面。

我打小就是个听话的孩子，特别是对您说的话，总是有几分敬畏。您说：一年之计在于春，一日之计在于晨。坚持晨练就是为一天的工作和学习储备下能量。我按照您的话坚持着，坚持着，虽然有时也跑得气喘呼呼，上气不接下气，但我却不敢停下来，不敢有丝毫的懈怠，我就这样咬紧牙关，坚持着跑完您规定的路程，只到头上身上出了大汗。妹妹因为年龄太小，总是坚持不到最后，只能中途停下来，等着我们。

万事贵在坚持。就这样，我养成了慢跑的好习惯，且能跑相当长的距离。后来，正是因为我有跑步的基础，才敢在高考后报了警校，且通过了面试。在警察学校学习期间，每个区队天天早晨都要跑十里路，我因为之前有锻炼的基础，有幸成为能够坚持跑完全程的寥寥几个女生中的一个。

参加工作后，我更加理解您说过的"坚持晨练就是为一天的工作和学习储备下能量"这句话，故一直没改晨跑的习惯。一年四季的晨跑，使我成了小城里被人称道的"风景"。正是这种坚持，练就了我的毅力和拼搏的朝气，成就了我在工作和学习上从不服输的勇气和只争朝夕的精神。步入中年，我把跑步换成了快步走，并坚持下来。这些都得益于当年您的严格要求。

一种好习惯的坚持，是一个人一生宝贵的财富。正是您当年帮我"投资"，我才收获了今天的成果，积累了无价的"财富"。

父亲，又是五月里麦子飘香的季节了，我走在清晨的柏油路上，想着您担着水桶快步如飞的背影，仿佛又回到了童年，回到了故乡那个迷人的小村庄……

## 大年三十跑冰

那年，我六岁。

六岁的我随母亲在外婆所在的小村居住。那时，和小伙伴们玩耍之余，我总爱一手托腮，凝望天空，想象着小村之外的世界。

父亲在县城工作，为了让我开阔视野，他总会创造机会带我去他工作的县城，让我待上一段时间。

这年冬天，我随父亲在他单位已待了二十多天。马上就过年了，我盼着父亲快快放假，带我回家。

父亲所在的石油公司是个效益很好的企业单位，他在单位是位有名的"艺术家"。绘图、作画、雕塑、吹拉弹唱，他样样拿得起、放得下。那会儿，单位正让父亲带领两个叔叔在制一批以工作内容为主的绘图，好迎接春节后上级单位的视察。父亲和另两个叔叔一直忙到大年三十的下午，工作才完成。

回到宿舍，父亲催我赶紧拿上日常用的东西，立马回家。

县城离外婆和妈妈居住的小村有四十多华里，骑自行车还需要很长的时间。

冬天天黑得早，我坐在自行车的前梁上，和父亲顶着刺骨的寒风一起往前赶。自行车前梁上没有座位，只有一根铁管，我全力坐稳，尽力使自己一动不动。听着父亲因奋力蹬车而发出的粗重的喘息，那一刻，我真希望自己能飘起一会儿，以减轻自行车的重量。

为了早一点儿赶回家，父亲没走大路，而是选择了一条小路。县城与小村间有一条跨省河流，大路上有大桥，小路上却是没有的。父亲觉得在三九严寒的天气下，跑冰（方言。溜冰。滑冰）过河是绝对没有问题的。

天已黑了下来，四周的鞭炮声越来越响了。有几个跑冰的人在前面小心翼翼地过了河。父亲推着自行车来到河边，一只脚踏上去，踩着冰试了试，觉得很结实。于是父亲推着我小心地过河了。用了十多分钟，父亲推着自行车来到河心。突然，脚下的冰发出咔的一声脆响。父亲下意识地停止了迈步，稍稍向后退去。我回头，发现父亲的脸上头下哗地淌下大滴大滴的汗水。稍稍定了定神，父亲把我从自行车上抱下来，一手推着自行车，一手牵着我，在冰面上小心地走过。终于，我们跑过了河冰，来到对岸。

当父亲用自行车驮着我来到村口时，母亲已到村头等了很长时间了。我边喊妈妈边从自行车上跳下来，向黑暗中的母亲跑去。母亲抱起我，亲了一口，坐在了父亲的自行车后座上。

推开家门，外婆做的年夜饭飘出了浓浓的香味。

父亲跨进屋门，喊了声妈，然后就抱着外婆哭了起来。

"怎么了，孩子？"外婆拍着父亲的头问。

"我和妮儿差点儿掉到河里回不来了呢。"父亲抹了抹泪眼说。

"今天过年呢，咱不哭。我们平时积了德的，老天爷不会让咱过不去。你看，这不是好好地回家了嘛。"外婆一只手给父亲擦脸，一只手却被自己的眼泪打湿了。

妈妈对爸爸说："带妮儿去放鞭炮吧，马上开饭喽！"

那是我第一次看到父亲也会哭。

# 一句话改变了命运

这张照片拍摄于 1963 年 7 月 1 日。照片前排右一着中山装者,是我的父亲王青春。当时,他还没结婚呢。

喜爱文字的父亲从朝鲜战场归来后,被分配到河北省盐山县报社工作。一年后,盐山县分为盐山、孟村、庆云三个县,父亲也从盐山县报社转到了庆云县印刷厂。一段时间后,印刷厂因经济不景气而濒临倒闭,父亲为了能去一个国营单位工作,选择了马车运输队。当时马车运输队的工作就是用马拉着大车给各单位运送东西,是纯粹的体力活儿。几个月下来,劳累和疲惫扫尽了父亲身上略显文弱的白面书生气质,黢黑精瘦成了他那时的特点。

夏天的傍晚,夕阳早已西下,劳累了一天的父亲去单位所在地的一个湖边乘凉。微风中,一阵如泣如诉的二胡声飘过耳畔,是一首父亲熟悉的曲子。酷爱拉二胡的父亲,听出了眼前这位拉二胡者的瑕疵。父亲慢慢走近拉二胡者,见到的竟然是自己单位的一把手——赵书记。看到赵书记悠闲地拉着二胡的神态,父亲犹豫了。但对艺术的挚爱,还是让他把心里的话说出了口。父亲告诉赵书记,刚才的一个音若是如此这般拉就更美了。赵书记欣然接受,并立刻爱上了这个长相很酷的小伙子。从此,二人成为知音。不久后,赵书记就把身怀多种才艺的父亲调到了办公室。之后,赵书记又推荐父亲去了县物价局。从那句真诚的话开始,父亲一生的命运就改变了。这张照片是父亲离开马车运输队时,与共青团委成员的合影。

# 飞越鸭绿江的喜报

1956年初秋，华北平原正是绿波荡漾、百果待熟的时节。

那时，父亲正在乐陵中学读初中。又是周末了，父亲正在教室里和同学们一起吃饭。司务长突然走进来，说："王青春，下周你再交不上生活费，就不用来了。"

要强的父亲立马放下筷子，站起身，走出了教室。他要去筹措生活费。

其实，家里当时是供得起父亲上学的，只是祖母去世早，曾祖父不愿让父亲上学，怕他学好了，会永远离开家乡，自己白养孙子一场，没法得济。于是曾祖父下令，不给父亲生活费，让他知难而退。

父亲先去了姥姥家。那时父亲的姥姥姥爷早已辞世。父亲进了姥姥家的门，还没张开口说借钱的事呢，三个舅舅就争着说起自家新置办了什么东西，再也拿不出钱了，把父亲还未张开的口给封住了。父亲含泪离开姥姥家。父亲的大舅母看不下去了，让表弟追出来，送给他两元钱。两元钱根本不够交生活费，倔强的父亲，谢绝了大舅母的好意。

父亲借不到生活费，一气之下辍学，走进了征兵的行列。结果，身体健康、长相俊美的父亲，被部队选中，应征入伍了。

新兵们直接开到东北。来到东北，父亲才知道他们是赴朝鲜作战的中国人民志愿军。父亲想到即将离开故乡，奔赴异国他乡，还不知何日归来，心中未免惆怅；又想到终于脱离了封建的家庭，可以自由地学习工作了，心里亮堂了许多。父亲脱下身上的衣服，穿上军装，把旧衣服包好，直接寄回了家乡，算是告诉家人，他去当兵保卫祖国了。

父亲和战友们雄赳赳，气昂昂，跨过鸭绿江，来到了硝烟弥漫的朝鲜战场。

那时，战争双方虽已在停战协议上签字，可美国等国并未撤兵。父亲和战友们厉兵秣马，加紧训练，准备作战。

父亲性格刚毅，有超人的毅力，从不愿服输，再加之从小舍得吃苦，训练时冲在前头，很快从战友中脱颖而出。父亲因训练成绩突出，部队授予他一级技术能手称号，并发了喜报。

父亲得了喜报后，用中朝两种文字在背面写上获奖感言，寄回了家乡。

曾祖父接到父亲寄回的喜报，泪流满面。一是孙子为他争了气，他十分高兴；二是孙子能得到这个喜报，不知在异国他乡受了多大的罪，吃了多少苦，都是他逼走了孙子，所以他十分心疼和自责。曾祖父把孙子的喜报珍藏起来，想孙子时就拿出来瞧瞧。

后来，父亲回国后转业。曾祖父把这张珍贵的喜报还给父亲，让他自己好好保管。

## 巧手曾祖父

  我记事时，我们家是个大户，曾祖父是一家之主。
  那时曾祖父已近 80 岁，中等个，瘦长脸，有三五根白眉毛搭在明亮的大眼睛上，说话时经常捋一下白色的山羊胡须。他腰板硬朗，走起路来像个小伙子。
  曾祖父继承祖上传下来的家业，把家经营得风生水起。
  老家大门前，有两棵古槐树。春天清香扑鼻，夏秋绿叶成荫。朝南的黑漆木大门，一边挂着一个大红灯笼。走进大门，先是前院。前院由南屋东西屋及腰屋组成。穿过腰屋则是后院。后院由腰屋北屋及东西屋组成。小时候，每每回老家，总为家里的气派而自豪。
  曾祖父聪明能干，炒得一手色香味俱全的好菜，是村里的大厨。大厨就是村里人红白大事时掌勺的主厨。不仅如此，曾祖父的面食做得也好。哪家有白事，做寿桌时，上面摆出的用面制作的红嘴大桃、绿色大苹果、紫色葡萄、大红石榴等均出自曾祖父之手。为此，曾祖父一向有着好人缘，方圆十几里，一提曾祖父的名字，人人都翘大拇指。
  曾祖父还是村里的文艺骨干。每年春节前后一两个月，都是曾祖父最忙的时候。他不但承担做竹板（呱嗒板）的任务，还要排练竹板秧歌等歌舞。踩高跷、扭秧歌等节目都是曾祖父一手导演下来的。我和父亲回老家过年时，曾祖父也会发给我一块绸子和一只竹板，亲自指导我，跟随村里的老演员们舞起来。

进了腊月，曾祖父还要利用零散的时间亲自绘制图画，制作一只只漂亮的纸灯笼。有花鸟的，有山水的，还有三国人物的，各种形象应有尽有。大年三十，我打着曾祖父制作的纸灯笼，跑进跑出，兴高采烈。

大年三十晚上，下水饺之前，曾祖父会盘腿坐在炕上，等着孙男娣女们给他磕头。我们小孩子们磕完头后，手里会有曾祖父赏给的一个红包。接到红包，小孩子们会再次冲曾祖父磕一个响头。

记得那年秋天，曾祖父拎了一篮子制作精美的桃李形面食，徒步去外婆家所在的小村庄看我。那个年代也没有电话之类的通信工具，之前，我是不知曾祖父会来的。我和妈妈从外面回到家里时，见紧锁的大门前有一位白发苍苍的老人，细看，是曾祖父。我高声喊叫着，扑到他面前，捋着他的白胡子问东问西。曾祖父从筐篮里拿出一只大大的面制红桃，我高兴地接过来，左看右看，一时弄不明白这么好看的桃子从何处下口。

曾祖父最后还是吃亏在劳累上。那个冬日，他给邻村的一个老人做完寿桌后，返回家时已是深夜。84岁高龄的曾祖父步行到家门口附近时，摔了一脚，从此再也没能站起来，直到一个月后去世。

三十多年的时光一晃而过，曾祖父的音容笑貌却在我记忆的长河里永远明亮。

# 二生的童年趣事

三年自然灾害那会儿，出生的孩子少之又少。在鲁北平原上，黄河岸边的香村，1962年只出生了一个男孩——二生。二生上边三四年，香村竟没生过一个孩子。到了1963年就有三男四女七个孩子出生，1964年出生的孩子才渐渐多起来。所以，二生小时候，在村里是孩子王，不说一呼百应嘛，至少也是挥一挥手，身后就会跟着支大部队。于是，二生和伙伴们的精彩故事一个一个地上演了。

## 爬西瓜

秋天，一望无际的青纱帐是孩子们天然的好去处。青纱帐里各种各样的瓜果，用或浓郁或甜淡的香味吸引着孩子们的口水。

三爷的西瓜地藏身在四周都是齐腰深的棉花田里。棉花摇铃时，西瓜已经熟了。二生"部队"里的"侦察兵"已对三爷的这块西瓜地勘察了无数遍。

"棉花地里经常有人拾掇棉花的，三爷倒是不常在外面，瓜棚里凉快。""侦察兵"之一的二斜子说。

"瓜棚的门朝北，又没有窗户，咱从瓜棚的南边下手。"臭蛋儿说。

"时间嘛，就选在中午。中午拾掇棉花的人都回家吃饭了，四周的地里没人，三爷要是再眯上会儿，那就太妙了。"三坏说。

"军师们"都出了主意，只等二生拍板了。二生一只手挠着后脑勺，心里还在犹豫。二生不怕别的，只是父亲在乡政府工作，这扒瓜的事万一败露，会让父亲丢人啊，那顿打肯定不是轻快的。可又有谁能拒绝马上就到嘴边的香甜诱惑呢？大人都不能，更何况孩子。二生终于下定了决心，干。

中午，太阳最毒辣的时候，棉花田里果真没了人。二生指挥着"大部队"悄悄挺进到瓜田四周的棉花地里。先派出两个"尖刀兵"探听一下风声。三爷不知跑哪儿去了，远处的蝉及沟渠里的青蛙一唱一和地在对诗。西瓜地裸露在炎炎烈日下，西瓜秧上的叶子泛着油亮的光，点缀其中的黄色的花朵被太阳晒得蔫蔫的，或闭着眼，或低了头。一个一个大又圆的西瓜藏在叶子底下睡午觉。

二生一声令下："开始。"五个孩子顺着棉花垄爬了出去。西瓜地里的"尖刀兵"们，把摘下的西瓜放在棉花垄与西瓜地的衔接处。每个孩子头顶三个西瓜，撅起屁股，使着劲，开始往回爬。二生藏身在棉花地与高粱地相接的地方，坐等胜利果实的到来。碧蓝的天空，悠然散步的白云，看到了这有趣的一幕，微笑着挥毫泼墨，成就了一幅顽童偷瓜的工笔画。

一会儿工夫后，他们带着十五个西瓜凯旋。二生为首的孩子们钻进高粱地，美滋滋地享受着胜利果实。饱餐后的小家伙们怕三爷发现了吃瓜的痕迹后心疼，并未扬长而去，而是把西瓜皮收起来，扔到了远处的沟渠里。

三爷还是知道了。待一批西瓜成熟后，三爷挨家送了几个。于是，三爷的西瓜地里便不再丢瓜了。

## 偷　梨

一场大雨说来就来了。灰蒙蒙的天空，雨雾缭绕，倾盆的雨水从天空倒下来，急急地打着地面，地面上开满了水花。青山叔家的梨园里，一个一个泛着黄色的大水梨在雨中更加精神了。

这种天气是二生他们盼了多时的。没下雨时，二生他们就聚在一起商量过，说青山叔现在把得紧，等下大雨的时候，他一准会歇息的。到那时……

早已约好了的几个孩子冲进雨帘里，丝毫不管身后的大人如何着急地呼喊。

未带任何雨具，冒着大雨跑出来的孩子们很快就摸到了青山叔家的梨园，一人抱了一棵梨树，噌噌几下就到了树杈上。伸手摘一个大黄梨，咬一口，甜甜的梨汁即可润心润肺，爽到极致。几天的"相思"在那一刻才化成了一个字——"值"。

享过口福后，二生们脱下裤子，成了光腚猴儿。只一会儿，两只小手就把大黄梨们装满了两只裤腿。二生用细绳扎好裤腿，扛起裤子，正想爬下梨树溜走时，却看到青山叔披了蓑衣，蹲在树下。二生想，这回完了，被逮了个正着呢。

雨雾茫茫，大雨如注。雨中，青山叔依着梨树，就这么蹲守着，可把树上的光腚猴们憋坏了，一个一个在苦思冥想着，怎样逃离？二斜子骑在离青山叔较远的一棵梨树上，瞅准青山叔背对他的空隙，哧溜一声滑下了树，扛着装满梨的裤子，撒开丫子就跑。青山叔"噌"地站起身，钻进雨帘里，追了过去。二生这才得了空隙，慌慌地从梨树上溜下来，扛起装满梨的裤子，光着腚冲进雨里。二生边跑边想，青山叔还是给自己留了面子的，不然，他二生这次可是插翅难飞了。

梨是偷回来了，二生却不敢回家。二生在院子外面学鸟叫，把三生引出来。兄弟俩，冒雨爬上了屋顶。雨渐渐小了，二生和三生也把梨吃得差不多了。二生穿上裤子，兄弟二人摸着滚圆的肚皮，没事人似的回了家。

晚上，甜甜的梨汁在二生的梦里长了翅膀，这对翅膀带着二生在青山叔家的梨园里飞呀，飞呀……

## 烧　秋

一望无际的青纱帐里，搭起一个又一个看秋棚时，香村的秋熟了。

看秋棚，就是在一人多高的玉米地里，用木棍先支起高架，再在上面盖起一个草棚子，看秋的人在里面可以遮风挡雨，躲避毒辣辣的日头。

秋高气爽，白云悠悠，茂盛的秋庄稼和草儿一起成长，这正是二生和伙伴们打草的好时机。当草筐里的草相当可观时，一个一个小肚子也咕咕乱叫了。在那个吃饱饭是难题的年代，孩子们自创了很多充饥的妙方，美其名曰烧秋，烧玉米就是其中之一。

那时，物资匮乏，农民赖以生存的食物就是玉米，玉米不够吃时，就用倭瓜充饥。所以，香村的秋是需要看的，不然，成熟的玉米棒子就会大片大片地丢失。

不过，即使有看秋的，二生和伙伴们照样可以把玉米偷偷掰下来，在看秋人的眼皮子底下，烧成美味。

小家伙们先用打草的镰刀在玉米地里挖地沟，地沟窄窄的，一只玉米长的宽度就够了，可长得一米多刀，深四十厘米左右深，这样就差不多了。孩子们挖好沟后，先分头去拾些干柴，再去折些玉米棵顶子，找几穗大个的玉米，用指甲一掐流水的那种。把玉米剥去外衣，留几片嫩皮在玉米穗上，然后把玉米横放在挖好的地沟上。经过小家伙们一趟一趟地运动后，干柴烧起来了，再把玉米顶子掺进去，火势变得慢下来，浓烟乖乖地顺着挖好的地沟慢慢散去。看秋人站得再高，也不会发现这儿正在烧玉米。

在肚子的咕咕乱叫声中，玉米被烧熟了。饥肠辘辘的小伙伴们麻利地剥下烧焦的玉米衣，一只一只黄灿灿的玉米带着黑灰露出来，一张小嘴边吹边啃，三下五除二，一穗玉米就下了肚。嘴上还带着黑灰的伙伴们背上等在一边的草筐，任那些带着野味的清香长久地飘在唇边，一路说说笑笑地回家转。

秋风习习，虫儿的轻唱和着孩子们的笑声，长久地回荡在香村的天空。

烧地瓜吃也是小伙伴们充饥的一种好办法。

二生指挥小伙伴们用镰刀挖出地瓜，再挖好地沟。几个孩子分头去拾柴。把拾回来的柴按干湿两种分开，先把干柴铺在地沟里，把地瓜放在上面，再用湿柴盖上。点燃最底下的干柴，火势越来越旺。一阵噼里啪啦的脆响后，火苗蹿起来，地瓜上面的湿柴也被点燃了。这时，二生出手了，迅速地把挖出的土埋在火苗上，焖好。

二生回头对孩子们说："都打草去吧，等过一会儿再回来。"

惦记着被烤的地瓜，打草的孩子们一会儿回来看一次，二生用眼神无声地把他们赶走。待二生的草筐和孩子们的草筐全部装满时，二生才允许他们围着烤地瓜坐下。

二生亲自扒开烧好的地瓜，一块一块地分给他们，当然，上好的那块还是留给自己的。

几张小嘴贴在地瓜上，四周顿时安静了，只有风儿俏皮地抚弄着玉米的叶子，发出哗哗的响声。

"二生哥，俺这块没烤熟呢，你瞧，地瓜心里还很硬。"二斜子嘟着四周全是黑灰的嘴，把地瓜举到二生面前。

"毛病，不愿吃拉倒，有愿意吃的呢。"二生瞧也没瞧二斜子一眼，生气地说。

"对，不愿吃我吃。"几个孩子七嘴八舌。

二斜子很快抽回手，又把地瓜举到自己的嘴边，狼吞虎咽起来。

黄灿灿的地瓜瓤里飘出一缕缕香甜的气味，孩子们贪婪的吃相馋坏了树上的鸟儿、河里的鱼儿。

有时，小伙伴们也会割下地里熟透的豆稞，挑个平坦而干净的地面，先把豆子放一边。豆子地里，熟透的豆叶大部分已落下来，铺了褐色的一大片。孩子们把这些豆叶拢到一起，抱到刚才选好的地上，铺平，再把割下的豆稞铺在豆叶上。火苗燃起来，火光中一片噼里啪啦的脆响，待响声小了，再烧一会儿。等豆叶全部烧完，豆稞也烧得差不多时，豆子便熟了。小家伙们脱下上衣，双手撑开，抡扇子一样。不一会儿，地上的黑灰和未燃尽的豆叶就飞得无影无踪了。空旷的地面上，只留下黄中掺黑的豆粒。孩子们"呼"的一下涌上去，抓了豆子塞进嘴里。熟豆子的香味悄悄漫延出来，飘在孩子们的嘴边、耳际、头发丝里，继而，飘进心里，扎根在童年的记忆里……

## 抬　鱼

　　香村的小河瘦瘦的，蜿蜒曲折，河水清冽，静静流淌。河两岸是绿色的青纱帐。暮秋，秋虫也懒了，夜曲明显的低沉下来。

　　二生和三生决定晚上去抬鱼（捕鱼）。一来，九月初已开学，白天他们得上学了；二来，香村把白天打鱼摸虾的人视为不务正业，正眼瞧不起这些人。

　　下午放学后，二生和三生先割完草，再把抬鱼的家什找出来，准备好。无非就是一张抬网。网长五六米，宽二米左右，一边有一个木棍把手。

　　吃过晚饭，晚风送爽，月亮坐在树梢上时，二生和三生出发了。

　　已经有人占领了最佳地段。二生和三生挑了个缓坡，一人各拿着网的一头，分别站在两边岸上。二生两手攥着撑网的木棍，将其倾斜成45度角，三生也按着二生的方法做好。于是，一挂抬网就被安插到河水里了。静悄悄的小河畔，秋虫喃喃，河水潺潺。突然，二生觉得手被重重地拱了一下，他赶紧喊一声："一二——起"。

　　对面的三生听到二哥的喊声，双手用力一提，整张网就被抬了起来。哇，还真有不少鱼呢，鲢鱼、鲫鱼、鳝鱼等挨挨挤挤，足足有四五斤。哥儿俩乐得嘴都合不拢了。把抬到的鱼倒进早早准备好的塑料桶里，再次把抬网安置到河水里。

　　不一会儿，二生又喊："一二——起。"兄弟两个齐心协力，再次抬出四五斤鱼。如此这般，一个晚上，哥儿俩就抬了六十多斤鱼。

　　回到家，就着朦胧的月光，娘把这些鱼都处理好，再用盐腌上。

第二天中午，放学回来的大生、二生和三生就会闻到鱼汤的清香飘在院子里。娘把一些鱼做成了一大锅鱼汤，另有一些被炸得焦黄地摆在盘子里。在那个被饥饿笼罩的年代里，这就是绝好的美味了。

一家人美美享受一大顿不说，善良的娘总是把自己做的新鲜的饭分给左右邻居们品尝。由此，娘的好手艺便在村里传开了。

# 巧　辩

侯二在牲口市上左转右转，浪费了大半天的时间，最后还是踱到了刘四的小草驴面前。

侯二已在小草驴前走过无数趟了，就是下不了决心。眼看天色越来越晚，侯二终于伸手从怀里掏出小布包。一层层打开，取出一沓钱，蘸着口水数了起来。把钱递过去，接过一张出售票据，小草驴就归侯二所有了。

侯二见天不早了，步行赶回百里以外的家已不现实，干脆住在了集市上的马车店里。侯二想，在马车店打个宿，明天一早敞敞亮亮的再往家赶，又安全又轻松，岂不更好。

侯二把宝贝草驴拴在马车店的院子里，让店家帮着看管，吩咐店家在小草驴的脚下放一些青草。他自己则捋了捋小驴的灰毛，拍了拍它的耳朵，进屋休息去了。

不到一个时辰，四处寻驴的肖三匆匆来到马车店。肖三进店后，一眼看到了拴着的小草驴，直奔小驴而去。肖三仔细看了看这头驴，气愤地大声喊："谁把我的小草驴拴到这儿的，我总算找到它了。"

侯二闻声来到院子里，大着声回答："我的草驴，怎么了？"

肖三说："你是哪儿的人，怎么弄来的这头驴子？"

"我是哪儿的人你管不着，这头驴子是我刚在集市上买的。"这里有售出发票，你自己瞧。侯二说完递过去一张票据。

肖三上前细看了发票，果真是刚刚开的，上面的手印还未干呢。

肖三说:"有票据也不行,这头驴是我丢了好长时间的小草驴。好不容易找到它,我得把它牵回家。"说罢,肖三牵了小草驴就走。

侯二说:"你这人真不讲道理,硬把我刚刚买的驴牵走,这世上还有没有王法?"侯二便说便去镇上的派出所报了案。

派出所的张所长喊上两个民警一起出警。四人追到大街上,追上了牵着小草驴的肖三。

张所长简单地问了情况,把肖三、侯二及小草驴一同请进了派出所。

在派出所里,侯二把自己从刘四那儿买驴的前后经过讲了一遍。肖三则说了自家的小草驴已丢了一个多月,和这一头一模一样。

张所长派人找到刘四。刘四直着脖子一口咬定:"我的小草驴,谁想赖也赖不去,是我卖给侯二的。"

可是,为何会有一模一样的两头驴子?

本来,刘四和肖三居住在相隔二十里地的两个村子,两人并不认识。事情还得从头说起。

刘四家的驴子发情时,正是春花烂漫的三月天。那个年代,家里有头驴子真是一大笔财富。驴子发情了,更是一个发财的前兆。刘四牵着他们家的宝贝驴子去了镇上的配种站。配种站里有一只高头大驴,虽说也是草驴,可它长得风流倜傥,浅灰的皮毛,长长的耳朵,一双大眼睛,配上一对双眼皮,全身透出情圣的韵致。刘四家的驴子和配种站的驴子搞了半天,配种站的人说:"成了"。刘四嘿嘿笑着,牵了驴子往回走。

三月的田野,草长莺飞。驴子走在绿树成荫、绿草满地的路上,不时低下头,啃两口青草,又接着朝前走。走过一个岔路口,刘四见对面来了一个人,也牵着一头驴子。刘四明白,这人和自己干的是一个活儿。两人打了个照面并未说话,两头驴子相对时,"咴儿咴儿"地叫了几声,算是打了招呼。新来的这个人就是肖三。刘四的判断没有错,肖三确实是去配种站为驴子配种的。就在同一日,配种站上的驴子情圣与刘四和肖三家的驴分别配了种。

十个月后,刘四家的母驴生下了一头小草驴,母的,浅灰色的皮毛，长长的耳朵，一双大眼睛，配上一对双眼皮，煞是可爱。又过了三四天，肖三家的母驴也产下一头小草驴，母的，浅灰色的皮毛，长长的耳朵，一双大眼睛，配上一对双眼皮，样子和刘四家的驴一模一样。只是刘四和肖三都不知道对方的情况。

派出所的民警多方调查，了解了事情的前因后果，赶回来和张所长汇报。张所长听了汇报，绞尽脑汁在想辨认驴母子关系的办法。有民警从旁边说："去做基因鉴定。"

这倒是个办法。可是，六十年代初，动物基因鉴定得到省城农科院去做，就是来回路费不说，这笔不菲的鉴定费谁出啊？张所长的脑子在快速地转动。末了，张所长说："这样吧，把你们两村的村支书和会计找来，咱们让小驴自己认母。"

肖三一听，马上说："俺家的母驴早卖了，无法让小驴认。"

张所长说："卖了总有买主吧，你去找回来不就得了。"

肖三家的母驴卖给了本村，一会儿工夫就找了回来。其实，肖三是不愿用这个驴找驴的办法。

肖三和刘四分别牵着自家的母驴来到了派出所。

小草驴见到母亲，撒着欢地跑向刘四家的母驴，大驴小驴相互打着招呼，亲热地依偎着。小草驴还钻到母亲的身子下吃奶。刘四嘿嘿乐了，龇着牙说："看看吧，这是能赖的事吗？"

虽说小草驴和肖三家的母驴连对一下眼神的现象都没有，肖三还是百般抵赖，不愿承认小草驴不是自家的。

张所长见说服不了肖三，又生一计，让小草驴认家。

两村的村干部，派出所的民警，刘四、肖三、侯二全跟着小草驴上路了。

一行人先去了肖三家。一进村，把牵着的小草驴放开。小草驴根本就没有熟悉这个环境的意思，也不往前走。肖三的老婆孩子都出来赶截，小草驴仍是不往肖三家的方向去。肖三的老婆孩子拿了干粮引诱小草驴，小草驴才一步一步跟着回了家。来到家里，小草驴只是吃东西，根本不向母驴的方向靠。肖三硬把小草驴赶到母驴身边，母驴却抬起蹄子踢它。

张所长对肖三说:"你把关紧的院门打开。"院门打开了,小草驴一个健步蹿了出去。跟去的人见了,一个个默默摇头。

一行人又去了刘四家。快进村时,把牵着的小草驴放开。脱了缰的小草驴撒着欢地朝刘四家的方向跑,不一会儿就跑回了刘四的家。小草驴进到家,立马冲到母驴的身边,两只驴哎哎地叫个不停。小草驴委屈地依偎着妈妈,像是在叙说这几天的遭遇。虽说院门敞开,小草驴却没有离开半步的意思。

跟去的众人全乐了,大家异口同声地认定小草驴就是刘四家的,现在应该归侯二所有。

张所长为了稳妥起见,只身去了趟省农科院,咨询自己这个鉴定驴子母子关系的办法是否可行。

农科院的专家说:"你这办法好啊,比做基因鉴定都准,亲情召唤嘛。"

张所长笑着说:"俺只知道骨头断了连着筋这句古话。"

张所长回到派出所后,让民警把跟着小草驴认母认家的人都记了材料,按了手印,形成了卷宗。

侯二高高兴兴地拎着自己的宝贝驴回家了。

张所长对蔫儿在一边的肖三说:"别着急,你的驴子会找到的,回家听信吧。"

# 天上下雨地上流

我嫁给你爸,不是因为他长得好看,是因为那一霎儿,我的心软了。母亲和我说这话时,暖洋洋的冬阳透过窗玻璃照进屋里,照在她苍老的脸上。那张如菊怒放的脸上,竟有了一丝孩童般的清纯和美丽。

母亲3岁时,其父就去世了。从此,她便与23岁的外婆相依为命。尽管日子苦得像黄连,可母亲还是在她母亲的拼命挣扎中读完了师范。

在五十年代末六十年代初,能把师范念下来的人,不多。母亲师范毕业后回到了生她养她的故乡——芦村,回到了她的母亲身边。母亲在芦村做了妇女主任兼代课教师。

母亲继承了其父母的优点,高挑的身材,瓜子脸,浓眉秀目,是当时十里八村的美人。女子长得美,肚子里又有墨水,找对象就有些难度了。因为母亲生活的地方是乡村,不是城市。村人们满怀热情地给母亲提了几个对象,面还没见上,母亲就一口回绝了。在母亲的心里,她是盼着能有个风流倜傥的美男子让她一见钟情的。

也许,人这一辈子,谁和谁要认识、要相遇、要在一个屋檐下生活,是早已注定了的。

母亲从她的舅母那里了解到的父亲,是很符合母亲心里的标准的,只是,那时的父亲有自己的难言之隐。

母亲的舅母是父亲家的邻居。这样的红娘一牵头,双方交往起来就会有点儿戏了。那时父亲刚参加工作不长时间，在县印刷厂上班。父亲身材适中，面貌清秀脱俗，剑眉下一双炯炯有神的大眼睛，高挺的鼻梁，嘴唇紧抿着，整个人飘逸着一股儒雅之风和凛然正气。父亲爱好广泛，不管是吹拉弹唱，还是写字、绘画、雕塑，样样精通。他们二人在一起不说绝配吧，也是才子佳人的组合。

从相貌吸引到爱好一致，母亲和父亲的交往频率逐步加快。

"我从3岁开始，和母亲相依为命，是母亲一手把我带大，为了不让我受委屈，母亲一直未再嫁。我结婚的对象必须和我一起孝敬母亲，住在芦村。你能做到吗？"一次，父亲又去芦村看母亲时，母亲严肃地和他说。

"其实，咱们的情况有些相同，我一岁多，亲生母亲就去世了。后来，父亲再婚两次，第一个继母没生孩子，嫁过来不到一年，得病去世了。第二个继母却像母鸡下蛋那样，连生了六个，继母连自己的孩子都看不过来，更不会正眼瞧我了。我只好跟着奶奶爷爷生活。爷爷奶奶待我比生父都亲。我的意思是，我也不愿意在那个家里待着，正好和你一起孝敬老人。"父亲说这些话时，眼睛十分明亮。

母亲低着头，嘴角微微上扬，一丝欣喜从眉宇间飘出来。

两人一来二往地交往着，一晃就是一年多。期间，父亲几乎每个星期天都骑车三十多里，从单位赶回芦村。回到芦村的父亲，每次都不空手。单位食堂一周改善一次伙食，父亲打了馒头包子回到宿舍，自己却舍不得吃，将它们晾好，用白纸包起来，带回芦村。有时，父亲会买些应季的水果，变戏法一样，让母亲和外婆高兴。偶尔，单位发了手套、肥皂等劳保用品，父亲也从来舍不得用，一点儿不落地带回芦村。

也许是长相出色的人性格大都要强，骨子里有着孤傲的个性。父亲和母亲二人的自尊心都特别强。一次，两人商议结婚后以在哪儿居住为主的话题时，争得不可开交。母亲坚持在芦村，理由是为了她的母亲。父亲则认为应以在他们家居住为主，因为他的爷爷奶奶都老了，等他们百年后归了西再回芦村。两人坚持自己的观点，各不相让。最后，父亲摔了茶碗，拂袖离开了芦村。母亲则在父亲的背后高喊，快滚，滚了后就别再回来。

那次，父亲离开芦村后，三个月没和母亲联系。起初，母亲觉得，多亏没和父亲结婚，否则，和这种性格的人可怎么过一辈子。一周后，母亲时常想起父亲为她们母女所做的一切。想起这些，母亲的心像九月的柿子，软绵，甜润。在这三个月里，父亲也多次想到母亲，想起两人曾经的快乐时光，特别是想到自己的隐情，母亲至今还不曾知道。父亲认定，无论从长相气质，还是爱好、脾气、家庭情况，母亲无疑是最适合他的人选。

周末，父亲回到了老家，找到邻居婶子——就是母亲的舅母，说了两人闹矛盾的事，意思是托婶子出面，为他扭转被动的局面。

婶子灵机一动，绷着脸说："我出面去姐姐家一趟，和她们母女见个面，倒也没什么，问题是你这急性子以后可得给我改改，你要明白，你还有没说出口的事儿呢。你若相中了俺外甥女，这一辈子你都得顺着她，人家比你高般。你承认不承认？"

"那是，人家是比我高般，我怎么能不承认呢？好婶子，你抽时间去趟吧。"父亲讪讪地说。

母亲的舅母拎了个大筐篮，带上父亲为她买的东西，去了芦村。一进门，母亲的舅母就对着母亲替父亲认了错，说父亲现在调整了工作，累得又黑又瘦，意思是让母亲原谅父亲的过错。

母亲的软心肠这时候又表现了出来。母亲说："舅母，我也不是不讲理的人，一开始我就和你说好了，我要找的男人必须以芦村为主，和我一道孝敬老人。"

舅母笑着说："妮儿，这点儿你放心，我给你挑婆家也是把这条放在最显眼处的。回头，我把这意思再给那小子扎实了。"

父亲和母亲再见面时，已是秋天。父亲托人从天津买了一条浅灰色的毛料围巾。那天，父亲骑车去芦村，田野里秋风送爽，百果飘香。一路上，父亲蹬车的双腿不断加劲，偶尔，嘴里还会飘起一两声口哨。父亲心中虽然忐忑，可即将见到母亲的喜悦充盈了头脑。父亲见到母亲的第一眼时，就明白了母亲心里的渴盼。父亲亲手把围巾戴在母亲的脖子上。浅灰色的围巾映衬着母亲姣好的面容，使年轻的母亲看起来更加高雅大方。望着父亲清癯的脸，母亲的心再次软了，眼里充满着怜惜和爱恋。那一刻，父亲和母亲都觉出，他们的感情在磕磕绊绊中更加浓烈了。

那年冬天，母亲终于嫁给了父亲。婚礼是在父亲的老家举行的，整个仪式传统而隆重。母亲和父亲结婚那天，大门前的两棵老槐树上，站了六只花喜鹊，它们叽叽喳喳地叫着，给黑漆大门里的深宅大院增添了浪漫和喜气。

洞房花烛夜，客人散去。父亲拿着两只酒杯步入了洞房。三杯交杯酒下肚，父亲恭恭敬敬地双腿跪地，给母亲磕了一个响头。

父亲说："翠贞，有一件事，我一直瞒着你，怕你知道后嫌弃我，而永远失去你。现在，我们既然是一家人了，我就痛痛快快地全说出来吧。"

母亲不说话，只是惊恐地瞅着父亲，心里却像闯进了一头小鹿，"咚咚咚"地跳个不停。

父亲把手中的酒杯倒满，一口气喝了下去。父亲说："翠贞，虽说到现在我仍是处男之身，可毕竟结过一次婚，有过一段没有结婚仪式的婚礼。那是爷爷一手包办的，我自始至终就没有半点儿同意。"父亲一口气说了这些，眼睛在母亲的脸上细细地寻觅着。

母亲低垂着头，一声不吭。这完全出乎了父亲的预料。之后的三天里，母亲也很少说话。直到结婚第三天，父亲陪母亲去芦村时，母亲才在路上哭出了声。

"翠贞，你不要这样嘛，你知道的，我的心里只有你，我的身体也只属于你，虽说为了怕失去你，没对你实话实说，可现在我也坦白了，你就别再难过了。以后，我一定好好待你和岳母，今生今世永不变心。"父亲发誓赌咒地说。

母亲停止了哭泣，认下了父亲的这个污点，从此也牢牢地抓住了牵住父亲的风筝线。

父亲习惯以芦村为家了。母亲却总是悄悄提醒父亲，该去看看他的爷爷奶奶了。有时父亲自己回了老家，有时自行车的后座上带着漂亮可人的母亲。于是，父亲的爷爷和奶奶吃着他们带去的好东西时，开心地笑了。

父亲和母亲的争吵,像叮叮咚咚的琴弦,伴随着我们兄弟女姊妹四个相继出生。

记得外婆在世时,对着吵吵闹闹的父亲和母亲说:"你们两个呀,就没让我省过心。眼下有我看着,你们也闹腾不起来。等我死了以后,你们可得记着这句老俗话,叫作'天上下雨地上流,两口子打架不记仇'。两个人过日子,没有勺子不碰锅沿的。当年小夫妻,老来才是伴儿。两人修得同床共枕,是今生的缘分啊,你们可得珍惜。"

可惜的是,父亲五十多岁英年早逝。

直到父亲走了二十年以后,坚强的母亲才肯对我们说起父亲的好。

## 特级蓝山

距"六一"还有两天，于是，在这个星期天我的内容就满满的了。先是约了两个小家伙去了商厦儿童服装区。九岁的叉腰精挑细选，好不容易挑了一身夏装，到试衣间穿好，来到镜子前摆了一个很酷的表情，嘴里说着，看我酷不酷？随后是一个金猴独立的造型，我默然微笑。八岁的不太讲究这些，说哪套都可，你看着吧。我替他选了一套海蓝色的，八岁的朝身上一比，说就要这套，连试衣间也不想进，准备成交。我说得试试，不然，还得劳驾我老人家来换。他不情愿地去了试衣间，待换好衣服出来时，镜子里映出了模特般手托下巴式的微笑。我瞅着他，莞尔。

一人扛了一支大雪糕，兄弟俩汗流浃背地出了商场的大门。我说明要请他们吃一顿过节饭，吃什么，什么时间吃，由他俩商定。九岁的拽了八岁的跳跃着跑到我的前边，俩人耳语一番，旋即跑回来说："今天吃吧，吃开心哈利的西餐。"我望了一眼即将落下的太阳，点头。

夕阳微笑着，把余晖匀称地洒下来，铺在八个车道并排的开元大街上。我左手牵着八岁的，右手牵着九岁的，长发左右摆动着，灵巧地穿梭于车流间，三人终于穿过了这个大街。

一过了马路，两个小家伙就撒了欢地跑起来。我在后面温柔地唤着，说注意车呀，慢点儿，慢点儿。两匹脱缰的小马用不变的跑速示意我的喊话无效。我急了，一边跑一边就转了声地喊："给我站住，不然，今晚的西餐我不请了。"这话倒是有效，两匹小马立在了原处。面前又是一个十字路口，我仍是左手牵了八岁的，右手牵了九岁的，徜徉在车流里。还好，前面就是那个西餐店了——开心哈利。

推门进去，一股凉气扑面。轻音乐环绕，让人心情舒畅。环视整个房间，真乃"翠拂行人首"。翠绿的藤叶由房顶瀑布般泻下来，四个秋千在绿藤中摇摆着，几张小桌被秋千的手轻触着，让人顿觉浪漫、舒悦。

我们仨拣了最靠里的一张桌子，两个小家伙坐在一个秋千上，我坐对面的秋千上。我一边公主般摇着秋千荡着坐下，一边看着桌上的食谱。九岁的点了一个鸡腿汉堡、一份川香鸡柳和一杯可乐，八岁的说我们刚喝了可乐呀，你还点？然后他又说我点种你一样的，就是把可乐换成一份香草冰淇淋就行了。我不想吃这些西餐，荡在秋千上，抿了嘴看着他哥儿俩点。看到两人才点了这点儿，就又要了薯条和鸡米花。八岁的对着食谱说，以后再来，我们就吃儿童套餐。我愕然，赶紧在食谱上细看，果真有哎。

在等待上餐的时间里，我瞅着食谱故意说："你俩怎么不点情人套餐呀？"九岁的看着八岁的笑着说："两个男的，怎么点呀？"我笑，说："不一样吗？"九岁的一本正经地说："不一样，必须是一个十八的女的和一个十九的男的才能点，二十多的男的也行。"我笑出声，八岁的也跟着笑。

笑毕，我轻叹："唉，若是你们长大后，我去了你们所在的城市，你们要请我吃什么呢？"

九岁的立即拿起食谱，看着上面的价位说，请你喝"情有独钟"、"雪里寻梅"，对，就请你喝这特级蓝山吧，这儿最贵的就是这个了。八岁的凑过来说，我请你喝"特级蓝山"，若是我在的那个城市没有这种咖啡的话，我就请你喝那儿最贵的咖啡。我笑，说，你们还行，我从现在起就不喝"特级蓝山了"啊，一直等你们长大。他俩微笑着说：没问题。

一边吃着西餐，一边欣赏着绿藤环绕的电视，我把一粒鸡米花随手放进嘴里。九岁的大着声对八岁的说："上次我爸和我来这儿吃饭，老板送了我们一份冰淇淋呢。"八岁的低头吃着，无语。我把第二根薯条放进嘴里时，九岁的又大声重复了一遍刚才的话："上次和我爸来这儿时老板送了我们一份冰淇淋呢。"我说，那是你们来的次数多了，老板特意呗。谁知，他这话刚说完，老板真的端了一份球形冰淇淋过来，说："这是送你们的，以后请多关照。"九岁的望着我微笑。我在心里说：鬼小子。我用嘴努了一下那冰淇淋，九岁的把那三只球分了，一人一只，且迅速将他的一只吃掉。我这才想起，他刚才没点冰淇淋，就顺势把自己面前的那只也推到他的面前。

薯条和鸡米花剩得太多，我吩咐服务生打成两个包。八岁的挑了小的拿着，九岁的拿了挑剩的大的，这两小子，还行。

出了开心哈利，我对两个小外甥说："六一节提前快乐！"出乎意料的是，他俩异口同声地说："大姨，你不是过得也挺有意义嘛，我们和你在一起，你不寂寞了吧？"

喊，现在的孩子，个个鬼灵精呀！

我的"特级蓝山"该在哪个城市呢？

## 幸福菜

　　酱爆花蛤是老公最喜欢的下酒菜。无论亲朋好友相聚，还是二人世界小酌，几乎少不了它。

　　"啧，啧，真乃天下第一鲜啊！"老公每次独酌时，边喝着小酒、吃着亲手烹饪的酱爆花蛤、边对坐在身旁的我说："来，尝尝。"

　　我认真尝几个，严肃地抻着，而后，慢慢点着头说："嗯，不错，百味之冠呢。"

　　听着我的表扬，老公把小杯里的白酒一饮而尽，说："好吃，咱就常做。不过，做法是保密的，你不能偷学。"

　　这家伙算是了解我的脾气，知道越是不让学的东西，我越会感兴趣。于是，我上网百度，酱爆花蛤的做法，便一目了然了。

　　周末，我一大早买来蛤蜊，用清水泡上，藏在一边。中午，饭桌上便有了一大盘酱爆花蛤。

　　看着刚刚出锅的酱爆花蛤，老公心花怒放，下手捏了一只，放在口中品味。咂摸了几下嘴，他用怀疑的眼光瞅着我说："你做的？"

　　"怎么了，我就不能偶露峥嵘？"

　　"求之不得啊。"老公打趣，"你做得很好吃，不过，味道和我做的不一样。"我默然。

　　一杯白酒下肚，老公道出了一段往事。

　　很多年之前，和朋友们去济南吃饭。桌上每人各点一个菜，老公点了酱爆花蛤。菜都上齐了，唯独不见这道菜上来。在座的人问服务员。服务员赶紧去后厨查看,回来后说,厨师正在研究,说从未做过酱爆的。老公一听,边说出了酱爆花蛤的具体做法。末了,厨师亲自端上这道菜,还外加了一个菜,一起送上来。

厨师说:"感谢这位先生的创新做法,让我们又添了一道味美的新菜。为此,我们特为您颁发创新奖。"在座的朋友一片欢呼。

老公平日里是个爱琢磨的人,日常工作生活中,他创新了很多东西,省时又省力。想到此,我也端起了酒杯,给他颁了一个奖,趁此鼓励他再接再厉。

"知道不,花蛤不仅物美价廉,还有很高的营养价值,是低热量,高蛋白,少脂肪的海产品,更适合女性食用。"老公边喝着小酒边滔滔不绝地对我说。

我灵机一动,问他:"那你知道世界上年龄最大的蛤蜊多大岁数吗?"

老公的一只手摸着后脖颈,半天也没回答上来。

"哈哈,还是我告诉你吧。507岁呢,我在网上查酱爆花蛤的做法时就知道了!"我得意地说,"那以后,这道酱爆花蛤就叫幸福菜吧,愿天下相爱的人长长久久,永远幸福!

"我举双手赞成!"老公说。

## "跑"过人生

二十世纪八十年代初,我在农村读高中。所在的那所中学一周只能吃一次面食,其他时间均是窝窝头就咸菜,且窝窝头八分熟的时候多。为了给我"调调顿儿",外婆在家里蒸了肉包子,用白纱布裹好后,让妈妈骑车赶二十多里的路送来学校。除了趁着热乎吃几个外,剩下的三四个包子我就在宿舍里挂了起来。冬天天气冷,宿舍里又没有取暖的设备,包子挂一个星期都不会坏。下了课,趁宿舍人少的时候,我就吃上一个解解馋。虽然妈妈、外婆和小妹舍不得吃,可一个冬天却要给我送几回包子。每次妈妈送来包子时都嘱咐:热热再吃啊。可她不知,我能去哪儿热呢?只有吃凉的。生活的艰苦,再加上学习上的压力,我得了胃病。到实在不能坚持学习时,就休学治疗了一段时间。后来,医生嘱咐我坚持跑步,这样胃病可以痊愈。在让身体快快恢复以利决战高考的愿望驱使下,我揣着医嘱如接"圣旨"般虔诚地行动起来,打败懒惰,天天黎明即起,围着校园跑上十圈。不到半年,胃病果然全好了。从此我就爱上了跑步,并在不断地挑战自我中把这个良好的习惯坚持了下来。

因喜欢跑步的原因吧,我喜欢上了军校,后来就上了警察院校。学校除设有警体课外,还天天早上组织学生跑步5公里。大部分女生坚持不下来,因我早有跑步的基础,所以每每是寥若晨星的能够坚持跑下来的女生中的一个。看到落在队伍后面或捂着肚子蹲在路边休息,或弯了腰缓步前行的同学,我对自己能坚持跑下来,心存一丝自豪，心想：多亏有早年坚持锻炼的底儿！为此，每逢学校组织运动会，区队都要选拔我参加田径项目的比赛。善于参与团队作战的我，总在接力赛400米、800米等项目中为集体争得荣誉，个人比赛也拿了奖。望着至今仍珍藏的当年在比赛中获得的奖品——一对扬蹄奋进的黑马、一只造型玲珑的玉兔温度计、一只小松鼠造型的笔筒，昔日运动场上的一幕幕浮现眼前。虽然这些都是些小工艺品，且过了整整二十年，可它们对我的影响力从未减过，一直鼓励我坚持锻炼。

走上工作岗位后，分配在小城里的我仍天天坚持跑步。这下，我可成了小城的一道风景。小城的人本来就少，坚持跑步的人更少了，为此，一些喜欢晨起锻炼的人就认识了我。慢慢地，人们都知道了：公安局有一位姑娘天天坚持跑步。那时我在户政部门工作，接触的群众多，一些群众有需咨询或办理的户籍方面的事，就不再特意跑到公安局了，而是早早等在我跑步经过的地方，一边陪我跑步一边咨询，跑一段路下来，他们的问题就得到满意的解答了。为这些，我还得到了群众不少的夸奖呢。以后，我又去预审部门工作，仍没有放弃早起跑步的习惯。女儿出生后，有时因带孩子太累，我也曾想过放弃跑步，可一想到医生的嘱咐，又有了动力，命令自己坚持，跑下去。十余年坚持跑步让我受益匪浅，胃病被我彻底战胜了，再也没有犯过，身体素质也得到了明显增强。

2002年，我被调到县局办公室工作，大量繁杂的事务、无休止的加班加点、开会、彻夜赶材料……坚持了十多年的跑步曾一度中断。可接着身体就亮起了红灯：胃病复发、颈椎疼痛难忍、感冒经常光顾。特殊的工作性质，使我没能休过一天班，在病痛中一边工作一边治疗。病好后，我深刻反思了自己的身体状况，下决心继续坚持锻炼。

已进入中年的我，虽然再也不能如年轻时那样做剧烈的运动了，但是慢跑和快步走仍是我的强项。现在，我每天早上或晚饭后，总要抽出一个小时的时间去广场散步。说是散步，其实就是快步走。广场北面有一个小湖，绕湖一周是一里地；广场南面有一个大电视，电视连续播放，经常介绍小城的一些新闻和动态。我一般是从七点开始，一边快步走一边看中央电视台的朝闻天下或新闻联播节目。七点半后，小湖里的喷泉开始喷水了，银色的水花、水柱随着一曲曲优美激越的歌曲或轻音乐不断变幻着造形，使湖边纳凉走路的人顿觉心清气爽，脚底如有神助。七点四十五分，绕小湖快步走完 10 圈，全身小有微汗，然后再慢步回家。自坚持慢跑或快步走以来，感冒、胃疼、颈椎疼等小疾已离我远去，身心更加愉悦。

第十一届全国运动会马上就要在我们山东省开幕了。作为全运会的安保人员，我们一是要做仔细做好各项安保工作，让全国、全世界人民看看在我们山东举办的体育盛会开得多么成功；二是要运动起来，积极参与到全民健身的行列中去。相信，十一届全运会定会再次掀起全民健身的热潮。

# 给母亲买新衣

"新年到,新年到,姑娘戴花,小子放炮。"

从儿时起,一进腊月门,父母就开始给我们姊妹仨买新衣了。穿上新衣后雀跃嬉戏的我们,那股从内心滋生的喜悦,至今还记忆犹新。

待到我们姊妹仨参加工作后,逢年临近,我们便会一起出动,给母亲买新衣。父亲却因英年早逝,无法享受我们的孝顺。

1月20日是"小年"前的最后一个星期天,姊妹仨早起整装,向县城最大的商城——信誉楼进军了。

来到中老年精品服装区,姊妹仨瞪大眼睛,挑选着适合母亲穿的服装。浏览二十余分钟,在老年组精品区站定。母亲曾任村支书二十余年,穿过的衣服多是青黑白的低调,为此,我们给母亲选衣服时定下的格调是素雅。我请服务员拿过一件灰色带本色暗花的冬装外套,请两个妹妹参谋。大妹说:"这件不错,适合妈妈的口味。"小妹看了一眼,不置可否,并让服务员又拿了一件绿色开着一朵朵小黄花的上衣,说:"姐,你若不怕挨训,干脆买这件,这件最适合老妈了。"我说:"不如先试试,反正信誉楼保证退换货,挨训不会再拿回来吗?"押上238元钱,姊妹仨赶紧回家让母亲试穿。

在路上,大妹绘声绘色地学着母亲的声调说:"怎么又给我买衣服了,这么难看,我不要,拿回去退了。"我和小妹听了轻轻地笑着说:"没准会让你说着呢。"

一进家门,我小声地对母亲说:"妈,我们三个逛商场,见这件衣服不错,顺便给您买下了,您先试试,不行咱再退货。"

母亲接过花花绿绿的上衣,瞄了一眼,大声说:"怎么又给我买衣服,这么难看,我不是有很多衣服嘛,赶快拿回去退了,别花这冤枉钱了。"

姊妹三个相互瞅瞅,无声地笑了。

我走到母亲跟前说:"妈,您就当我们是儿媳不行?先试一试,反正咱也交钱了,不试不是白不试吗?"

母亲在我们的怂恿下,烦躁地穿脱着上衣,待穿上新上衣后,竟连扣子也没系就想马上脱下来。小妹圆滑,撒娇地说:"妈,去镜子那儿照一眼嘛,就一眼,也算我们不白拿回来一趟呀。"

母亲不情愿地走到镜子前,看到镜中的自己,也满意地笑了。

大妹说:"妈,我们小时家里那么拮据,俺仨哪年少过新衣呀,就让我们尽份孝心吧。"

母亲终于收下了新衣。

第二天,邻居家的胡阿姨到我们家串门。两位老人在客厅里唠了半天嗑,母亲就拿出了新衣让胡阿姨瞧,并小声说:"我的衣服不少了,孩子们孝顺着呢,年年非要添新衣。我故意说得不好听,想激她们把衣服退掉,没想到这三孩子摸准了我的脾气,愣是软硬兼施地让我失了主意呢。"

我和小妹将厨房里收音机的音量放大,然后偷偷地笑出了声。

## 劳动着，快乐着

偶尔，听身边的人们抱怨，忙死了，真烦！说这些话的人要么坐在办公室打着电话，脸上露出无奈的表情，要么行色匆匆地走着，随意表露出他们内心的不快和烦躁。如果，你遇到这种情况，又恰好心情不错，你会不会为他们感到惋惜，会不会从内心说一句：珍惜吧，劳动着，其实就是快乐着啊。

纵观中华民族五千年的文明史，劳动始终是历史发展的助推器。劳动，使我们摆脱了古人刀耕火种的日子，步入今天的现代化社会；劳动，使我们的生活越来越精致，使我们所处的环境越来越文明。试想，如果没有了劳动，整日足不出户，无所事事，大脑一片空白，这样的人生还有什么意思？抑或放浪形骸，不稼不穑，捞取不义之财，只图享受，这样的活着还有什么意义？

劳动，又有脑力劳动和体力劳动之分。作为一名脑力劳动者，每当坐在微机前，为了让指间流淌出的文字充满思想和神韵而冥思苦想时，也曾羡慕过体力劳动者的潇洒和挥汗如雨的惬意。可每当换位体验时，才真正明白一个体力劳动者的艰辛。所以，每次试着于田野间劳作时，总会听到乡邻的嗔语：真是身在福中不知福呀，坐在办公室风吹不着、日晒不着的，却偏偏来这乡间野地里过过当老农的瘾。说这话的，是一个在田野里耕种了几十年的老人，他的言语间充满了对我这个脑力劳动者的羡慕，我也曾在他的羡慕里为自己当下的状态而倍感珍惜和感恩。

我打小就是个劳累的命,从没有一次不劳而获的经历,包括大街上的各种抽奖,我竟然一次也没有中过。于是,自己就认了,再也不去参与那些"天下掉馅饼"的活动,埋了头,一丝不苟地劳作,沉下心,一点点耕耘。只有在这样的劳作中,才觉得心里踏实,才明白自己对得起那些哗哗翻过的日子。

罗曼·罗兰说:幸福是灵魂的香味。人生苦短,不经意间,时光转瞬即逝。人的生命都是有限的,所以,我们要时时提醒自己,把握当下,抓住今天,让自己的每个细胞都"劳动"起来,无论我们所从事的是脑力劳动还是体力劳动,都要用自己的辛勤劳作书写属于自己的精彩。只有这样做了,当我们站在暮年、回忆今生时,才不会觉得稍有悔意,才能真正明白自己其实是个很幸福的人。

又一个繁花似锦的春天,又一个四季更替的轮回,在这明媚的季节里,让我们用愉快的心情参与并赞美劳动吧。因为,只有劳动着,才会快乐着。

# 跳动着的蓝色蝴蝶结

　　星期天上午，我去医院外科病房看望一位病人。与之同室的一位小姑娘吸引住了我的视线。这位小姑娘有十一二岁的模样，一身白裙，白皙的圆脸上镶着一双明亮的大眼睛，脑后的马尾辫高高地吊着，在辫子的根部扎了一枚蓝色的蝴蝶结。小姑娘一说话，蝴蝶结就上下颤动，欲振翅高飞般引人注目。看她那快乐的样子，一点儿也不像一个病人，细看时却见左手上打着点滴。

　　小姑娘的普通话说得十分标准，她气质高雅，与守在身边的人谈话时知识面涉猎广泛，全不像是一个十岁出头的孩子。我一下子来了兴趣，细心地观察着这个可爱的小姑娘，越看越觉得这孩子有意思。于是，我关切地走上前问："小姑娘，你哪儿不舒服？"小姑娘瞅着我说："阿姨，我的脚被车轧了。""啊，被什么车轧了？"我着急地揭开盖在她脚上的那块白布，见左脚已经包扎过了，此时正肿得厉害。见我吃惊的样子，守在小姑娘身边的一位大姐说："她是从北京回老家过暑假的，今天早上和爷爷去村头散步，见一头小毛驴吃力地拉着一车东西上坡，就跑过去帮着推车，没承想车子倒了一下，轧了脚，当时就疼得不能走路了，没想到肿得这么厉害。这傻孩子，自己遭罪受。"

　　"阿姨，你不知道那头小毛驴有多么可怜，它上坡时弯着腰，头都快拱到地了，身上全是汗，我就是想帮小毛驴把那车东西拉上坡，没想到我的劲还是太小了，推到半坡时车倒了一下。那位赶车的伯伯大声吼我，嫌我多管闲事，并使劲抽了小毛驴一鞭子，小毛驴的汗全下来了，终于拉着车爬上了坡。我的泪也下来了，我说，伯伯你不该打小毛驴的，我不怪它。阿姨，是我不好，不但没帮上小毛驴的忙，还让小毛驴挨了打，我自己也受了伤。"小姑娘说这些时，不好意思地低下了头。在她低头的同时，蓝色的蝴蝶结随着小姑娘的头颤动了两下，如一缕清风扑面，令人顿觉神清气爽。

多么可贵的一颗童心，多么令人感动的一颗爱心啊。我被眼前这个小姑娘深深地打动了。她头上的蓝色蝴蝶结迅速幻化成了一只蓝色的蝴蝶，翻飞在我的脑海里。

一个人也许没有足够的力量改变身处的社会环境，一个人也许没有太多的精力去帮助所有需要帮助的人，但是一个人可以用心观察和感悟身边所发生的事，善于用自己的实际行动把爱心赐给身边需要帮助的事和人，让自己的爱心开出一朵朵无声的感恩花，用无私的大爱谱写天蓝色的和谐。

哦，那跳动着的蓝色蝴蝶结。

## 紫葡萄的味道

那时上高中，男生和女生是不说话的。

苡和明一起被分进了高三文科班，两人的家住在同一个县城。

苡和明也是不说话的。

苡不是那种十分漂亮的女孩子，却秀气温婉，给人清新的感觉。明有一双忧郁的大眼睛，被厚厚的镜片遮着，使他整个人身上有着一种特别的气质。

明的心里一直惦记着苡。

高三的学习十分紧张，早自习晚自习，周末也不休息。好在苡和明都是通校生，两人有单独碰面的机会。

晚自习下课时间是每天九点半。苡回家时，总感觉漆黑的夜色中有一个人在身后跟着自己。苡停下，回头看时，见是明。明看到苡回头看自己，低下头，停在原处。苡继续走路，明也继续走路。就这样，明一直护送着苡到家，看着她走进家门。天天如此。

早自习是每天的六点半。苡急匆匆出门时，见明已立在家门口。苡用眼睛的余光朝明望一眼，骑上自行车就走。

明把背在身后的手挪到前面，一袋早餐在苡面前摇晃。明把早餐放到苡的车筐里，一声不响地离去。

课间，稍微活动后回到座位上的苡，经常发现课桌里有一张小纸条，还有一串紫葡萄，有时会是一只红苹果。纸条上的字并不缠绵，全是励志奋发拼搏的话。苡觉得很温馨。

日复一日，一转眼半年过去了，苁的早餐一次都没重复过，天天都是新口味，苁的课桌里经常有一张小纸条，还有一串紫葡萄或一只红苹果，苁下晚自习后走在回家的路上，身后总有明相伴。

苁和明却从未说过一句话。

其实，苁并不是不懂的厚厚的镜片下那双忧郁的眼睛。苁却掩盖了心中的波涛，表现出对明的所作所为无动于衷。

直到有一天，苁发现晚自习下课后，身后再也没有了那个熟悉的身影默默地陪伴，早自习前再也没有了那些可口的早餐，课桌里再也没有了小纸条和紫葡萄红苹果。苁的心，从失落到疼痛。

苁顾不上高考前的紧张拼搏，放下少女的矜持，四处打听明的下落。

苁在四处打听多人后，口干舌燥时，总爱吃上一颗紫葡萄。

苁最终没被大学录取。语文功底甚好的她在一家幼儿园做了教师。

幼儿园的旁边有一个派出所。

苁在倾心教育孩子的间隙里偶尔会瞥一眼派出所的大门。

这天，苁再次瞥向派出所的大门时，看到了一个十分熟悉的身影。苁的心一震，接着狂跳不止。

苁从此经常瞥向派出所的大门，于是苁经常见到那个熟悉的身影匆匆地进去，匆匆地出来，苁的耳畔响着刺耳的警笛声。从此，苁每次见到那个身影进了派出所的大门，心里就有一股子愉悦和甜蜜；每次看到那个身影匆匆跳进警车，耳畔响起警笛时，心就揪得生疼。

苁待自己的心安顿下来时，走进了那个派出所。

派出所被一种肃穆笼罩着，接待她的是一位中年女警官。

苁描述了自己要找的人的相貌，女警官眼里立时盈满了泪。

女警官说："姑娘，你是他女朋友吧，你来晚了，真的来晚了。"女警官把苁领到报栏前，一张加了黑框的放大照片赫然出现在面前。

"几天前，他和战友出警时，被一伙抢劫的歹徒捅了八刀，有两刀伤及要害，当场失去了知觉。"女警官哽咽着说。

苁感觉支撑身体的那根钢棍轰然倒下。她喃喃地说："六年了，我只是想和他主动说句话，就说一句。"

苁从他同事的口中得知，当年，明被移民国外的父母带走，在国外上了警校，本可以谋份好差事的他，却执意要回来。明说，他要回国找他心里的女朋友。父母拗不过他。去年秋天，明终于回国。今年初，考入公安系统。工作间隙，他都在寻找，寻找他心底的爱。原来，这份爱竟近在咫尺。

周末，苁买了一篮子紫葡萄，用缎带和饰纸包装好，来到了安放明的烈士陵园。

"草色烟光残照里，无言谁会凭栏意。"

苁终于深情地和明说了第一句话。

# 话说二月二

午饭后，一家人围桌拉呱（方言。闲谈）。不识几个大字的婆婆笑嘻嘻地对我说："艳子，明天就是二月二了，你没事怎么不写写这个节日的风俗？"

识文断字的公公说："二月二有什么好写的，还不是老迷信那一套？"

我立马明白了两位老人的心意。其实，公公婆婆都是为我着想的。婆婆呢是怕我寂寞，想找个话题和我说说话，能不能写都看我自己的心力了。公公呢，是考虑到我一向新潮，怕我对那些"老迷信"不上心，反而耽误了宝贵的时间。

想到这些，我的眼睛因感动尔有些潮湿，赶紧笑着说："我倒很愿意听听呢，请你们二老聊聊吧，对这些民俗，我知道得真不多。"

听了我的话，公公婆婆一起打开了话匣子，两个人边说边比画，都想把自己了解的内容一下子全部告诉我。我一会儿瞅着婆婆点点头，一会儿又瞅着公公点点头，真想一个字不漏地记下他们的话。婆婆见我的眼睛忙不过来，自动放轻了讲话的语速，把公公推为主讲，她在一旁见缝插针地来个补充。于是，我对着公公点头的频率就高起来。

公公说："二月二这天，我们鲁北农村最重要的一个民俗活动就是"围粮仓"。太阳还没出来之前，村民们清早起床，由家庭主妇从自家锅灶里面掏一些烧柴灰。家人们用一把小铁铲子，从掏出的灰里铲一些，一边走一边用手把铲子上的灰细细地撒在院子里、屋子里，直到快撒成一个个圆圈时停住，留一个口，由口向内再撒两行直线到中央，代表梯子。这样就算围好仓了。在屋子里、院子里围好仓后，把家中的五谷杂粮拿出来，分别挑一样粮食虔诚地放在仓的中间，用砖头盖好，再有意在围好了的仓的外围撒一些。这个活动象征当年农田里的收成会大丰收的。"

婆婆补充说："这就叫'围粮仓'。围在屋子里的仓叫'打钱囤'，围子院子里的仓叫'打粮囤'。"

公公对婆婆说："你再说说'炒蝎子爪'吧。"

婆婆得了令，兴致勃勃地讲了起来："我们这块儿里的农村呀，二月二清晨早起后还做一件事，就是'炒蝎子爪'。把青豆或黄豆事先泡上一天一宿，捞出来，晾干，放在热油锅里，加上盐、糖、五香面等作料，爆炒，炒到酥软为止。孩子们把炒好的豆子装在衣袋里，到学校后分给老师和同学吃。"

"妈，为什么叫它'炒蝎子爪'呢？"我一脸不解地问。

"哦，蝎子是对农家最有毒的动物了，大部分农民都怕它，所以，单独想出一种方法治它呗。"公公在一旁解释说。

"还有，二月二那天早上吃水饺，是为了治地里的鼹鼠的。"婆婆紧接着补充道。

公公说："二月二那天，还有一项活动是'放龙灯'。天擦黑以后，家家把用胡萝卜或面制成的灯点起来，放在家门口、井台边或用竹竿举到天空，很是好看。"

"龙灯怎么制呢？"我一时来了兴趣。

"将胡萝卜切成段，用刀挖去大部分心，塞上浸好棉籽油或豆油的棉花，然后点起来就成了。或和面做成小碗，蒸熟，塞入浸好油的棉花，点起来就是龙灯了。"

"还有二月二龙抬头的说法。就是那天清早去理发店理个发，意味着一年有个好的开端。"公公又突然说出一项。

"二月二这天理发我倒是听说过呢，不过，从来也没怎么讲究过。今天听你二老说了这么多，真是受益匪浅啊。赶明儿我们一项项试着做做吧,一定很有趣呢。"我高兴地说。

就这样你一言我一语的,一个下午就过去了。

有老人相伴真好,可以听到、学到这么多。我心想。下个周末再回娘家看看,因为饱读诗书的妈妈那儿也有很多"素材"呢。

# 一枝一叶总关情

"您好！这里是12345热线，您有什么需要帮助的吗？"

在电话键盘上按下这串熟悉的数字，听筒里立即传出了一个温柔的女声，记录你反映的问题，询问你需要帮助的事情。

听着这甜美柔和的声音，你本来装满火药的"气筒子"一下子降低了发射的动力，语气也跟着软了下来，接着是平静地对着话筒述说自己的需求。而后，缓缓地挂掉电话，怀揣期盼，等待着电话那端的回复和承诺。这就是12345热线电话的魅力。而今，在我们山东省德州市，无论是在县城还是在农村，无论是在工厂还是在居民区……群众说起自己在日常生产、生活中的难题时，都会异口同声地说："有事找政府，打热线12345。"12345热线已成为群众与政府联系的"桥梁"和"纽带"，成为政府倾听百姓心声的"留声机"和"扩音器"。

作为一名基层公安民警，近年来，我亲眼见证了12345热线在解民忧、除民难中的巨大作用，也目睹了老百姓对这条热线的殷殷期待和款款深情。

2012年5月8日，城区一名杨姓居民打了12345热线，反映自己的实际出生日期是1951年4月20日，在2007年换二代居民身份证时，工作人员把他的出生日期误登记为1952年6月5日。这让身染沉疴、本该退休的杨某不能如期退休，他甚是着急。县公安局对此十分重视，局长在阅办单上签署意见，责成户政科对此事认真调查，尽快处理。拿到签署单，户政科的民警马不停蹄地赶到杨某的出生地，调查了他的同村村民16人，又到其早年学习的小学和中学调查了他的档案，最后确认，杨某的出生日期确实有误。于是，户政科的民警加班加点填好了杨某变更户口的所有表格，不辞辛劳地到各个部门为其逐级签字盖章，然后上报市局。经市局领导审核批准，在人口信息网上对杨某的出生日期予以变更。五日后，当户籍警拿着崭新的户口本出现在杨某家时，杨某激动得热泪盈眶。他紧紧握着户籍民警的手说："真快啊，我做梦也没想到这么快就更正了出生日期，你们不但解了我的大难题，还送证上门，让我这糟老头子说什么好啊，谢谢你们，谢谢！"

"12345"市民热线是群众表达诉求的重要渠道，也是公安机关与广大人民群众沟通的重要平台。齐河县公安局对此高度重视，确定了"专人负责、实时反馈、定期考核"的办理机制，规范的工作流程、健全的机制、良好的舆论宣传和社会监督，使受理反馈渠道更加畅通；遇到反映比较集中或较难处理的问题，局长刘玉辉亲自调度并及时给予指导和批示。承办人员在收到交办件后，严格按照受理、办理、督查的工作程序，做到来件有登记，答复有记录，反馈有存根，有效杜绝消极怠慢、推诿扯皮现象。并积极建立协调配合机制，特别是对一些跨部门、跨单位的问题开展联合行动，确保顺利解决。今年6月份，有群众反映开发区一家幼儿园搭建板房，无任何证件，教育局未批准，存在严重问题。县公安局积极联合教育局、消防大队、晏北街道办事处等部门联合查处，确保在第一时间妥善处理了此事，受到辖区群众的一致好评。

"群众利益无小事，只要是群众反映的问题，不管是困难的、复杂的，还是细微的、简单的，都要及时办理，及时协调，尽量让群众满意。"这是我们在处理12345热线电话时的工作思路。2012年2月18日，祝阿镇宋女士来电反映，其离婚后将户口从齐河县祝阿镇迁到娘家华店乡。现已复婚，想把户口迁入祝阿镇公婆户上。接到电话后，户政科经了解，知道宋女士丈夫的户口不在祝阿镇，且在祝阿镇也无宅基地，不符合回村落户条件。民警耐心细致地向宋女士解释相关法律规定，告之无法按照她的意愿办理此事，当事人当即表示理解。调处完结后，民警又积极为宋女士提供帮助，告诉她按规定备齐相关资料，办理夫妻投靠事宜。随后，户政科民警将宋女士的户口迁入其丈夫的户籍内。

"衙斋卧听萧萧竹，疑是民间疾苦声。些小吾曹洲县吏，一枝一叶总关情。"为使"12345"热线成为社会的"减压阀"，维稳的"防火墙"，服务民生的"连心线"，县公安机关在办理每起批办件中，要求承办人一定要与话访人见面，并结合群众满意度专项评议活动，将话访人列为必访对象，第一时间回访，保证所有话访人对调处结果满意度达到100%。并将热线回复的办理情况纳入绩效考核，对群众投诉案件，一经查实，全年评优一票否决。同时，与群众积极沟通交流，开展法律法规和政策的宣传，并认真听取当事人对公安工作的意见和建议，及时汇总整理，促进工作扎实有效开展。

金杯银杯不如老百姓的口碑，金奖银奖比不上群众的夸奖。政府机关只有把"群众高兴不高兴，满意不满意，答应不答应"作为自己的行为准则，做到权为民所用，情为民所系，利为民所得，才不愧为群众的"依靠"，才称得上是群众的"主心骨"。

"12345，有困难找政府。"在12345热线的知名度和美誉度越来越高的今天，公安机关将进一步总结以往工作中的经验和不足，不断改进和创新工作方法，全力做到倾听民声"全天候"，凝聚民心"热两头"，服务群众"万金油"。

## 微笑的魅力

　　一连几天加班到凌晨,今天终于告一段落。虽说已是星期天的下午了,我还是要抓紧这难得的时间好好休息一番。
　　一觉醒来,已是下午五点。从"总部"喊上四人,一行人向省城出发。省城东郊,华山。半个小时的路程,已来到华山脚下。
　　因为目标明确,一到华山脚下,一行人轻松地找了一家烧烤摊坐定。串尚未上来,蚊子们却一个个吻上了我。我的两只手猴子一样上下挠着,强颜欢笑地搭讪,眼睛的余光悄悄瞅向别人,奇怪的是,他们并不挠。该死的蚊子竟如此识得血型!啪啪,一阵猛打,几只蚊子已在我手心成为肉饼。起身,走到上山的路口,细看宣传牌上关于华山的介绍。原来,这个山并不是武打小说里华山论剑的那座呀,而是由岩浆岩组成的一座几百米高的小山。瞅瞅脚上的高跟鞋,抬头望一眼山顶,轻轻向旁边一个捏面人的小摊靠过去。
　　捏面人的是个年轻人,他手上正在捏着一朵大红的玫瑰花,花下的一片绿叶已成形。见我对他的作品感兴趣,他憨憨地笑着,向我介绍这些作品的名字。挤眉弄眼的长耳兔,憨态可掬的小黑熊,津津有味地啃吃萝卜的一对小白兔……林林总总,有几十个品种。
　　我掂着一对长耳兔问:"这么好的手艺,你怎么卖呀?"
　　他头也不抬地回答,"从五元开始,最高四十五元。"
　　"哇,这么便宜呀!"我一下子选了五个拿在手里。
　　见我拿了这么多,捏面泥的小师傅笑了。他说:"我每个周末都过来的，你拿不了的话，可以再来。"

"为何每个周末都来？"我感激地笑笑，爱不释手地放下了其中的两个。

"我在附近的大学读书，只能周末来。"小师傅微笑着平静地说。

读到这样的微笑，我的眼里充满了敬意，竟有一股力量蚯蚓般在身体里涌动。

拿了淘到的宝贝，我回到烧烤摊。在众人面前炫耀了一番，我得意地挑了一对长耳兔挂在了手机上。匆匆吃完面前的烤串，离开手握啤酒杯、喝兴正浓的一桌人，我独自返回捏面人的小摊前。

小师傅仍在微笑着兜售自己的作品，偶尔有三五行人停下来，围了他，叽叽喳喳地挑选着。再读小师傅的微笑，那股力量已蹿到了脚下。望着夕阳渐渐隐去后的华山，我下定决心：爬上去。

暮色已渐渐逼近华山。我匆匆向山上走去。开始的一段是个缓坡，脚下的高跟鞋还算听话，走了近十分钟的光景才有些气喘。稍事休息，抬头向上望时，山路陡峭起来。行人已渐渐稀少了，我望了望山顶，又望了望山脚，自己给自己打气：上，一定要上去。

爬过几段近乎直立的山路，头上的汗已冒出来。一只手紧紧抓住山路边的绳索或铁链，让身子稍稍放松，一只手牢牢抓住随身携带的包，仰头向上，微微喘着粗气。头上的一位女子正如我的姿势一样，向下望着，冲我微笑。我还以微笑，对望着她。细看，才发现她的鞋跟虽然比我的矮了点儿，但也绝对是高跟的。我立时来了力量，向上紧走几步，与她站在同一台阶上。她说，她是被她的大部队落下的，实在走不动了。她说看到我一个人，还穿着高跟鞋，才好奇起来。说话间，她的大部队已在头顶上吆喝她。我们相视而笑，一起向上攀登。

有了比我年轻、比我鞋跟矮、比我喘气重、又一直对我微笑着的女子做伴爬山，我的脚底忽地就生了风。我一路领先走着，时不时向她微笑着喊上句：加油。她在后面赞我说："你真行，竟不喘。"

"呵呵，不喘才怪呢。"我停下来，笑着，"看，我们马上到山顶了呢。"

顺着她的同伴们的吆喝声，我们一步一步向上爬着，终于到了。

没想到的是，我们到达的并不是山顶，原来"先头部队"领错了路。本就气喘吁吁的她，一屁股坐在路边的石头上，愤愤地责备起她的"大部队"来，笑骂他们捉弄她。我欣赏地望着他们，满是羡慕。她的同伴友好地将一瓶未开启的矿泉水递给我。我心念他们背到山上不易，笑着拒绝了。

一阵笑闹后，继续爬山。山路越来越陡峭了，我一只手紧抓路边的绳索，脚下越发小心起来。再回头去找那位女子，竟没了踪影。我焦急地询问她的同伴，得到的回答是，她实在爬不动了，在那边休息呢。我为她惋惜起来，自己却更加坚定地向上攀登。

下山的游客，三三两两地经过我身边。很想问问他们还有多远才能到达山顶，终于还是忍住了，没问。一步，一步，又走过几段极陡的山路，我终于到达了山顶。

坐在山顶的一块岩石上休息，成群的蜻蜓不知从哪儿飞出来，在头顶上盘旋，似在悄悄向我传达着问候。山下的灯如萤火虫一般，密密麻麻地闪着光，有清凉的小风吹过来，杜甫的那句"荡胸生层云，决眦入归鸟"轻轻地飘在耳畔，一种到达目的地的惬意舒展在心头眉间。

我没敢在山顶逗留太长的时间。起身准备下山时，一同上山的那些同伴还没有下山的意思。想到下山时天黑路陡，我冲他们挥了挥手，只身向山下走去。虽说只有几百米的山路，可因平时锻炼太少，又因了这双高跟鞋，下山时，我的腿还是有些颤抖起来，走到刚开始的那段缓坡时，竟有不想走的念头了。

山下的那桌人大概啤酒肚已滚圆，大呼小叫地喊着我下山。夜风把我们的对答传来送去，空气里似乎飘浮了陶渊明式的惬意，我不觉莞尔，幸福顿时从心里滋生出来，在全身漫延。顿时，心中豁然，这种幸福感原本是因了今天的所有微笑而生的。

微笑确实是一种力量，她能让你脚底生风，她能让你力量倍增，她能让你瞬间扫除陌生感，感受到生活的温暖和幸福。

试着微笑吧，她会改变你的处境和心境。

# 种子的心愿

在这个姹紫嫣红的春天，在首都北京，在中国警界最高的学府——中国人民公安大学，来自全国各地的公安文化建设种子选手相遇了。五百多人的笑容，五百多人的期待与渴盼，在这个神圣的地方汇聚。

这次种子选手的相遇有五个特点：新中国成立以来规模最大；学习时间安排最紧凑；名家授课阵容最强；学员对所学内容吸纳最多、收效最快；传播潜力最具期待性。

五百多名来自全国公安战线的文化建设人才，乘着春风，聚集在中国人民公安大学的春田里，沐浴春阳，经受春雨，而后迅速长成一株株蒲公英，再乘着春风，飞向祖国的四面八方。

在春风里，在飞行的途中，春姑娘问每一棵种子：你们的心情如何，心愿是什么？

种子们抢着发言，述说自己激动的心情和所感所悟。

有颗种子抢着说："回去后立即把这次盛况宣传出去，让人们知道高层对公安文化建设的决心和投入。"

有颗种子说："在公安大学的这几日，仿佛又回到了二十岁的年纪，又回到警校，回到了那个紧张的集体，又找回了那种劲头、那种感觉。要甩开膀子喽，重新再干一回。"

"这次，我算是知道了文化的力量、文化的厉害了，文化的软实力一点儿也不比那些硬性的东西差。咱回去后，还得广泛宣传这方面的内容，让所有人都重视文化的力量。"一颗种子插空说。

"公安文化的软实力是有很大的潜力的，问题是如何调动全警参与的积极性，让大家都动起来，出点子，献计策，全力支持公安文化建设，形成公安文化建设的良好环境。"另一颗种子凑上来说。

听了这些话，好多种子都抢着发言，大家说："全国各地已经有不少好做法了，我们要常交流，勤学习，取长补短。还有，创新意识是关键，要根据各自的地域特色创新公安文化建设的思路，并尽快出成果。"

"欢迎你到我们这儿来呀，咱可以交流各自的创新成果，探讨公安文化建设的思路呢。"

"多借鉴一些国外的经验也是一个好方法。"

"只有深入生活，才会有好的作品。回去后，我要把这句话贴在办公桌上，提醒自己，多去基层，多与最基层的人交流，多创作反映基层的作品。"

"好作品都在写集体人格。我们也要多出反映这个时代集体人格的作品。"

"要有责任和担当。要有精品意识，多出精品。"

"要加压，为自己加压，为全体民警加压。"

"广纳人才，疏通人才渠道，让公安系统有更多专业的文化人才。"

……

这些对话在春风里飘荡，如蒲公英洒落在春日田野上的种子，扎根，发芽，不久就绿油油的，一派生机。

春天，播种在祖国大地上的公安文化建设的种子们，会在各自的土地上默默地、努力地成长。

站在春天播种过的土地上，遥望秋天，仿佛看到了公安文化建设的累累硕果，正谦逊地成熟着，压满枝头。

# 垂 钓

周末,难得休息。脱下警服,换上便装,我们一行六人,开车绕过水面如镜的卧虎山水库,朝朱家峪村方向前进。

崎岖不平的山间小路两旁,开垦过的土地上,勤劳的菜农种上了各式各样的蔬菜,南瓜开出了金色花朵,扁豆蔓上紫色的小花引来几只嗡嗡忙碌的蜜蜂,茄棵上已结出了小小的茄子……

"老朱啊,我们一个小时后就到,让你媳妇炖上只笨鸡,洗上盘'大丰收'(指黄瓜条、青萝卜条、洋葱和小西红柿等生菜拼盘),洗干净点儿哈。"这次周末出游行动的组织者 W 大哥边打电话,边冲我们微微笑着,露出了他那两颗可爱的小犬牙。

"看来,你和他们很熟呀,竟能遥控点菜呢。"我们打趣着。

"那是,经常过来啊,能不熟嘛。"W 大哥哈哈笑着。

经过四五个小山村,车子左拐右绕来到了名叫朱家峪的山村。出村向南,便是一大片水域。被包围在群山中的水域被切割成一个个方形的池塘。每个池塘边上都有一座小房子和几把支起的太阳伞,伞下是一排颜色鲜艳的椅子,椅子上零散地坐着休闲垂钓的人。一棵棵垂柳把枝条伸进池塘里,恰如一个个意志坚定的垂钓者。有的池塘里面还有中心岛,岛上也支起了太阳伞,伞下有空闲的座位。远处的一个池塘边上,太阳伞下竟然坐着两名靓丽的女子,她们手中的鱼竿悠闲地垂在水面上。

"哇,还有女的钓鱼呢!"我惊喜于自己的新发现。

"从未看到过女的钓鱼啊吗？少见多怪。"旁边那人揶揄着。

"真的是第一次见呢，不骗你。"我试图解释一下因自己不会钓鱼，所以才孤陋寡闻。其实，在骨子里，我是一个重视性别的人，对那些瞧不起女性的人，我一概把这份"瞧不起"回敬过去。平时，无论在工作、生活中，总主张男性能做的事，尽力要做到女性也能做，即使不能做，尝试一下总也有体验经历了。当然，女性绝不能涉足的事我也不会去干。

"干脆，一会儿去试试不就得了嘛。"那人鼓励道。

"对，试试就试试。"我高兴地想要挑战自己。

老朱的媳妇在大树下的荫凉处拼起了两张小条桌，放好了马扎，农家菜一会儿就端上了桌。除早已炖上的小笨鸡外，还有炒山鸡蛋、凉皮、煎黄花鱼、清炒苦瓜等，全是在山上和水里就地取材的，新鲜，味美。W大哥因是老顾客，自然与老朱两口子混得熟，一通玩笑开过，朱老板又是加菜又是加鱼。在欢声笑语中整桌菜被吃得精光。

"钓鱼去了！"酒足饭饱后的我们嘻嘻哈哈地吆喝着，走在池塘间相连的小路上。

水面上不断冒出水花，池塘里的鱼儿还真的不少呢。坐在池塘边，我认真地瞅着钓鱼的整个程序。身边那人是个钓鱼老手，他那份悠然还挺让人羡慕。只是，第一个钓到鱼的人并不是他。看到别人在欣赏胜利果实，那人并不着急，仍然端坐着，目不斜视。

拿起朱老板替我准备的一个鱼竿，我认真地开始钓鱼。不一会儿，当我再斜视旁边时，那人已淡定地钓了三条草鱼。

朱老板见我仓促应战，除我之外的人又屡屡得手，赶快过来帮忙。看着朱老板娴熟地将鱼饵挂上，又潇洒地把鱼竿抛出去，我的手痒痒的。抢过鱼竿，我认真操练起来。仅仅是借着臂力和手的配合、巧妙地把鱼竿甩出去的这一个动作，我就练了多遍。终于顺利地抛出了鱼竿，两手用力，竿头轻点，我也会钓鱼了。只是好紧张呀，我的神态全没有别人那份轻松和优哉。

"长发女子学垂纶，侧坐莓苔草映身。路人借问遥招手，怕得鱼惊不应人。"还别说，这首唐诗经身边那人稍加改动，我钓鱼的神态就被刻画得惟妙惟肖了。是我的精神感动了鱼儿？还是池塘中的鱼儿太多了？我的鱼饵终于被一条鱼吃到了，只是它吃完后，狡猾地溜掉了。

"怎么回事呀，为什么我的鱼饵能被鱼偷吃了呢？"我焦急地问身边那人。

"啧啧，你感觉有鱼来咬饵了，得轻轻地提起鱼钩来，这样一提，它想跑也跑不了了。"那人说着，轻轻地提了提鱼竿，算是示范。

原来如此。我再次把鱼竿抛出，专心等待来咬饵的鱼儿。功夫不负有心人，沉下心，稳住神，把握准时机再抻抻，鱼儿自然就上勾了。我终于打破纪录，平生第一次钓到了一条三四斤重的草鱼。我并不急于把鱼儿从鱼钩上拿下来，而是用鱼竿牵了它，在水中一趟一趟地溜。从南到北，从东到西，被牵住"鼻子"的鱼儿，瞪着鼓鼓的眼睛，跟着鱼竿在水面上徜徉。我挑着鱼竿在池塘边穿梭，那种成就感，怎一个"得意"了得。

夕阳西下，晚霞倒映在池塘里的影子在一抹酒红中忽上忽下。钓鱼活动告一段落，带着池塘边的鱼腥味，一行人嘻嘻哈哈地回到了车里。

这次钓鱼活动既有物质上的收获，又有精神上的满足，真乃不虚此行。

其实，无论在生活还是工作中，体验一项活动，做好身边一件有意义的事情，成功后的那份酣畅淋漓只有体验者自己明白。

# 儿化音

　　八十年代初，张华大学毕业后，被分配到 Q 县的公安局工作。在那个年代，大学毕业生可是香饽饽，一个大单位有不了一个两个的。报到的当天，人事部主任安排张华去办公室实习。

　　"张华儿，这位是办公室的戚主任，以后，你就跟着戚主任学习，好好听主任的调遣。"人事部主任把办公室主任介绍给张华时这样说。

　　张华的眉头皱了皱，人事部主任对他的称谓深深地刺激了他。从小到大，第一次有人把自己的名字带上了儿化音，张华觉得很不适应，就像被人当众打了一个耳光，脸上升起了一片红云。

　　"戚主任好！很高兴能在您手下工作，以后就烦劳您多费心了。我叫张华，弓长张，中华的华。"张华弓着腰，做了一遍自我介绍。

　　"欢迎张华同志加入我们的团队！办公室是个苦差事，以后多多历练吧。"戚主任谦虚地说。说到张华的名字时，并未带儿化音。

　　"嗯，嗯。好的，好好向您学习。"张华高兴地应答，眉头立即舒展了。心想，虽不知这位戚主任文化程度如何，可毕竟是局长身边的人，素质就是不一样啊。

　　之后的日子里，人事部主任每次遇到张华时，总把儿化音加到他的名下。有了人事部主任的介绍，周围一些同事称呼张华时，也爱带上儿化音了。

　　关于对人名的称谓带不带儿化音的问题，张华曾私下和同事们交流过。

"你们Q县城真奇怪,为何总爱在人的名字后面带上个'儿'字呢?这有多尴尬?不信给你自个儿的名字加上'儿'字试试。"张华不解地对同事说。

有人说:"这是表示亲切啊,我们这个地方都习惯这样称呼呢。"

张华说:"我不认同这种习惯。这种称谓,使被称呼的人,有一种不被尊重和被人瞧不起的感觉。就像条被呼来唤去的狗,没有尊严。"

"你言重了吧,不就是个称呼嘛,叫个啥不行啊,仅仅是个代号而已。"有人附和着说。

"是啊,是个代号不错。如果一个新生儿,你怎么称呼他都好听,可是对一个八十岁的人呢,请换位思考一下,加上儿化音试试,找找感觉。"张华每次都以这样的话结束这种同事间的交流。之后,一些人对于他的称谓有的改了过来,有的仍是想怎么叫就怎么叫。

戚主任把张华和一位老秘书分到一组,让他们主要研究领导讲话的写作。张华打小是个鬼精灵,想学的事,一点就透,没有学不会的。几个月下来,张华就写得一手好材料了,且在全局也小有名气。如此一来,一些基层科室,总把自己的材料交给张华把关,只有他把关后,才觉得放心。

一日,戚主任安排张华写一个领导的讲话材料。主任要求材料要站在全局位置,以人事部的工作内容为主,让张华四小时完成。并说,局长不准备在会上讲话了,让人事部主任代讲。

张华一听乐了。在材料的开头,张华把"出席今天会议的各位领导有"之后的名字都写上了儿化音,材料里边涉及人名的地方也大都加了儿字。开会时,人事部主任代替局长讲话。人事部主任本来文化水平不高,且说惯了儿化音,就一口气把那些领导的名字全都带了儿化音念下来。要知道,出席这个会议的领导可都是高级别的,绝大部分是正县或正科级以上的,他们可从来没在大庭广众之下听过别人如此称呼自己的名字。

会后不久,人事部主任被调离了公安局,到其他单位工作。材料的始作俑者张华也被调出了公安局办公室,去了其下属的基层单位上班。

基层单位的工作性质特殊,天天与群众打交道,请客的人很多。

Q城的人们还有一个习惯,就是说话之前先带上一句"奶X的",然后再说想说的话。

一天,一企业老总请张华所在的基层单位全体人员吃个便饭。席间,企业老总K对基层单位的头头老孙说:"喝个本地酒吧,就不拿更好的招待你了。"

"我不喝酒的,你忘了。老孙说。"

"奶X的,你不是喝酒来着嘛,啥时候忌的。"老总K一脸放松地说。

张华在一边听不进去了,他知道,他得维护本部门领导的威望。张华上前一步,板着脸,严肃地对老总K说:"这是我们头儿,哥们儿,说话注意点儿,再这样说话可别怪咱不客气了。"

老总K听了哈哈一笑,说:"没关系,我们是兄弟。"

"兄弟也不行。"张华说。

推杯换盏间,饭桌上的气氛达到了高潮。老总K又发起了新一轮攻势。只见他歪歪扭扭地端着酒杯,走到老孙面前,说:"奶X的,我就不信这个邪了,来,咱再走一个。"

老总K这句粗俗的话才出口,张华一个健步蹿上去,照着他的脸上就是一巴掌。老总K愣怔了几秒钟,脱口说:"小子,这回你有麻烦了,这回你有大麻烦了。"

没过几天,张华被头儿叫去,秘密谈了一次话,就再也不见他了。待到县纪委下来查处时,张华的头儿说,他们已对张华处理过了。隔了几个月,张华又被调离了这个基层单位,重新回到了综合科室。这回张华竟成了人事部主任。

公安局又新招进了一批大学生。作为人事部主任的张华要给新生好好训一番话。只见这位张主任仪表端庄地坐在主席台上,手里没有一张纸片,抑扬顿挫的讲话引起新同事的一阵又一阵掌声。最后张主任认真地强调:"在人事部工作,一定要重视称谓,接受血的教训,好好研究这个问题。"

# 好这一口儿

老爷子九十四岁了，仍是红光满面，神采奕奕。用他自己的话说，咱老头儿是站如松，坐如钟，行走起来一阵风。

夏天的傍晚，左邻右舍见到独自遛弯的老爷子，都调侃地说，老爷子真是越活越年轻了呢，您究竟吃的什么灵丹妙药啊，透个风儿，咱也试试。

每当这时，老爷子总会乐呵呵地摆着手说，哪里哪里，要说我显得年轻啊，这秘方还是女婿总结得好，你们去问他好了。

老爷子的女婿老邹大伙儿都认识，以前是这个小区的社区民警。如今六十岁的老邹也退休了。

退了休的老邹越发地潇洒自在起来，围着老爷子转成了他每天的重点内容。老邹常说，以前我工作忙，欠了您很多，如今，有时间了，我一样一样地给您补上。

老爷子打小就喜好京剧，随时随地都能哼几段。前几年，闲来无事时，老爷子爱找几个老友，摆个茶场，唱两段京剧。几个老友中，有能唱几段的，有能善始善终地听完评几句的。老爷子说，咱这帮子人就是好这口儿，爱这个氛围，谁也没有专业的知识和水准，纯是玩玩儿。老爷子过了九十岁后，往日的几个好友均驾鹤西去，这可让老爷子闲得不轻，整天郁闷得唉声叹气。

老邹闲下来后，才看出了老爷子闷闷不乐的"门道儿"。每当吃过饭后，老邹拿着马扎坐在老爷子面前，毕恭毕敬地说，爹，好长时间没听您唱两段儿了呢，再不，您老把那绝活儿亮亮，让我也学学，这几天正闲得慌呢。就像快要燃尽油的灯被突然加了油一般，老邹的这句话让老爷子立时来了精神。打那以后，吃过晚饭，老爷子都会端坐八仙桌前，清唱一段。开始时，老邹满腔热血学得带劲，脑袋起起伏伏地跟着摇，就像他学上几天就能成为一个京剧演员一般。三天的热度一过，老邹才觉出自己不是唱京剧的料儿来。跑调不说，老爷子鄙视的眼神他都要接不住了。算了，何必赶鸭子上架呢，就做个忠实的听众吧。老邹自嘲地说。

虽说老邹的京剧不学了，可是老爷子仍是天天晚上照唱。老爷子有个习惯，唱戏得有人捧场。即便是在家里，也得倒出个人来专门为他捧场。老爷子说，唱戏就得有唱戏的样，没有听众还唱什么戏啊。如此这般，老爷子的闺女、女婿、外甥女，一家子三个人就成了专业听众。三人轮番上阵，戏台前绝对不可无人欣赏。只欣赏还不行，必须得跟着老爷子的唱词摇头点头。该摇头时你点了头，或者该点头时你摇了头，老爷子都会大发雷霆，说你不尊重他的劳动。

老爷子还好一口儿，就是唱戏前得吃上一顿包子，还得是带汤汁儿的小笼蒸包。这天，老邹又去了经常买蒸包的小店。不巧的是，小店里的蒸包已卖完。这可急坏了老邹，到哪儿去买带汤汁的小笼蒸包啊。老邹迈开双腿，骑自行车绕县城疯跑了一圈，终于找到了一处卖汤汁小笼蒸包的铺子。拎了两扇小笼蒸包，老邹气喘吁吁地奔回家，赶紧送到老爷子面前，让他趁热吃下。老爷子吃饱喝足，端坐八仙桌前，一曲《野猪林》字正腔圆。当老爷子唱到"问苍天何日里重挥三尺剑，诛尽奸贼庙堂宽"时，老邹因刚才买包子蹿得紧，这会儿就疲困眼乏打起盹来，头也摇乱了套。老爷子怎能容忍别人对他的劳动不尊重啊，一顿劈头盖脸的说教，暴雨般砸向女婿，老邹困意全无。

望着天花板，干睁了一宿眼的老邹，第二天起床做的第一件事是去大街上寻了一处门店，租了下来。准备了一个月的时间，"老邹汤汁包子馆"隆重开业了。因薄利多销、待客实诚，老邹的汤汁包子馆生意兴隆。

老爷子再也不愁吃包子不及时这宗事了。只是，老爷子端坐八仙桌前唱两段儿时，很难再找到专业听众了。可老爷子并不愁这事，他心里早有了算盘。

吃过汤汁包子，再次端坐八仙桌前。老爷子仿佛回到了昔日的大戏园子，放眼远眺，两层小楼上全是听众。老爷子满足地微微笑笑，字正腔圆的京剧唱词从他嘴里溜出来，飘得很远很远。

## 红色电波

韦伟有一台大红色的红灯牌收音机。

在那个年代,有一台收音机可是件厉害事。刚上班不长时间的韦伟,攒了好几个月的钱,才拥有了这件宝贝。只从有了这件宝,韦伟的业余时间就丰富了。

韦伟最爱听的节目是四季风。在这个节目里,总有一些优美的散文或动人的故事,让韦伟的心为之震动。时间一长,韦伟在女播音员优美的声音里,熟悉了一个叫紫铃的名字。她的文字清新优美,带给韦伟美好的向望。

那时,有效的联系方式就是通信。几经周折,韦伟终于打听到紫铃的确切地址和真实姓名。

带着韦伟真情实感的第一封信终于飞到了紫铃的手中。

真没想到自己的文字竟能在千里之外找到知音,紫铃颇感意外。读着韦伟情真意切的话语,紫铃非常感动。隔了一段时间,紫铃以文友的口气给韦伟回了一封短信,鼓励他多看多写,并试着向外投稿。

韦伟等到了紫铃的回信,高兴得手舞足蹈。特别是紫铃在信中真诚的鼓励,让韦伟的文学梦更加坚定。韦伟定了一个学习计划,每天想象着千里之外的紫铃努力学习写作的样子,监督自己完成这个计划。

每当女播音员甜美的声音里传来紫铃的作品,韦伟都会抑制住内心的激动,给紫铃写一封热情洋溢的信。紫铃呢,也会礼貌地回一封。频繁的交往中，两人对彼此的基本情况都了如指掌了。

当韦伟得知紫铃是一个和自己年龄相仿的未婚女孩子时，心中的热情就镀上了浪漫的玫瑰色。共同的爱好，共同的追求，让他很自然地想到了能和自己心目中的偶像凑到一起。于是，韦伟的来信逐渐频繁起来。

紫铃也越来越明白韦伟的心。每次接到韦伟的来信，紫铃的心里就会荡起一层波浪，这层波浪冲击着她的心田，涌起快乐的浪花。可是，紫铃明白，她和韦伟毕竟隔山隔水，千里之外的他又是怎样一个真实的个体呢？紫铃的回信越来越矜持了，说话的尺度只限在文学方面，绝不会越过这个界线。

韦伟懂得紫铃的心，仍执着地保持着自己的想法和行动。红色电波一次次将才情飘逸的紫铃带到韦伟面前，韦伟聆听着她的心跳，欣赏着她的纯洁和浪漫。韦伟把自己的热情和真诚用信封寄到紫铃跟前，让她从多个角度感受了解自己。可是，信封里寄回来的紫铃却是用一层冷静的包装考验着韦伟的热情。

这样一来二往地交往到第三年，韦伟的作品也变成了红色电波传到了紫铃的耳畔。紫铃在一封回信里祝贺韦伟的成绩，同时轻描淡写地说出自己有了男朋友。

韦伟的心沉了沉，仍不失热情地发去了祝贺信。紫铃在男友面前展开信纸，男友好奇地读着他们的故事。

在回信中，紫铃谈到了男友对韦伟的称赞，鼓励他写下去。韦伟在信中除了感谢外，还把自己最新的作品寄了过去。那是一篇写紫铃的散文，文字优美成一缕香，袅袅娜娜。在信封上，韦伟特意写上了紫铃和她男友的名字。

一次，韦伟在一个期刊上发现了他和紫铃的名字，他们的两篇散文分别被刊发在两个栏目里。韦伟在信中叙说这一切得来不易的同时，也把新交的女友的名字告诉了紫铃。

之后的日子里，韦伟和紫铃通信时，收信人一栏都写成两个名字了，两个文友变成了两对文友。

几十年过去了，紫铃和韦伟都成了知名作家。某一天，当两对文友在网络上视频时，紫铃拿出了刚刚完成的长篇小说《春风里的电波》，这是一部以他们的交往和友谊为主线的作品。紫铃让韦伟看封面设计和内容，提修改意见。韦伟则拿出了散文集《806封信》。

紫铃立刻被震住了，806封信正是韦伟和紫铃的全部通信。

顷刻，806封信在紫铃和韦伟面前翻飞。忽而，这些信又变成了红色的电波，拉近了过去和现在……

# 把酒临风

王往原以为，在这样的环境中，自己的写作会出现"井喷"现象。哪承想，他却一个字也写不出来了。

在督察警的岗位上混时，王往把时间利用得无比充分。喜欢上内网不说，还喜欢写点东西，小说呀，散文呀，动动笔就是千八百字，然后拿到内网的论坛上一贴，后面就会跟着全国各地的警察文友，称赞的，提意见的，一大溜的关心和问候。那时，王往最感兴趣的事就是看这些跟帖了。在这些称赞和善意的提醒中，王往把一个又一个的毛坯修改成令自己心花怒放的佳作，再让它们天南地北地飞起来，最后落脚在大大小小的报刊上。

雪片一样的稿费单子从全国各地飞回来了，虽说只是五元十元的，可加起来也能凑个三头二百。领了这些稿费，王往会邀上几个文朋好友，小撮一顿。几两古贝春酒下肚，纵横五千年，跨越七大洲，王往把平日里读的书一股脑地倒出来。总之，喝着小酒，王往的话没有断头儿的时候。有时，竟让听者夹着菜、张着口、瞪着眼，就这么停在那儿，听他白话。

王往所在的县有个规定，副科级以上的干部五十岁内退。说是内退，其实就是离岗走人，爱干嘛干嘛去，别再占着领导这么个好岗位儿了。王往是督察大队的教导员，且年满五十岁了，工作又相对轻松，打过了年就被摆上了案板，挨到三月份，就真的被宣布退了下来。

宣布内退的那天，台下的王往心里没有一丁点儿失落感。

王往想：这回可以了，有了大把的时间，往日积攒着的那些素材，动笔写出来，说不定，会有一个"井喷"现象，让社会上那些春风得意的文友着实羡慕一番。

散会后，王往立马收拾东西，走人。

回到家，王往把从单位带回来的书籍归整好，特意布置了一下书房，伏案写了起来。

坐在寂静的书房里，听着钟表"咔嗒咔嗒"的声音，王往总是走神，精力无法集中起来。有时，刚刚写下几句话，脑子就跑了题。全家老老少少都出门挣钱去了，只有自己不老不小的，坐在这儿，这算什么。开着电脑，浪费电不说，还得烧水喝茶抽烟打火，哪一项不是花自家的钱。另外，平时保存在脑子的素材，这会儿也模糊起来。在单位时，有会去开个会，喝着专门泡好的茶，爱听的呢拿个本子记两句，不爱听的就翻起手边的小说集。有时，开一个会王往会看二十多篇小小说，优哉游哉。等会一结束，他立刻伏案上网，看文友们的留言，而后，抄起一指弹（只会用一个手指打字）一个字一个字地修改自己的得意之作。没会时，在自己的办公室里，关起门，想看啥看啥，想写啥写啥，滋润着呢。

想到这儿，王往轻叹一声：还是上班时好啊。

没有灵感的王往，在大街上东溜西逛，脚步不由自主地又迈进了公安局的大门。

"往哥，回来了，这段时光过得如何？"同事甲见了他大喊。

"往哥，就该常回来转转嘛，弟兄们想你啊！"同事乙握着王往的手，动情地说。

"往哥，这段时间练没练？还是情有独钟古贝春嘛，就没换个牌子？"同事丙龇着牙调侃。

……

王往言不由衷地应付着这些问话，赶紧找个办公室，钻进去。打开内网，身子前倾，眼镜贴近屏幕。一两个小时过后，只听王往深呼一口气，而后，微笑着站起身。

有同事打趣他：往哥，比喝古贝春还美嘛？

"着不多，差不多啊。只有这个味，才会有思路有灵感呢。唉。"王往又叹一声。

"往哥，还是回来吧，管他呢，你做你的，别看别人。"同事说。

"天天盼着能让我们这伙人回来呢，可也得有个由头吧，咱也是顾大局识大体的人啊，能没有半点儿自尊？"王往回答。

"宝刀未老，却放马南山。这本来就不是你的错嘛，回来吧，到我们科里来。"科长说。

"还是等等吧，不好开这个头啊。"王往唏嘘着。

"今儿个，闲篇就别扯了，弟兄们凑个份子，撮一顿去。"科长倡议。

哥儿几个又聚到了老地方。

两杯古贝春酒下肚，王往的眼前竟闪动着内网论坛上的那些跟帖，往日的素材也活了。

把酒临风，王往又文思泉涌，下笔如行云流水了。

# 橡皮筋

明和丽年纪相当，又是邻居，二人打小就在一起，可谓青梅竹马。

小时候，丽和院子里的一群小女孩经常玩一种跳橡皮筋的游戏。三个小女孩，一人扯着橡皮筋的一端，剩下的那个在当中不停地跳跃，两只羊角辫一起一伏上下翻飞。

明是个内向的小男孩，总与别的孩子合不了群。孤独的明独自站在柳荫里，吮着中指，眼热地看小女孩玩跳皮筋。

丽心细又善良，见明孤零零的，喊他一块玩跳皮筋。明在一起一伏的跳跃中渐渐敞开了心扉，笑声也响亮了。

长成少女的丽端庄清秀，袅袅婷婷。长成少男的明玉树临风，潇潇洒洒。两家大人做主，让两个孩子牵了手。

婚后，明考上了巡警队，丽则经营着一家网吧。虽说平日里警务工作很忙，可明对丽仍然体贴有加，家中大小事全听丽的指挥。丽生活在蜜罐里，坦然地接受着明的爱。月明星稀时，丽把头靠在巡逻回家的明的肩膀上，窃窃私语。美丽可人的丽让明整个人融化在了温柔乡里。

整日守在网吧里，丽干得最多的事就是上网，在不知不觉中丽迷上了上网聊天。明虽有所察觉，却不好意思说出口。他在心底劝慰自己，丽不会失去理智的。

一天深夜，巡逻归来的明突然发现丽正与一个陌生男子视频。明的情绪一下子失去了控制，重重地推了丽一把，致使没有防备的丽从转椅上滑到了地下。丽失声哭了起来，且越哭越凶。在丽的记忆中，明从未对他动过粗。

而后丽以家暴为由提出离婚，并起诉到法院，且请了律师帮她代理。她自己则躲了起来，换了手机号，任凭明挖地三尺也找不到她的踪影。

明几经辗转，从丽的朋友那儿了解到丽在青岛，要来了她正在使用的手机号，连拨几次，无人接听。明试着发了几条情真意切的短信，对自己的行为深深悔过，没有回音。几天来食无味睡无眠的明决定开车前往青岛。车子在高速公路上飞驰，明的心早已飞到了丽的身边。

七天，在明的心里比七年还长，他从没和丽分开过这么长时间。正当明盘算着到了青岛后，买什么东西送给丽、看到丽后如何表述他这七天的心情时，却看到前面的那辆黑色轿车突然停住，车后面有一中年妇女，蹲在路中间呕吐不止。望着后面一辆接一辆飞驰而过的汽车，明意识到这位妇女正处在危险中。明果断地从高速公路右侧的急行道上超车，想快速赶到前面，欲带那名妇女离开。就在这时，一辆超速行驶的大货车遮住了明的视线。明急打方向盘，才躲过了险情。明停车靠边，人闪到路中间那名妇女身边，弯腰伸手下蹲的同时，一辆车呼啸而过。明觉得胳膊刺痛，但还是坚持着把中年妇女抱到了应急车道上。明上下一摸，头上手上流满了血，好在他还清醒。

明颤抖着双手打了110和120电话，又给丽发了一条短信，说在去青岛的高速上出了点儿事。丽终于回了短信，口气急切地问明的伤势，有没有人救助等。明满是鲜血的脸上露出了笑容。他知道，丽的心里一直有他。

处理完交通事故，明在附近的医院简单处理了一下伤口，换乘大巴车，继续向青岛进发。

当一手拿一束玫瑰、一手持一条橡皮筋的明出现在丽面前时，丽的眼里满是泪水，她一头扑进明的怀里。丽说："没事就好。"

丽和明又回到了昔日温馨的家。

丽说:"那天,你怎么想起拿了那条小时候玩的橡皮筋?"

明说:"我们的婚姻一直和这条橡皮筋有关。你拽着橡皮筋的这头,我拽着那头,紧张而愉悦地过着我们美好的日子。如今,你那头松了手,橡皮筋的弹力重重地抽打着我,让我回忆,让我深思,让我反省。

说着,明把橡皮筋的一端递到丽的手里,说:"抓住它,别再松开,我们会永远幸福。"

# 现场会

田期期所在的四平县公安局本年度可谓是工作大有起色，特别是几项创新举措，经各路媒体宣传报道后，不说人人尽知，在本系统内也是大红大紫了。业内领导对四平县公安局的纪检工作更是看重，决定在该局召开一个市级规模的现场会。

接到市局的沟通信息后，田期期局长脑子一下就转了八圈。市局的现场会总不如省厅的现场会规格高啊，年终计分也不是一个档次，要开就开个高档的，整他个浓墨重彩的一笔。一念至此，田局长大手一拍算是定了调子。县局的纪委书记马上联系市局，市局纪委又全力和省厅纪委沟通。最后，省厅纪委书记拍板定调：在四平县公安局召开全省东片纪委工作现场会。

会期定了，内容还得加强。四平县公安局连夜召开党委会，决定拿出三十万元打造高标准的硬件工程。包括购买会议期间在街上展示形象的车马队，以及装修现场会亮点所需的一应物件，还有纪检工作规章制度上墙图版，警示教育专题片等等。

忙活了十多天，在市局纪委工作组的监督下，三十万元基本搞定，计划中的一切全部到位。特别是那间纪委工作专用办公室，里里外外焕然一新，很是气派了。

现场会如期召开。会场设在县城最高档的宾馆里。全省东片各县市公安局的纪委书记们鱼贯入场。会议开始后，省厅纪委书记宣布：本次会议一律从简，不喝酒，不捎带礼品，中午吃自助餐。省厅纪委书记讲话时，根本就不用讲稿，即席讲话迎得了一片喝彩声。四平县公安局的局长读完讲稿后，市局领导又做了书面总结。而后，与会人员按照省厅纪委书记点到的场所去了乡镇政府驻地。转了一大圈后，与会人员各自乘车返回。

　　送走全省各地的贵客，四平县公安局班子成员坐在一辆返回的面包车上默默无语。顷刻，田期期局长打破沉默，愤愤地说："早知他们不去参观咱打造的亮点，那三十万元就不花了。买点儿啥不好呢，制了一大堆，奶奶的，一点儿用也没有。"

# 村令如山

如今的杨树庄真可以用日新月异来形容了。这不，又一条新路正在修建。

新路修在村边，名曰绕村公路。这条公路修成后可就宽了去了。八个车道，外加人行道，至少得有二十米的路面。新路将穿过一片杨树林。

这片杨树林有十多亩，是杨树庄的门面，早在十年前就栽上了，如今棵棵杨树伟岸参天，好不气派。现在，为了修路，毁了这片杨树林无疑是摘了杨树庄人的心。可建设方案已定，路也修到了这个份儿上，杨树林必须得毁。

这天晚上，杨树庄村委会办公室里灯火通明，村委会主任杨壮壮大手一拍定了调子：今晚上开全村村民会，明天一天把这片杨树林里的树全部刨完。

晚上八点，全村村民聚集在会议室里，按时开会。会上，杨壮壮宣读了刨树决定、刨树办法和时间限制。很长一段时间，会场上鸦雀无声。约莫过了十分钟的光景，会场上就像爆豆子般炸开了锅。

有人说："养了十年的树啊，就二十元一棵这么刨了吗？可惜不可惜啊？"

有人说："才给二十元，一天刨这么多树，你以为是拔麦子吗？"

有人说："五十元一棵还差不多，一天也就刨个十多棵啊。"

有人说："大伙必须心齐，心齐了才好提要求。"

……

就像开了锅的沸水，七言八语的话越来越升温。

大家就这样议论了半个多小时，杨壮壮站起来说："有句话叫人心不足蛇吞象，大伙儿别太贪心了，刨一棵树二十元，树归你们自己，还嫌不够？好，就按我刚才的说法去刨树，愿意刨的呢明天一早就开始动手，限一天的时间；不愿意刨的呢也别在这儿瞎咕叽了，散会。"

村民们大眼瞪小眼，你瞅我，我瞅你。最后，不知谁大着嗓子吼了一句——谁愿刨谁刨，老子反正不去办这个傻事儿。

杨壮壮和村委会班子成员们对视一眼说："按第二套方案行动。"

就见杨壮壮拿起手机，快速拨了一个号码，说道："闫主任嘛，我是杨树庄的杨壮壮，我们村现在修路，有一些树挡着工程进展，你和你们村的村民说说，明天来这儿刨树，谁刨了给谁。你们接不接？"

少顷，只听杨壮壮说："只限明天一天，过了明天就不能刨了。"

第二天，杨树庄的村民们看到，临村李树庄的人热火朝天地在刨杨树庄的树，刨下的树全部运到了李树庄。

仅一天，杨树庄的那片杨树林就一棵树也不剩了。

杨树庄的村民摊着双手说："村令如山啊。"

# 钉子户

整个县城正在向南扩建，位于城区最南端的小靳村正在拆迁中。

小靳村有五十六户居民，现在有五十五户已按照县政府的安排拆迁完毕，搬进了新居。只有老靳一家的平房还矗立在一片废墟中。

老靳之所以迟迟不愿拆迁，是因为他觉得政府给的每平方米1500元钱的拆迁费太少。老靳的房子才盖了七年，住了五年，新鲜劲还没过呢，就得拆了，让谁能受得了这番折腾。最最主要的，还是老靳不愿搬到政府新盖的房子里去，那边风水不如这边好。当初盖这个房子的时候，老靳找看阴阳宅的先生看过了，说在这儿住下去，他们家早晚得出个大官。如今儿子才生下孙子，孙子还不到满月，换了住的地方，孙子的命运会如何呢？

拆迁办的人不知来过多少回了，来了就劝老靳要配合政府的工作，要从大局着想。老靳想，是啊，我从大局想，谁从我这儿想呢，只有坚持住了才会有个结果。这天，刚吃过早饭，拆迁办的那两位中年男人又来到了老靳的孤房子里，你一句我一句地给老靳上开了课。

老靳说："这么着吧，你们也不是来了一次两次了，这回呢，我说个要求，你们回去和当官儿的学学，如果行呢我就搬，如果不行咱再商量，怎么样？"

两位中年男人说："你说，你尽管说。"

老靳说："我的房子才盖了七年，和那些拆完的房子是不一样的，所以政府算给每平方米拆迁费的价格也不能一样。这样吧，在原来的基础上再涨800元，按每平米2300元算，我就豁出去了，搬。"

两位中年人把老靳的说法汇报给了拆迁办主任，主任又汇报给了分管领导。

领导皱着眉头说："老靳这小子也太那个了，对这个钉子户你们没有别的办法？"

主任说："办法倒是有，不知可行不可行。"

领导说："说说看。"

主任凑到领导耳畔低语了几句，领导微微笑了。

天黑得伸手不见五指时，城南那片拆迁的废墟里有几个人猫着腰跑过，手里还提着瓶瓶罐罐。晚上十点多钟，那片废墟上的房子里升起了火苗，火苗越来越高。而后是老靳大声的求救声和消防车刺耳的警笛声。

第二天，老靳来到拆迁办，毕恭毕敬地说："我马上搬迁，把拆迁费发给我吧。"

# 夕阳下的孤鹜

清晨，致和小区里，一株一株的石榴花开得正艳。

张大妈挎着菜篮子走过来。路过章阿祥的门口时，冲里边高声喊："章哥，昨晚睡得可好？"

"好，好啊！你看你，每天都记挂着我呢。"紧闭的大门里传来一个苍老的男声。

听到章阿祥的回答，张大妈笑着嘟囔了几句，并不进门，匆匆离去。

李老头蹒跚着，来到章阿祥家门前时，冲里边高声喊："章贤弟，又睡了一觉？"

"是啊，又睡了一觉。你早啊，李老哥。"

听到章阿祥的回话，李老头自言自语地摇着头，悠然离去。

"章哥，今儿个天气挺好呢，太阳都一竿子高啦，你还没把那罐子水喝上吗？"蔡婶路过章阿祥家的门口时，冲里边喊着。

"喝了，喝了，你就放心吧。"

听到章阿祥的回话，蔡婶咯咯笑着，匆匆去办自己的事了。

……

这是一个周末。杨玉英不用再照顾小罗莉了，她爸妈都在，正亲着呢。杨玉英拿起菜篮子，在早晨的霞光里，走向菜市场。五月的风吹着她匀称的身段，让四十多岁的她看起来年轻了五六岁的光景。

其实，杨玉英的男人是不愿让杨玉英走出家门到城里来打工的。

杨家村的地多，家里人手又少，孩子还小，帮不上忙，两个老人身体又弱，里里外外一大摊子事，都得去处理。另外，男人心里还有个小阴影，他听村人们私底下议论过，进城的女人，回来时没有一个干净的。当然，他的这个小心思是不敢跟媳妇说的。杨玉英有自己的想法：进城里能见到大世面，学到在乡下学不到的东西。

于是，杨玉英来到县城里，通过职业介绍所搭桥，在小罗莉家落了脚。

没进城之前，杨玉英听村里人讲做保姆如何如何难。可来到小罗莉家，杨玉英觉得很轻松。无非是帮这家人接送一下四岁的小罗莉，帮着做个饭，偶尔洗洗衣服，间或再帮着买个菜，轻松得很。

杨玉英在买菜的路上，经常遇到一个七十多岁的老头儿，腿脚有毛病的样子，走起路来一跛一跛的，虽说不太明显，可隔着几十米看时，总让人心生一丝怜悯。心肠好的杨玉英每逢遇到这位老人，总会赶紧赶过去，抢过老人拎的东西，陪他走上一段路，直到在岔路口，两人需要分开时，才又把东西还给老人。

老头儿在人前背后说起杨玉英来，自然都是称赞的话。这样，一晃就是两个多月。

周围的人听多了，竟成了一个话题。有的人说这位保姆心肠不错呢，爱助人；有的说不知她是不是图点儿什么；有的人听了这些话，再加上自己的想象，就把这事的内容给扩展开了，说小罗莉家的保姆看上了这个孤寡老头儿，图的是他的钱袋子。

当然，这些话并没传到杨玉英耳朵里，可小罗莉的爸妈却知道了。小罗莉的爸妈做得不露声色，每天家里的菜却从不间断了。于是，杨玉英便没有了再去买菜的机会。

有时，做完一天的家务，杨玉英对着窗口向楼下看，眼前浮现出那位老人孤单独行的身影，心中便多了一丝牵挂。

"章哥真是太苦了，七老八十了，孤零零一个人，连个说句话做个伴的都没有，要是身子骨利索还好，偏偏又是个带病的身子，唉，好人怎么就不得好报呢？"

"是啊，章哥若是有个一男半女的在身边也行呀，偏偏就是这种情况。唉。"

菜摊前,一位六十岁左右的大妈正和身后的一位年龄相仿的大爷说得热乎。杨玉英听着,心里起了波澜。

等两人的谈话告一段落,杨玉英插嘴问:"大爷,你们刚才谈论的是谁家的事呀,是我们这个小区里的吗?"

"哦,是啊是啊,就是咱小区里的章老头呢,腿有些毛病,平时走路不太方便的那位。"

"啊,是那位大爷啊,怪不得好几个月不见他了啊。"杨玉英停下挑拣菜的双手,吃惊地说。

"得了半身不遂,动不了了,身边又没有个伺候的,苦着呢。"大妈说着说着,眼圈红了。

"多亏邻居们不错,天天把章哥当成亲人,不断地去照顾他,可这也不是个办法啊。"大爷蹙起眉头,摊着双手,一幅无助的表情。

杨玉英问:"这位章大爷没有孩子吗?"

大妈快嘴快语地说:"好像有个女儿,很多年前就离家了,从来没见她回来过呢。"

杨玉英听了,心里打了个问号。

之后的几天里,杨玉英一直寻找机会去看一眼那位章老头儿。

机会终于来了。

吃过晚饭,洗刷完毕,打扫完卫生。小罗莉的妈妈要杨玉英到楼下去帮忙买点儿日用品。杨玉英下楼后,打听到章哥家的方向,几分钟就到了那排平房前。

平房没有院落,在窗前开着一树石榴花的那家门前,杨玉英提高嗓门喊起来。

"章大爷,章大爷,我来看看你呢。"说着话,杨玉英推门走了进去。

"小杨啊,怎么是你?"章大爷高兴地望着杨玉英,欠了欠身子。

"大爷,你怎么病成这样了,这些日子我一直纳闷,怎么见不到你呢。"杨玉英便和章大爷说着话,边帮他收拾房间,打扫卫生。

"你别忙了,坐下歇会儿吧。"章大爷不好意思地说。

"我呀，就是干活的命，看到活儿就闲不着，边干活儿边说话吧，两不耽误呢。"杨玉英回头冲章大爷笑了笑，继续收拾房间。

从此，杨玉英只要能挤出时间，她就去帮助章大爷干些力所能及的事情。

之前的那些说法，又悄悄地死灰复燃了，且传到了杨玉英的耳朵里。杨玉英终于明白了这段时间自己为何没有买菜的机会了。

闲话像长了翅膀，也飞到了杨玉英的家乡。这些被别人加工了多次的闲话，像一只又一只的苍蝇飞进男人那并不宽敞的心里，于是，男人的心便翻江倒海了。男人在家里再也待不住了，他决定到城里去教训一下这个臭娘儿们。

男人攒了一肚子的怒气和怨气，在见到杨玉英的那一刻一下就化了。看到仍如往日那般朴实且沧桑的杨玉英，男人的心里只有了爱怜。

男人把温柔的目光放在杨玉英的脸上，说："孩子他娘，咱不在这儿干了好不好？回家吧，家里离不开你，我也离不开你啊。"

杨玉英明白男人的心思，也知道家里确实很缺人手。

杨玉英顺着男人的话题说："他爸，你放心，等小罗莉过几天上了幼儿园，你就是不来接我，我也要回家了。回去帮你种种地，顺便把在城里看的学的告诉你，那你干起活儿来多带劲啊。"

男人离开时，咧着嘴嘿嘿乐了，大手搓来搓去，脸膛也由黑变红了。

与小罗莉独处的时候，杨玉英悄悄问过她："章爷爷是好人还是坏人。"

小罗莉说："当然是好人。"

于是，杨玉英就像吃了定心丸，继续抽时间去照顾章大爷。她坚信，身正不怕影子斜。

在与章大爷的接触中，杨玉英终于知道他有一个女儿，早年因恋爱遭家人反对，离家出走了。女儿离家后，虽和家里通过信，章大爷却一直没松口，女儿就再也没回来。杨玉英帮章大爷找到多年前女儿来信时的地址和联系号码，试着打了过去，电话竟通了。杨玉英把章大爷的情况告诉了他的女儿。电话里传来女儿小声的抽泣。

过了几天,章大爷接到了女儿的来信。女儿在信里说,多年来,一直想回家看看,就是怕章大爷见了自己,不给面子,当场把她撵出家门。

章大爷听完杨玉英读的信,低下头,眼光回避着她,半天没说一句话。

杨玉英在电话里和章大爷的女儿说:"狗不嫌家贫,女不嫌父丑,孩子,你想多了,你爸不会那样的,你快回来吧。"

章大爷的女儿历尽千辛万苦终于踏进了自己家的门,见到了日夜牵挂的老父亲。

章大爷的女儿听了父亲述说杨玉英耐心照顾他的行为,心里非常感动。当即双腿跪地,磕了个响头,并叫了一声"妈"。

这声妈把杨玉英给叫愣了,她赶紧扶起章大爷的女儿,说:"孩子,你弄错了,我不是你想的那样,不是的,我只是来照顾你爸。你回来就好了,我再也不用担心了,家里还等着我回去呢。"

"阿姨,请你答应我,让我喊你一声妈。其实,我没有别的意思,就是想好好向你学习啊。你这样的好心肠,在哪里都是菩萨转世呢。"

"我这人啊,心软,看不得好人落难。天下的父母都有老的那一天,包括我自己。别人爱怎么说就怎么说吧,我自个儿明白自个儿的心就行。其实,我已在小罗莉家辞工好几天了呢。"杨玉英说。

章大爷的女儿听罢,双手环住杨玉英的脖子,颤声叫了一声"妈",泪如雨下。

"傻孩子,别哭了,回来就好,回来就好了。"杨玉英的眼里也涌满了泪水。

窗外的石榴花仿佛更艳了,一缕清香飘来,沁人心脾。

# 雪青色上衣

　　腊月二十九，天刚擦黑，小城已是灯光绚烂。

　　麻雪把家务收拾停当，下意识地再次来到小城最繁华的信誉商厦。

　　在四楼的中档女士服装专柜里，有麻雪看了无数遍的一件貂绒毛衫，是她喜欢的雪青色。

　　麻雪三绕两绕，十分准确地站到了那件貂绒毛衫前。她仔细看了看上面的标价，420元，没变，还是上次来时看到的价格。从进腊月起，麻雪利用下班后的时间来看过无数次了，就是相中了这件毛衫。可是，对麻雪来说，这件毛衫还是太贵了，她舍不得买。

　　只看看，饱饱眼福吧，说不定，到年根儿底下，这件衣服会打折呢。麻雪在心里安慰着自己，顺手拍了拍身上的羽绒服内兜。兜里有老公硬塞给她的500元钱。

　　麻雪除去对学生用心，其余时间都是大咧咧的脾气，从不爱管钱，发了工资总是如数交给老公。老公心细，手上又把得紧，适合理财管家。

　　一进腊月，老公就批了500元钱给麻雪。

　　老公说："媳妇，劳累一年了，自己看着去买件中意的衣服。500元够不够啊，你先拿着，不够咱再添，别舍不得，一定买自己中意的。"

　　麻雪明白，老公摸透了她的脾气，越是把钱交到她手上，她越是花不多。若像别人家那样，领了媳妇去逛商场，捡媳妇中意的买，他还真是疼得慌。

麻雪喊过营业员，给她拿了合适的号码。麻雪走向试衣间。穿好新毛衫，麻雪走到大镜子前，便欣赏镜子里的自己，不停地瞟着试衣间。

末了，麻雪问："这款衣服明天能打折吗?"

营业员白了她一眼，高傲地说："谁知道呢，明天都三十了，只有一上午的时间了。这位大姐，这件衣服您试了不下五遍了吧，穿着合适就买下来，省得明天卖空了，过年没有新衣服穿。"

麻雪不好意思地回答："不急不急，我再看看，还有一上午的时间呢。"

大年三十，麻雪起了个大早，忙碌着切馅和面包饺子。虽说一家人齐动手，包完饺子也到了十一点。

麻雪风风火火地赶到信誉商厦。那件心仪已久的貂绒衫却无影无踪了。

麻雪焦急地问营业员："你好！请问那件雪青色的貂绒毛衫卖没了吗?"

"是啊，最后一件刚刚卖了。这位大姐，我劝你不听，买不到了吧。"

麻雪细看时，还是昨天那位营业员。

麻雪眼里噙满了泪，什么也没说，默默离开了柜台。她明白，兜里的500元钱年前是花不出去了。因为，她转遍了小城所有的卖衣服的地方，只相中了这件貂绒毛衫。打小时候起，麻雪就有过年买新衣的习惯。那时是大人给买。自参加工作后，自己给自己买。结了婚，总是老公催着她买，从未间断过。劳累一年了呢，买件新衣，代表着旧的一年终结，新的一年开始。不然，一年到头，连个标志也没有，活得太没意思了。

大过年的，麻雪不愿让别人看到她落寞的神态，便贴着楼梯扶手低头往楼下走。

"麻老师好！"一声清脆的女声打断了麻雪的思绪。

麻雪抬起头，眼前竟是自己班里的学生时丽。

看到眼前穿着俭朴的母女，麻雪的心头一热，赶紧握住这位母亲的手，说："大姐，你们家的情况我都知道了，你是位坚强的母亲。一切都会好起来的。"

时丽的母亲眼含热泪点着头说："“麻老师，谢谢您。您平时为我们时丽操碎了心，这孩子能取得今天的好成绩，多亏了您。太感谢您了。"

"大姐，您说哪儿去了，时丽的爸也是为了救别人，才……"麻雪说着说着眼圈红了，声音卡在了嗓子眼儿里。她赶紧掩饰地回过头，用衣袖抹了一把脸。"

"老师，我和妈妈去买点儿过年用的东西，今天上午都打折呢，我专门挑的这个时间。"聪明的时丽立马转了话题。

"看我，光顾说话了，忘了正事。时丽，你和妈妈买完东西在一楼大厅等我一下，我给你拿一套题，趁假期做做。"麻雪说着转身离去。

半小时后，麻雪在一楼大厅里再次见到了时丽。

麻雪从手提袋里拿出一件雪青色的外罩，递给时丽。时丽执意推辞着。

麻雪说："时丽，你是个听话的孩子，快拿好，新年的第一天，穿上它，让妈妈高兴高兴。"

时丽流着泪接过麻雪递过来的雪青色上衣："麻老师，您也不富裕，既然你帮我买了这件珍贵的衣服，我就收下了，让它陪伴我，成为我发奋努力的动力。"

麻雪的眼睛再次湿润了。

在四周的鞭炮声里，麻雪裹紧身上雪青色的旧羽绒服，微笑着走进家门，迎接新的一年到来。

# 时光倒流三十年

　　太阳升起一竿子高时,你终于醒了。瞪着两只空洞的眼睛,对着天花板,在想,今天要做些什么呢?不管要做什么,这时也该起床了。你心里说。

　　嗓子里像有一只小虫在爬,你踯躅着,终于走到洗手间。手扶洗脸盆,你不得不咳起来。咳嗽声越来越剧烈,直到咳得面红耳赤,眼泪汪汪。

　　她的心在绞痛,赶紧走到你身边,轻拍着你的背,想借此缓解一下你的痛苦。你的身子晃了几晃,毕竟是八十岁的老人了,这顿咳嗽已让你精疲力竭。她抓紧你的胳膊,说:"让我做你的拐杖"。那一刻,她希望自己做的每一件事都能减轻你的痛苦。你轻轻扶了一下她的肩膀,嘴角上扬,做出一个想笑的表情。可是,你并没笑出来。连这个最熟悉的动作你也做不到位了。一层雾漫上了她的眼。

　　她把昨晚准备好的衣服拿给你,帮你穿上。扶你到客厅坐好,随手打开全部窗子。秋阳灿烂,几朵白云悠然点缀在高远的蓝天上,微风从窗口吹进来,送来了浅秋的清香。你的眉头舒展了,缓缓站起身,慢慢走到窗前,双手上举,从长长的白眉毛开始,再到鼻子、双耳垂……轻轻按摩着。这是你每日的规定性动作,已坚持了三十多年。坚持这个动作,对你来说受益匪浅。一丝欣慰挂上她的脸。

　　半小时后,你们去餐厅吃饭。面对她早早准备好的清口小菜,五谷杂粮熬成的粥,还有全麦的面包,刚煮出的鸡蛋,你只吃了几口就放下筷子，说没有食欲。这怎么行呢，她着急地帮你夹菜，劝你吃这吃那，可你仍是无动于衷。她才想起，之前，和你去看医生，医生说你因酗酒而导致的重度脂肪肝已在加重。原来是肝在报复你呢，她的心又紧起来。

回到客厅，点燃一支烟，你还没吸一口，剧烈的咳嗽再次把你的身体变成虾米样的弓形。你用手擦着眼里咳出的泪对她说："若时光倒流三十年，我一定听你的。"她的眼再次潮湿了。

三十年前，身为警察的你五十岁，俊朗、潇洒、温文尔雅。爱岗敬业、责任心强、热心厚道又重情义的你，在警察岗位上一待就是三十多年，仅刑警就干了近二十年。因职业的特殊性，你养成了喝酒抽烟的习惯。那时，同为警察的她对你的喝酒抽烟已有微词，经常劝你，一天抽烟不能超过一包，每次喝酒不要超过半斤。你嘴上应允着，也在她面前发誓赌咒说，一定不会过量。可你不是她的一件物品，不能随身携带在她的身上。她无力监督你的铮铮誓言，只好眼巴巴地盼你早点回家。

回到家里，她会在你伸手拿烟时，给你一个暗示，你会心地收起烟，回她一个浅浅的笑。实在憋不住时，你歉意地点起烟，她会在你吸过两三口后，及时地帮你掐断烟灰的进展。但凡有酒场，你一般会带上她，一是为了让她熟悉你的朋友，二是为了她在场时，你对自己的酒量有个限制。不带她的聚餐仍很多，周末或节假日，偶尔你把自己放开，喝得酣畅淋漓，激情四溢。每当这时，你会在回家前调整好自己，尽量让她看不出。她慢慢学会了不再正面攻击你，一夜无语后，她会在你清醒时把账算得仔仔细细。这笔账让你震撼，于是你有一段时间对自己的酒量和烟量十分收敛。一段时间过后，老毛病再犯，她再算账，你再收敛。如此反反复复。那时，在你的心中，总觉得她的话是对的，可是执行起来，有些困难。你不是个善于克服这种困难的人，在你心里，万事随心随意更好。于是，你有了今天。

"其实，当初我还是坚持了一些良好习惯的，你说是不是？"

"嗯，是的，比如从眉毛到脚趾的按摩，比如散步，"她附和着说，"只是，那些严重的坏习惯，你从未觉得它们坏。特别是从岗位上退下来后,你若能按照咱们制定的锻炼方案坚持下来,再把烟和酒减到最少,不知今天的你会是怎样的风采。"她在打趣。

你默默无语,三十年的画面在眼前翻飞。

一个激灵,你回到了现实。而今,你才五十岁,未来的三十多年甚至更多时间会如何呢,紧紧抓住眼前的时光吧,把早就定好的锻炼计划坚持下来,把该克服的克服掉,到了人生的秋天时,才会收获更多。你在自言自语。

她在想:你到了八十岁,果真会对着我说谢谢你吗?会说,多亏那时你说了这些,并监督我去实施吗?

华灯初上,沁园湖畔轻风习习。散步的人群里,你的步伐格外矫健。

望着你的背影,她轻轻地笑了,加快脚步,追了上去。

## 光影交错的生命之歌

列夫·托尔斯泰说:"人生的一切变化,一切魅力,一切美都是由光明和阴影构成的"。读着这句话,眼前不觉就晃动起黑与白的变幻,光与影的斑斓,成与败的思辨,幸与不幸的纠缠……

人生是一场独自的前行与拼搏,而生命则是人与人的一场互动。在这个拼搏与互动的时空隧道里,有的不只是莺歌燕舞的一帆风顺,还有风雨交加的泥泞逆境;有的不只是光环耀眼的成功,还有暗自垂泪的失败。如何面对生活里的成功与失败、光明与阴影、完美和残缺,如何在逆境中寻求成功的动力和希望,在泥泞的风雨路上擦干眼泪爬起来继续前行?读懂托尔斯泰这句名言,你就会懂得如何面对人生,就会在生命的原野上放开嘹亮的歌喉。

阴影可以化为自信和顽强,成为到达光明的定力。生活中,并不是事事顺心、处处完美的,不完美的生活才是真正的生活,关键是如何面对这些。"苦难对于天才是一块垫脚石。"张海迪是从我们山东省的土地上走出来的与命运抗争、永不屈服的英雄。如果说三分之二的残疾躯体是张海迪人生之路的上一个硕大的阴影的话,她孜孜不倦地学习、创作与拼搏就是将这个阴影吹散的光明。她那良好的心态、不变的追求、顽强的毅力、挑战自我的拼争和微笑着面对生活的勇气成就了一个高雅、睿智、博学、善于思辨的独一无二的她,也成就了她的光明,这种光明又成就了张海迪生活的主旋律,把她从阴影里推出,使她成为全国的残联主席。

沉迷于阴影中踽踽独行的人,不但难以到达光明的彼岸,还会造成人生的不幸。老子说:"祸兮,福之所倚;福兮,祸之所伏。"受尽磨难的心灵,其抗压能力会在考验中不断成长,在人生的旅途中,其不论是否取得外在的成就,至少内心很容易为了小小的顺利和成就而感觉到快乐和感恩。反之,一个从未经历过磨难和艰辛的人,就很难体会到顺利的快乐,很少会有感恩的心境。对于某些人来说,太顺利的人生使其因偶遇的不幸经历而心灵充满创伤,让其叹息人生无常,这些会在一定阶段成为某些人内心的习惯。有些人不善于抛弃痛苦,他们宁愿把痛苦变成藤,让其一生缠绕着自己,也不愿在痛苦中寻求解脱自己的方法。纵观前段时间,全国一些地方发生的杀童案,探究作案人的心态,不外乎在生活中遇到了挫折和不顺,钻了"牛角尖",放大了生活中的痛苦,陷进了阴影幻化中的泥潭无法自拔,才导致了悲剧的上演。如果,这些人在遭遇了不顺时聪明一些,迅速地找到治愈精神创伤的良药,让那些不快变为过去,用积极的心态面对生活,那么就不会被藤索所束缚。

人生就是光与影交相辉映的一场拼搏,而人生的缺憾有可能会是生命里的风光和财富。站在人生的舞台上,就要经得起光明的照耀,也要承受得起阴影带来的冷酷。四季因了风雨霜雪而美好、浪漫,人生因了喜怒哀乐而充实、富有。"花未全开月未圆"是曾国藩的人生境界,也是他从晚清重臣中脱颖而出的秘诀所在。力争上进,避求全之毁曾是曾国藩及其家人的智慧。人生的完美如天上的明月般难以求得。可是,我们在赞美明月美的同时,不是也会叹息住在月宫里的嫦娥是何等的孤寂和落寞吗?

罗曼·罗兰说:记住,在选择给予的同时,你也收获了心灵上的慰藉和温暖。也许人们仰慕强者是人之常情,而同情弱者更是美好心灵的体现。养成一种好的性格吧,这是左右光与影变幻的按钮,是掌控胜与败的关键。

人生不会一辈子总被阴影所笼罩,也不会一辈子总是光风霁月。苦难与幸福恰如光与影的变幻,魔咒就握在你自己的手里。以一种积极的心态去关注生活,积累生活所赐予的一切吧,它会让你日臻成熟，日渐丰盈；微笑着面对生活，放开歌喉，唱一首光与影交错的生命之歌吧，你会觉得世上根本没有什么大不了的，寒冬过后就是春呢。

# 别样灯塔

人的一生其实就是对时间的消费。除去吃饭睡觉和为生计奔波占去的时间，剩下的属于自己支配的时间已经不多了。如果在这些不多的时间里，能选出自己喜欢的书，静下心，一本一本认真去读，那么，就等于有了一盏温暖而明亮的智慧之灯，引领着你前进的正确方向。正如美国天文学家、科幻作家惠普尔所说："书籍是屹立在时间的汪洋大海中的灯塔。"

在我的生命中，一直有一盏别样的灯塔散发着缕缕清香，淡淡地氤氲着。嗅着这缕清香，我由孩童渐渐长大。这缕清香塑造了我的灵魂，锻造了我的身心，形成了我独特的气质和个性。这缕熟悉的清香，就是书香，她婀娜的身姿令我着迷，让我沉醉。

我打小被大人们誉为是个爱读书的孩子。二十世纪七十年代，可供我读的书并不多，最容易读到的是小人书（小画书）。从拥有第一本小人书起，我想尽办法、千方百计的增加着，自己的"书库"藏量，除了好好表现，让大人买给小人书外，还把自己的"藏书"拿出来，和小伙伴们交换。而那些用来交换的小人书，看了不止一遍两遍，对其中的故事已熟记于心，倒背如流。

一个偶然的机会，我发现了家里的宝藏——一个盛了满满一箱书却上着锁的大木箱子。我知道那是父亲的东西，任何人不能随便乱动的。可是，到如今我还不太明白，父亲为何把藏书的箱子锁起来（他老人家已英年早逝）。可是这个重大发现却把我全部的注意力吸引了过去。七岁的我每时每刻都在想，如何弄开那个箱子，又不让父亲知道。那时父亲在城里上班，回家是待不了几天的，看管这个箱子的人是外婆和妈妈。妈妈倒是好对付，她不经常在家。可外婆却是时常在家的。终于，机会来了。那是个阴雨连绵的夏日中午，外婆在对面的房间里做针线，我陪妈妈在另一房间休息。连日劳累的妈妈很快就睡着了，时间不长便发出了匀称的鼾声。我爬起身，蹑手蹑脚地找来钳子，用力将木箱上的板吊拔出了一端，终于打开了向往已久的那箱书。匆匆从里边拿出一本，又原封不动地把板吊扣在上边，伪装成未曾开启的样子。这是一本散文集，其中的一篇是何其芳的《森林小学》，那优美的文字和动感迷人的画面至今让我记忆犹新。从此，我便一发不可收拾。《敌后武工队》《青春之歌》《红楼梦》《鲁迅书信》《苦菜花》《我的大学》《钢铁是怎样炼成的》等等一本一本书被我依次从箱子里"偷"出来，再放进去。这个过程在我的心田里播下了智慧的种子，让我拓宽着知识面、积累着学养。正是因为有这些书垫底，我学语文的兴趣越来越浓厚，且语文成绩一直在学校名列前茅。

少年的记忆中，故乡果实飘香的秋天，田野里那种混合着百草与百花清香的空气、那五颜六色的秋景、那红玛瑙般的枣儿里点缀下的秋韵……曾是那般让我心醉。深秋的清晨，棵棵枣树还在梦里，我已悄悄置身于枣林，身手矫健地攀上了一棵高大的枣树，挑了一个牢靠的树杈，坐稳，一边吃着张嘴即能触及的脆生生的枣儿，一边放眼四望：蔚蓝的苍穹点缀着朵朵白云，一两只苍鹰忽高忽低地在天与地间盘旋，戴了斗笠的农人掩映在高高低低的绿色庄稼棵里、向日葵下、高粱穗边、苹果园里……我掏出随身带着的小本子，将所见到的一切用文字记录了下来。就是在那棵老枣树的树杈上，我写下了四十余篇日记、十余篇作文，读了那时能看到的最好看的书籍……开学后，我升入了初中。当语文老师把我写的作文和日记当作范文在同学们面前读时，我心里的成就感就像暗夜里的玫瑰，在心底快乐地摇曳着。

一上初中就来了个开门红，更让我下决心要永远保持着自己的成绩。为了心中的热爱，也为了头上小小的光环，我开始利用一切可以利用的时间，拼命读书。每次拿到一本好书，我先读一遍它的序和目录，然后，再细读其中的内容。遇到好的句子和段落，会一个字一个字地抄写在早早准备好的精致的摘抄本上。到现在，这些本子已有高高的一摞。它们精致漂亮，有着图案优美的封面，更有着让我着迷的内容。我的这个做法也被老师在同学们中间推广。后来，一些爱好语文的同学也渐渐有了自己的摘抄本。再后来，我们经常相互交换摘抄本，互相学习。

坐在大学校园宽敞明亮的阅览室里，我孜孜不倦地阅读着一本一本书籍，用心记录着书带给我的新奇和广博，捕捉着书带给我的快乐和灵感。于是，我也有了写作的冲动和习惯，并且把这种习惯坚持了下来。

歌德说："经验丰富的人读书用两只眼睛，一只眼睛看到了纸面上的话，另一只眼睛看到纸的背面。"参加工作后，自己慢慢积累了一些书籍。每次打开一本新书，都有一个小小的目标，就是今天我一定要读多少页。看书的过程，真是一个享受的过程。先是在自己的书上用浅色的笔标出好句好段，待读第二遍时，再用红笔重标一遍，有的还写上读书心得。有时，一本书上会有好几种不同颜色的标线，这些带有标线的句子或段落大都已刻在了心里。直到现在，我还保持着这个习惯。

"书卷多情似故人，晨昏忧乐每相亲。"边读边写，边写边提高。在繁忙的警务工作之余，我庆幸自己牢牢举着书籍这盏明灯，让它把时间的海洋照亮，且收获了一朵朵微小的浪花。

读书关系到一个人的思想境界和修养，读书也会改变一个人的境况和命运。"三更灯火五更鸡，正是男儿读书时。黑发不知勤学早，白首方悔读书迟。"抓住一切可以利用的时间，多读几本好书吧，并把这种阅读变成一种习惯。在时间的汪洋大海里，只要让书籍这盏别样灯塔永远屹立，就会受益终生。

## 恩师独"醉"渤海春

马书海老师是我读高中时的语文老师。在我的记忆中,马老师有两大爱好,一是喝口小酒,二是练练书法。

高中三年,马老师和他妻子给了我这个爱学语文的学生无微不至的关怀和鼓励,他们的教诲砥砺了我的意志,也奠定了我的文学基础。在我的心里,马老师是我终生都感激不尽的恩师。

大学毕业参加工作后,每逢教师节,我都特意去马老师的家中看望他,因知道老师的爱好,去时总忘不了带两瓶高度白酒。我不会喝酒,每次对选什么品牌的酒送给马老师没有一定之规,只是买酒时告诉售货员拿高度的、质量好的。师生相见分外激动,几个小时的时间不知不觉中过去了,而老师和师母叮嘱我的句句话语,激励我在人生的征途上走过一个又一个春秋。

2004年的教师节,我挤在一大群争相购买者中抢到两瓶渤海春酒后,又骑车走在了去马老师家的路上。一路上,看着平原上满眼的秋景,嗅着空气中淡淡的甜丝丝的清香,我的眼前再次浮现出马老师和师母把酒临风、邀月对酒、人与海棠皆醉的神情,心儿更加激动起来。

马老师见我去了,很是高兴,就让师母备了家常炒菜,喊上他的孩子们,一家人围桌边吃边谈。我拿出自己带去的渤海春酒对马老师和师母说:"这次买的酒可能不错,买酒时那个门店的人爆满,你们尝尝到底如何吧。"我打开渤海春酒给老师和师母满上,一边听马老师的教诲,一边欣赏他和师母对酌的样子,那情景仿佛让人走进了满树狂花纷飞、院内蝶飞蜂舞的仙境。一盅酒入口，马老师微闭双目细细品味，而后大呼一声：好酒！师母瞅着马老师的样子乐了，知道他品出了这酒的风骨。那时，已是五十多岁的马老师两鬓虽染满银霜，但仍是精神矍铄，两眼炯炯有神，几杯酒入口后，说话时就更加频繁地打起了手势，幽默机智的谈吐，让一桌子的人时而爆出笑声。师母说："你看你老师今天是太高兴了，仍是那个顽童样，总忘了自己的年龄。这个渤海春酒也确实好，让他返老还童了呢。"师母说这些时，我的心中便觉释然，脑海中回忆起马老师在课堂上讲李白的诗时那标准的普通话，那轻轻晃动着头的陶醉的表情，耳畔再次萦绕起"花间一壶酒，独酌无相亲。举杯邀明月，对影成三人"的诗句。

见恩师如此钟爱渤海春酒，来年的教师节我一改往日每次送两瓶酒的习惯，提了一箱渤海春珍品酒去拜见马老师。一进马老师的家门，师母就笑吟吟地迎上来说："玥儿，你真会揣摸你老师的脾气，他就是喜欢上这渤海春酒了，你上次捎来的酒，你老师每逢来人就给人家介绍，说：'看人家庆云县自己生产的酒，从质量到包装全是大手笔，我尝着比那些老名牌也差不到那儿去。'"马老师接过我手里的酒，高兴地说："谢谢玥儿！这箱酒足够让我谗人的了。"听了马老师的话，我不解地瞅向师母，师母微微笑着说："老顽童是说你同学们再来时，他就可以实打实地拿出酒和他们论个高低了。"听了师母的话，我不好意思地笑了。

今年的教师节，我放下手头的工作再次来到一河之隔的邻省的那个小城。一进马老师的家门，就闻到院内酒香淡淡，听到屋内笑语连连，几位昔日的老同学热情地迎了上来，执手相望泪眼，少顷，老师和同学又相继开怀大笑。马老师站在同学们中间高兴地说："这次好了，你们都见着了，屋里坐，屋里坐。"师母看着我不解的样子笑着说："自从你拿来了渤海春酒后，你同学们再来这儿时，你们马老师就把这酒的好处向他们说，这些孩子平时不定什么时候来，听了你老师介绍这酒如何好后，他们就想和你共同分享呢，我告诉他们说，你教师节这天一准来的，这不，你们就都在这天碰了面。"听着师母的话，我瞅了一眼屋内的茶几，见茅台、五粮液、水井坊、剑南春、泸州老窖、郎酒、全兴大曲、杜康、汾酒等已翘首以待，想必同学们都知道老师的这个爱好吧。

同学们有的去厨房帮师母做菜，有的刷洗盘碗、酒壶酒杯，不一会，一屋子人全部就座了。马老师在案头伏身写了10以内的双号，同学们把它们分别贴在酒杯和酒的包装盒上。然后，有人打开了天南海北的同学们带来的十种不同品牌的酒，依次倒入酒杯中，端到马老师面前。马老师此时俨然是一位品酒大师了，只见他气定神闲地坐定，微闭双目，慢慢端起一个酒杯，抿一口，砸摸（即寻思、分辨）一下滋味，深吸一口气，放下，再端起另一个酒杯，重复着刚才的动作和表情，直到十个酒杯全尝了一个遍，马老师才在其中挑起六号杯子握在手中宣布：经品酒大师马书海品尝，六号酒得第一名。同学们赶紧回头去找六号酒的包装，见六号包装盒上赫然写着"渤海春酒"四个艺术字。立即，屋内一片哗然，接着掌声四起，大家纷纷说："服了，这回真的服了！"我自豪地把老师和同学们的杯子中全部倒满渤海春珍品，大家起身共敬老师健康快乐！"对了，我还带了《庆云报》呢，上面重点介绍了渤海春酒，请大家过目。"我一边说着一边拿出了随身带去的一摞报纸。马老师拿起《庆云报》认真地读着，不时点点头，微微笑笑。几分钟后，马老师感慨地说："真乃酒品如人品啊，我说这酒怎么这么特别，原来它的背后有一个以诚信为本、尊老助贫的真汉子！"

温一壶秋景装在盘中，伴着渤海春珍品的清香，师生一起在岁月的长河里听时光的脚步铿锵，当年那些逸闻趣事再次浮现于眼前。马老师一时兴起，挥毫泼墨，"佳宾相聚何待客，美酒精品渤海春"几个苍劲潇洒的草书浑然天成，引来同学们的啧啧称赞。

酒足饭饱后，同学们七嘴八舌地嚷着要去庆云买渤海春，盛情之下，我前方带路，引领老师同学们回到了一河之隔的山东庆云。游圣地，观美景，感受庆云浓郁的文化氛围，领略庆云飞速发展的脚步，大家一路不亦乐乎！看着一辆辆满载渤海春酒的小汽车驶离庆云，奔向全国各地，我挥手为我的恩师祝福，为我的同学们祝福，为庆云的渤海春酒祝福，也为腾飞中的中国庆云祝福！

# 乐闻酒香

相对于男性来说，喜好白酒的女性毕竟是少数。我也不例外，是那大多数女性中的一员。但我并不是那种闻酒色变、吻酒就怯的女子。确切地说，偶遇酒场，如果遇对了人，遇对了事，遇对了场合，本女子也会嗅出酒香，品出酒韵，喝出酒的风骨呢。

渤海春酒的故乡——山东庆云，是我工作生活了二十余年的地方。庆云浓郁的文化氛围，让平时好静的我记住了渤海春酒那特别的清香。

庆云文苑吧成立五年的时间里，聚集了庆云乃至周边地区的大量才俊。每年的七月，文苑都会找一个周末，开一次周年纪念会。抑或是酒文化的感召力使然，抑或是渤海春酒的掌舵人独具浓郁的文化底蕴所至，在这个特殊的聚会上，渤海春酒的清香总会从始至终氤氲在会场的角角落落，陶醉着每一位前来参会的文友。晚会进行到尾声，渤海春酒的领头人于总上台，高歌一曲《爱拼才会赢》，把现场的互动和交流推向高潮。"诗句就云山动色，酒杯倾天地忘怀。"文友们或举杯邀月，或把酒问天，那一刻，酒逢知己千杯少的豪迈涌动在每个人的言语中和心间……

"走亲串友渤海春""渤海春，渤海春，能饮酒者均过斤"——走进庆云县，朴实豪爽的庆云人总会边饮酒边向你如此这般地介绍。在庆云县，无论是高层聚会，还是寻常百姓聚餐；无论是来自五湖四海的宾朋，还是汇聚于此的天南地北的老友，都会被入口绵甜、余味醇厚的甘露琼浆——渤海春酒,所陶醉,所吸引。那一刻,渤海春酒袅娜的清香已幻化为一种软实力,已转变成一种文化招牌,温暖地入胃入心,淡定地跨越疆界……

酒能助兴,酒能解忧。离开故土,踏上一片陌生的土地,从没忘记把渤海春酒带在身边。高兴时,邀三五好友,或欢聚于雅室,或笑谈于"柳泉",轻抿一口渤海春酒,感悟生活的美好,感恩命运的赐予;愁闷时,喊几个死党,或在微风里席地而坐,或在蝉鸣中相守夕阳,浅品一口渤海春酒,感慨往事如烟,感怀人生苦短。

"酒品如人品",虽说这只是一句俗话,一句酒桌上的调侃,此刻,我却从渤海春酒特有的清香里,领悟到了它的真谛。

# 曲藏万丈虹霓志

这里所说的"曲"并不是悦耳的美妙乐曲,而是酿酒时引起发酵的材料。

走进渤海春酒厂生产车间,穿过整洁有序的生产线,走过一个个发酵池,看来自全国各地的品酒大师们从流水线上取下刚刚酿成的渤海春酒,微微仰脸送入口中,而后频频点头,悠然跷起拇指,连呼"高""妙""无与伦比"时;当听着渤海春酒厂老总于秉正介绍酿酒工艺,讲述渤海春酒从夹缝中生长,到如今雄霸一隅的艰辛历程时,渤海春人那种执着地打造"纯粮酿造",靠高科技手段力争走向全国、走向世界的雄心和梦想,那股涌动在丹田里的万丈虹霓志,深深地震撼了我们。

在茶香的氤氲中打拼了多年的于总,凭借其强大的资金积累于二十一世纪初开始,致力于打造庆云人自己的酒——渤海春酒。做酒之初,于总考察了一下当时的市场行情,那时,庆云县竟有2600多种酒。渤海春酒实属在夹缝中诞生成长啊!回忆渤海春酒从初下生产线时,到今天的雄霸市场、坐拥江山的情景,渤海春人至今仍感慨无限。"不做是不做,要做,就做大做好做强。"这是渤海春人的初衷,也是渤海春人十余年的追求和梦想。

拥有梦想只是一种智力,实现梦想才是一种能力。如何打造高质量的酒,跻身白酒业霸主的宝座,是渤海春人从创业之初就用心思考、用心去实施的一项艰巨工程。

"好酒不论产在哪儿，用质量用市场去说话。""没有永远的冠军，只有永远的质量。"这是渤海春人自始至终的理念。"盖有非常之功，必须非常之人。"为了打造出精致的纯酿白酒，渤海春人从每一个细节入手，精益求精，丝丝入扣。精良的原料是造酒的必备材料。为了拥有自己的纯天然绿色原料基地，渤海春人在本县专门选定培育了大面积的高粱产区，从选种到间作到管理到收割到入库，不放过任何一个细节；其次是选水源，他们采用地下含有多种矿物质的纯天然水源，用进口的最高档水净化设施进行过滤净化处理，使酿酒用水营养丰富，口感极佳；在制作工艺上，他们瞄准国内市场销量排名靠前的国窖1573、水晶坊酒的制作工艺，不惜重金，聘请其技术师吴晓萍女士定期深入渤海春酒厂进行业务指导。于是，纯粮酿造，产品与价格名副其实的渤海春酒诞生了；于是，渤海春人以其精益求精、执着、诚信的拼搏理念，终于使入口绵甜、余味醇厚的甘露琼浆从生产线上源源不断地输出，覆盖庆云大地，香飘冀鲁平原，进军全国各地市场。

"苟日新，日日新，又日新。"渤海春人在挑战自我的进程中不断完善，不断创新。日子在拼搏中流过，经验在进取中积累。是执着成就了渤海春人的梦想，是诚信奠定了渤海春酒今天乃至明天的市场。

"渤海春酒不与别的酒比，渤海春酒永远不怕比。"渤海春酒掌舵人于秉正说。渤海春酒不是靠在全国各地的媒体上做广告而打开销路的，它采取直销的方式，省了做广告的费用，用消费者能接受的一个普通价格，凭借自己的实力出入气派的厅堂，走入寻常百姓家。不论产地，不论品牌，入口好喝、人们愿意喝的酒就是好酒。爱酒人秉持的是这样一个标准。

"程菲跳"这个以程菲的名字命名的跳马动作，使她成为我国第一个女子跳马世界冠军，此后，她凭借这一独门秘技称霸江湖，将各大国际跳马赛的金牌牢牢地掌握在自己的手中。而在2008年的北京奥运会上，程菲却正是输在了她自己的招牌动作上，而成就了朝鲜运动员洪恩贞的奥运冠军梦。善于把体育竞技中的拼搏精神植入事业中的于总，从这件事中总结出了自己的心得。一件事，只有时刻用心去做，彻底去除杂念，一丝不苟，才能永远立于不败之地。渤海春人将此运用到自己的打拼中，才有了渤海春酒今天在环环相扣中重细节、强质量、讲诚信、成大业的局面。

"达则兼善天下。"如今，独居庆云白酒业鳌头的渤海春酒在向更宽广的领域奋力迸发的同时，于总心里想到的是能为养育自己的这片热土奉献些什么，能为哺育自己的父老乡亲做点儿什么。于是，贫穷的孤儿收到了渤海春酒厂送上的助学金；高考的学子得到了渤海春酒厂爱心奉献的学习用品；升入大学的困难学生手捧渤海春酒厂专程送来的学费；孤寡的老人享用了渤海春酒厂暖人的过冬用品……

"诗句就云山动色。""酒"经沙场的于总，还是一位喜读诗文、酷爱文化艺术、致力于文化发展的儒商。"旧酒投，新醅泼。老瓦盆边笑呵呵。"与文艺界朋友谈到庆云的文化发展前景，于总思路活跃，慷慨激昂，言辞诚恳，情感真挚，令众人感动。

爱拼才会赢。爱拼的过程里渗透了一个人、一个单位、一个地域、一个民族、一个国家"不服输"的顽强拼搏精神，这种精神也成就了一个个梦想。而今，这种精神正激励着庆云这片热土上各行各业的人。

"胜神鳌，夯风涛。脊梁上轻负着蓬莱岛。"从低迷萧条的白酒业中冲出来的渤海春人，在打造了一个个奇迹后，正披荆斩棘、一路高歌，努力去实现自己更高远的梦想。

## 香消玉殒惜美人

在山东省庆云县流传着"王皇亲（王皇村）、刘贵舅（刘贵村）、抬灵庄（柴林庄村）、守灵义（守义村）、六个黄丘"的说法。这个传说里边包含着一个美女和10个村的故事，这10个村都在严务乡。

话说明朝末期，熹宗皇帝不思国事，却不惜巨资在全国各地筛选秀女入宫，供其享乐、逍遥。

这一天，太监魏忠贤遵照皇上口谕，带领选美的大队人马浩浩荡荡一路由南向北，从江南路经庆云县。一行人马不顾一路舟车劳顿，在地方官的引鉴下，在庆云县严务乡王皇村驻足选美。

时值深秋，王皇村被四周即将成熟的秋色掩映着，三三两两挂满果实的枣树从农户家的小院里探出头来，与街头巷尾的柳树、杨树交相辉映。村头聚集了一大群好奇的人，瞅着这常年不见的大队人马。

一时村里村外锣鼓喧天，鞭炮齐鸣，村人奔走相告："皇宫里来咱们村选美了！"

听到消息后，各家的少女都精心打扮了来到村中的空场上，祈盼着命运之神的青睐。双手合十的老奶奶微闭双目口中念念有词，花朵般的大姑娘一手用帕子半遮半掩了俊俏的脸庞，一手放在心口上摸着自己快要跳出的心，踮起脚尖向前瞅着。

村中有一王姓人家，有一少女正值十六岁妙龄，名玉秀，这姑娘生的鞋跋子长脸，小眼睛，奇丑无比，且头上白晃晃一片，没有一根头发。听到宫中派人来村中选美的消息，玉秀也想去瞧瞧热闹，嚷着和娘一块上街。玉秀娘见自己的孩子这幅长相，就说："玉秀啊，咱不去，别让人笑话！"玉秀听了，撅了嘴扭到一边去。说服了女儿后，玉秀娘和家人把院门一锁，纷纷出了门看个究竟。

家里人都走了，听着一声高过一声的喧嚣，玉秀在家憋不住了，心想："长到这么大还不知宫里如何选美呢，何不瞧个热闹去？"想到这儿，玉秀搬了板凳，双脚踩在上面，双手搭在院墙上，纵身跃上了墙头，骑在院墙上看了起来。

巧的是选美的地方就在玉秀家的隔壁。此时，全村的男男女女、老老少少都聚在了这儿，围了一圈，魏忠贤带了宫里来的人站在圈里，一个一个挑选着排成队的少女。看着一个一个美少女，魏忠贤正在对到底选哪位犹豫不决时，一抬脸突然看到了骑在长长的院墙上的玉秀，心中大喜，脱口而出："就是她！就是她了！"众人顺魏忠贤手指的方向望去，见一丑女正骑在院墙上冲着这边笑。宫中选美的太监用不解的眼光瞅着魏忠贤，意思在问：为何选她啊？

魏忠贤迎着众人的目光说："凤骑龙，百事成——龙凤呈祥啊！不是她是谁呢？"当下就解散了围观的人群，宣布入选美女是玉秀。

玉秀一家人喜上眉梢。玉秀娘赶紧张罗着给玉秀准备入宫带的东西，玉秀爹则包了一包家乡土，放在玉秀奶奶亲手绣的荷包里，让玉秀揣在身上，说："孩子啊，想家了就看看这捧家乡土。"玉秀爷爷和奶奶烙了玉秀最爱吃的酥油饼，让玉秀带在路上吃。哥哥和弟妹们各自拿出了自己积攒的七彩石、奇花种放在玉秀的手里。相邻的刘贵村的姥姥和舅舅也拿了好吃的、好玩的来送玉秀。

玉秀含泪一步一回头地踏上了去京城的路。魏忠贤带领一队人马行至严务乡蒋黄丘村时，突然刮来一阵大风，尘土飞扬，秋叶横飞，行人不得不闭目。当众人擦去眼中的尘土再看时，新选的秀女头上竟扣着一个银碗，银碗四周熠熠生辉。有太监上前，把玉秀头上的银碗取下。"哗——"，一头瀑布似的黑色秀发立即披落下来，再看玉秀的脸庞，本是长脸的少女，却变成了瓜子脸，柳眼梅腮，弯眉秀唇，肌肤如玉，满面含春。众太监惊得目瞪口呆，喜得个魏忠贤啊直夸自己"有眼光！有眼光！"

玉秀进宫后，秀美的容貌、淳朴的笑容、机敏的言谈博得了熹宗皇上的好感，令皇上对她千般珍爱，万般宠幸。不长时间，玉秀就在宫中立住了脚。魏忠贤也因选美有功令皇上倍加信任和重用。

几年后，玉秀升为贵妃，皇上恩准她回乡省亲。这年春天，当省亲队伍过了鬲津河，走进庆云县严务乡蒋黄丘村时，突然，狂风摇轿，飞沙迷眼，河水咆哮，春花横飞。等风沙过后，宫女再喊贵妃时，玉秀已闭目归西。

立时，省亲队伍四周突现了六个土丘。有宫里随行的太监记起玉秀入宫时的情景，脱口说道："王母娘娘要收回女儿了！"随快马回宫报告了皇上。皇上闻听玉秀归西，悲恸失声，下令要厚葬玉秀。宫中太监携皇上亲赐的玉衣锦缎、珠宝美食连夜飞马赶回严务乡蒋黄丘村，随行的宫女、太监按照宫中习俗给贵妃梳洗打扮一新，太监、宫女及周围的村民在一个土丘中修建了豪华墓室，周围村庄的村民守灵的守灵，抬灵的抬灵，将玉秀隆重地葬于六个丘中间，并分散开来，围墓室四周立守。第二天，六个土丘旁奇花盛开，彩蝶飞舞，香气袭人。

后来，当地人在六个土丘周围又栽种了松柏、垂柳。每年春天，当翠拂行人首，春风微微吹，由南方回归的燕子呢喃衔泥筑巢时，六个土丘周围的村庄就青烟氤氲，香气缭绕。当地人相传那是因玉秀魂归故里所致。

后来就有了王皇亲（王皇村）、刘贵舅（刘贵村）、抬灵庄（柴林庄村）、守灵义（守义村）和六个黄丘（邓黄丘、撒黄丘、黄丘马、大黄丘、蒋黄丘、刁黄丘）等10个村和一个美女的传说。

# 隐　城

2028年初春。春节刚刚过了十余天，年的味道还笼罩在柳行店村的上空。

张梦阳在睡梦中被一只手推醒。他把眼睛睁开一条缝，见机器人迪迪正在推他，嘴里还不停地喊着："亲爱的，起床了。"

梦阳一骨碌爬起来，洗刷完毕后，吃着迪迪早已准备好的营养早餐。

"梦阳，你今天还去村外吗?"爷爷在问他。

"爷爷早！是呀，我一定要去的，反正放假没事，坚持下来，就有所得。"

"呵呵，好吧，但愿你能等到那个奇观。"

梦阳是听着爷爷叙述关于隐城的故事长大的。隐城，对梦阳来说是一个奇观，是一个谜。

梦阳的爷爷今年七十九岁了，他是在一九六八年见到隐城的。那一年，他十九岁。

下面是梦阳的爷爷讲的自己的亲身经历。

那年，刚过了春节，对，就是正月十五那天。

头天晚上，娘就催着说："二猛，老大不小了，过这个年你也知道了，大家都关心你的婚事呢，可咱连房子还没备下，可咋说媳妇啊。你抓紧去集上买石灰，赶着刚开春农活不忙这个空，咱用个十天半月的把房子盖起来。有了房子，就不怕没人给说媳妇了。"听着娘的话，我一个劲地点头。

第二天，我匆匆吃了早饭，喊上村西头的三胜，两个人徒步出了村。

那时的冬天可真冷啊，地面上都冻出一寸宽的裂缝。我和三胜把手放到棉衣袖子里，捂着，大踏步向五里地外的大马庄赶。大马庄是我姑姑家那村，五天一个集，人挺多的。

可能是起得早的原因吧，四周十分清冷。光秃秃的杨树枝上，立着一二个老鸹窝，有早起的老鸹从头顶低低飞过。我和三胜边聊边走。

突然，三胜冲着西北方向大喊："二猛，你快看。"

我顺着他的声音赶紧朝西北方向看，雾蒙蒙的西北方向，平地上竟然出现了一座老式的古城。

古城的房子都是青灰色的，高低起伏，屋顶镶嵌着密集的小灰瓦，翘翘的四个角上还雕刻了虎豹马牛等动物，清晰可见。古城里绿树环翠，车马穿梭，人声鼎沸。细看，有一条清澈的小河蜿蜒绕城，河水的淙淙声隐隐可闻。一拱小桥横跨小河两岸，桥上的行人穿古式衣衫，或肩扛钱袋，或手持农具，或手牵小孩，说说笑笑，悠然而过。

正在我和三胜看得目瞪口呆时，一辆有敞篷的马车急驰而过，车上的篷子里有位姑娘正用兰花指挑帘，回眸冲我们微笑。那姑娘有一双大而明亮的眼睛，整张笑脸清丽脱俗，明媚皓齿顾盼含情，一条大辫子垂在胸前，把我们的魂魄都勾走了。

我和三胜靠前了几步，正想与姑娘搭讪呢，整座古城一下子不见了。一声老鸹的叫声把我们唤醒。我们看到在古城隐没的地方，有几株光秃秃的白杨孤零零地站立在冬天的晨雾里。这个仙境存在了大约有六七分钟的样子，我们感觉却有很长很长的一段时间。

"娶媳妇就娶刚才马车上那样的，这才叫福分。"三胜边走边说。

我并未接着三胜的话茬儿说下去，心里却五味杂陈，像烧开锅的水。我暗暗发誓，这辈子如果娶不到刚才马车上看到的那位姑娘一样标致的女人，我就不结婚。

这种想法立即在我的足下生根了，我整个人像被充上了一股神力，走路的脚步轻了许多。

我和三胜赶到集上。三胜逢人就说刚才看到的奇观，人们被他的叙说吸引着，伸长脖子听他比比画画地说个没完。

我该干嘛还干嘛，挑了上好的水泥，和人家说好价钱及运费，商定了大约哪个时辰送到家。随后，我带三胜去了姑姑家。

"二猛啊，你真会赶，是闻着姑姑蒸的大包子的香味才来的吧，呵呵，算你俩有口福。"姑姑把一双湿漉漉的手在围裙上擦了擦，搬过来两个板凳。

我和三胜坐下来，狼吞虎咽地吃着姑姑蒸的大包子。不大的屋子里，很快被包子的香气填满了。

三胜吃最后一个包子时说："姑，俺和二猛刚才看到仙境了，里面还有一个大姑娘呢。"二猛说："以后就娶那样的媳妇。"三胜嘴里的咀嚼慢了下来，说话也沉住气了。姑姑被三胜说得半信半疑，一个劲地追问："这是真的？"

"我说，是真的，俺就娶那样的媳妇。"我本来就觉得浑身有使不完的劲了，再加上吃了姑姑的一大盘肉包子，心里像烧起了一股子火，这股子火引领着我，让我激动和亢奋。

回到家里，我砸地基、砌墙、铺顶子，一座四间大的新房子仅用了十多天就盖了起来。

村人们围着房子啧啧称赞。有的说："有了梧桐树了，看看咱二猛引个啥样的金凤凰。"有的人说："房子盖到底儿，媳妇娶进门，看二猛的了。"

三胜挤在人群中喋喋不休。三胜说："二猛早就有意中人了呢。"说俺们两个如何如何在隐城里见到美人。

人群中一个长者听到了他的话，问："三胜，你小子是不是在早晨、在雾中见到这奇景的啊，一座古城楼，人物清晰可见。"

三胜说："是啊，四爷爷，您老怎么知道？"

四爷爷捻着胡须，不紧不慢地说："不瞒你们说，六十年前，我也见过这奇景啊，到今天还如在眼前呢。"

四爷爷经不住你一句我一言的请求，讲起了当年的情景。我和三胜在一边听着，果真和我们见到的一模一样。三胜正在自顾自地嘟囔时，我却动开了心思。

我想，四爷爷一辈子没娶媳妇，如今年老了仍是孤身一人，是不是与这事有关呢？莫非那位隐城中的姑娘真是前世之人吗？我想得头都痛了。

真应了那句老话，盖下新房子，跑来新娘子。我们家盖起新房以来，说媒的踏破了门槛，娘脸上堆起的笑花整天就没落下过。我在娘灿烂的笑花丛中，一个一个地相亲。姑娘们确实如媒人所说，个个都美得如花，可是我却一个也没相中。

冬日的一个中午，十里铺的花蝶婆娘满面春风地来到了我家。一进门，她就和娘呱呱地说个不停，笑声时长时短，一浪盖过一浪。我躲在屋子里想着自己的心事。娘却一挑帘子把花蝶婆娘让进了屋。

"二猛呀，越发出落的威猛了，呵呵，这么好的小伙子怎么说也得找个般配的媳妇啊，是不是？"花蝶婆娘边说边把肥嘟嘟的手搭在我的肩上。我厌恶地一扭头，一个字也没说。

娘的脸上挂不住了，轻轻地打了我一下说："浑小子，越来越没礼数了，你花蝶娘来了也敢不打招呼呀，看我怎么收拾你。"

花蝶婆娘及时止住了娘举起的手。说："二猛呀，我听别人说过了，明白你的心思，你心里有个意中人是吧？正好呢，我这儿也有个故事，你听不听？"

我扭回头，冲花蝶婆娘点了点头。

"我说的这户姜姓人家呢，在六十年前可是咱这方儿的大户，家境殷实不说，家里的年轻人个个长得出挑，女人如画上的美女，男人身高马大，聪明伶俐。这家有一个媳妇，刚刚生了一个女孩，才几个月大，小媳妇天天坐在院子里逗孩子玩。这天，姜家的人都出门去了，家里只留下了这个小媳妇和她的孩子。母女俩正玩的高兴呢，小媳妇一抬头，眼前站着一个白胡子老头，长须飘飘，满脸慈祥。小媳妇立刻抱着孩子站起来说：'大爷，您老从何处来？家里人都出门了，您请到屋里坐吧.'小媳妇边说边带路往前走。

白胡子老头说：'闺女，你快回娘家吧.'

小媳妇不好意思地低下头说：'俺娘家人刚来看过的，再说现在家里没人，我不能回啊.'

小媳妇说完这句抬头看时，白胡子老头已经没了踪影。小媳妇心想，俺这不是遇到神仙了吗，神仙指路，得走啊。于是，小媳妇匆匆收拾了几件衣服，用小包袱皮包起来，挎在肩上，抱起孩子急急地出了门。小媳妇边走边觉得奇怪，走了二十来分钟，回头再看家的方向，却是一片白茫茫的，村子、房子、树木等等一点儿东西也没有了。小媳妇心里怦怦跳个不停，慌里慌张地跑回了离婆家十里地外的娘家。后来，再回她婆家所在村的大致位置看时，那儿已经是方圆几十亩地大小的坑了。我要给你介绍的媳妇呢，就是这个小媳妇当日抱出来的女孩的后代。"

我一听花蝶婆娘讲的这些，来了精神，瞪着一对炯炯有神的大眼睛问："花蝶娘，真有这事啊，你说的这女孩长得啥样？"

花蝶婆娘卖着关子说："古代的四大美女图你见过吧，就是那个样子啦。"

我赶紧端茶倒水拿瓜子，凑近花蝶婆娘，亲切地说："花蝶娘，你就抓紧领俺看看吧。"

"你小子这回急了啊，俺还不急呢，等俺有空了吧，带你去见见。"花蝶婆娘真的端了起来。

我走到娘身边，拽了拽娘的衣角。

娘笑呵呵地说："他花蝶娘，你就别卖关子了，看把俺小儿急的，快快牵根红线吧。"

"好吧，那咱就明天去见见。"花蝶婆娘左手轻掐兰花指，嘴角紧抿着，端起桌上的茶水，送到嘴边，悠悠地说。

第二天，天才蒙蒙亮，我就起床了，拎上昨天娘给准备的五彩花生和空心面，急匆匆地徒步赶到了三里地外的花蝶婆娘家。

花蝶婆娘瞅了瞅我带的东西，嘴角一咧，嘎嘎地笑出了声，问："二猛，给人家闺女带的啥？"

"你放心吧，俺娘都准备好了呢，你看。"我说着，掀开衣襟，从怀里拿出了一只玉手镯。

花蝶婆娘说："你娘还是个大方人呢，这老丈人的礼也少不得，你带的这两箱空心面，我留下一箱，剩下的给你老丈人带上。"

我不好意思地搓搓手说："下次俺再补上，这次拿不了了。"

"浑小子，等媳妇娶进门后，你记住孝敬俺就成了。"花蝶婆娘矫情地说。

那时的人们没有交通工具，走路就靠两条腿。虽说大冬天的，等我和花蝶婆娘气喘吁吁地走到十里外的小刘庄时，全身已是湿漉漉的了。

见到翠儿的那一瞬，我整个人呆了，足足有五分钟，像傻了一般直瞪瞪地瞅着翠儿。

花蝶婆娘赶紧介绍，我才回过神来。

这翠儿长着一张标准的瓜子脸，不说话时，整张脸也透着一股子喜庆气，柳叶眉弯弯，一双大眼睛顾盼含情，略显羞涩，梳一根大辫子，辫梢上扎了一根鲜红的头绳，身上着一件立领的小袄，蓝底儿白花，藏兰色的裤子，黑色的圆口平底儿鞋。我在仙境里看到的姑娘和眼前的翠儿简直是一模一样。我心里认定了自己想娶的媳妇就是这个翠儿。

我从怀里掏出玉镯，双手递给翠儿。翠儿忸怩着，不好意思接，心里却觉得面前的我似曾相识一般。

花蝶婆娘赶紧打圆场，说："你们两个真是般配，天造的一双地设的一对儿呢，翠儿，你就接了二猛的信物吧。"

翠儿低着头儿笑，把一只胳膊伸到我面前。我立即把那枚玉镯子戴在了翠儿的玉腕上。

以后的事你就知道了，翠儿就是你奶奶啊。

梦阳的爷爷每次讲到这儿，总会开心地大笑几声。这笑是真诚的，开心的。因为，他不但娶了仙境中的女人，这女人还给他生了三个孩子，目前，他也有了六个孙子辈的后代。梦阳就是他六个孙儿中的一个。

梦阳每次听爷爷讲完这个故事，总会拿起奶奶年轻时的照片端详许久。梦阳觉得爷爷和奶奶真是太传奇了。他喜欢传奇色彩，渴望传奇故事。

梦阳沿着乡村的柏油路慢慢行走。早春的清晨并不是十分寒冷，只有小风飕飕地吹着，让人联想到春寒料峭这个词。

"开车过来就好了。梦阳自言自语。"可是坐在车里是没法看景啊。"爷爷说得对。"

雾不知啥时弥漫在了西北方向，等梦阳抬头看过去时，西北方向已是浓雾笼罩了。梦阳紧紧盯着这些雾，回想着爷爷讲的每个细节。

突然，梦阳的心狂跳不止。隐城果真在这个时候出现了。一座古代的城池，像《清明上河图》里的模样，房子太清晰了，城内人头攒动，车马络绎，绕城有一条小河和一座小桥，桥上行人着古代的衣衫，说说笑笑，悠然自得。可是那载着姑娘的马车呢，怎么还没过来？

梦阳正着急时，一辆敞篷马车疾驰而来，车上有位姑娘，长得比奶奶年轻时的样子还好看，她手捻辫梢，冲梦阳回眸含笑。

梦阳正想上前和她说话时，隐城忽然消失了。梦阳仿佛听到有姑娘的笑声，轻轻从头顶飘过来。

像打了强心针一般的梦阳竟不知自己怎么回的家。激动、亢奋充盈着梦阳的头脑，他觉得自己浑身有使不完的劲。

待爷爷问起时，梦阳却说："爷爷，隐城只在梦里出现吧。还有那个马车上的女孩子，其实，就是奶奶家的祖先，跟奶奶年轻时的模样一样呢。"

爷爷大喜，伏下身子，焦急地说，梦阳，你真的见到过隐城啊？

十九岁的梦阳笑着对爷爷说："隐城永远在我心里，爷爷，我也喜欢奶奶年轻时的样子。"

爷爷捋着胡子大笑着说："我明白了，那好说，你目前的任务是好好读完大学。"

机器人迪迪跑过来，手里托着各种早餐，温柔地说："亲爱的，请用早餐。"

## 舀不尽的米缸

顾二娘的老伴给邻村的财主老爷扛活去了，三天了，还没回家。

顾二娘天天到村头的老槐树下翘首等待。七天过去了，仍没有老伴的踪影。

一大早，心急火燎的顾二娘没顾上梳洗就向邻村跑去。一路上，顾二娘想象着见到财主老爷的情景。一定不要表现出着急的样子，和人家财主老爷好好说话。快到财主老爷家门口时，顾二娘这样告诫自己。

等见到财主老爷时，顾二娘还是哭出了声。

财主老爷等顾二娘哭过一阵子后，打了打精神说："你问我要人，我还想去你们家打听打听呢，怎么他就不来上工了？"

"啊，你是说，俺家老头子没来上工吗？"顾二娘急切切地问。

"是啊，我也好几天没见到他了。"财主老爷没法说出实情，脸上装出了几分着急的神色。

顾二娘顿时晕了过去。顾二娘醒来时，已躺在自家的大炕上，周围是进进出出的邻居们。顾二娘"哇"地一声哭出了声，口里喊着："我的天啊，你可让我怎么活？"

邻居们看到顾二娘伤心的样子，纷纷落泪。"唉，心强命不强啊，你就认了命吧。"有人在一旁劝她说。

"让我断子绝孙也就罢了，为何还把老伴给我夺了去啊？财主老爷的心太黑了，我好恨啊！"顾二娘边哭边说。

膝下无儿无女又失去老伴的顾二娘，任凭这份痛楚在岁月的铁牙下被啃噬，眼里的泪渐渐干了。干了泪的顾二娘，终于在一天早上醒来时，发现自己的双目再也见不到光明了。从此，顾二娘便摸索着过日子。

顾二娘因怀孕时给财主干活流了产，一辈子没了生育。没有儿女的顾二娘两口子，总把邻居家的孩子当成自家的，有好吃的好玩的好穿的，都分给了邻家的孩子们。

如今，邻居们念着瞎了双眼的顾二娘可怜，经常为她担水挑柴，送米送面。顾二娘在乡邻的周济下，生活过得还算顺心，人也重新开朗了起来。

这天，顾二娘舀米做饭时，摸着盛米的缸出神，发觉本已快见底儿的米像是多出了不少，都到了半缸沿上，再摸摸盛粮食的那些缸，好像都比记忆中多出了一些。顾二娘坐在灶前，边烧火边纳闷，我怎么不记得这是谁送来的呢，怎么会多出这么多粮食。

等到晚上，顾二娘打着小呼噜假装睡着了，耳朵却支棱起来，认真听着屋外的动静。只听"噗"的一声，轻轻落下一个东西，紧接着又是"噗噗噗"几声，接下来是掀缸盖的声音，粮食粒子打着缸沿的声音。这些声音足足响了几分钟，继而，周围又安静下来。

第二天一大早，顾二娘赶紧下床摸那些缸，觉出里面的粮食又长了。再有邻居送米送面来，顾二娘就掀开缸盖让他们看。说还有很多呢，让他们带回去自己用，毕竟哪家的粮食也不富裕。时间长了，乡里乡邻们都觉得奇了怪了。有好事者悄悄商量，弄清顾二娘家的秘密。

顾二娘的东西两个邻居最好奇。一天，他们相约趴在顾二娘家的后窗上看个究竟。

半夜时分，一只棕红色的狐狸带着五六只小狐狸悄悄溜进了屋，它们个个背上都有一袋粮食。狐狸们轻手轻脚，把粮食分别倒进各个缸里。只听那只大的狐狸说："这回够老太太吃几日的了，唉，一个瞎老婆真不易啊，她那老伴被打成那样，多亏被我们救了，不然，咱还不知道天底下还有这么可怜的人呢。"说完，这只棕色狐狸又带着小狐狸悄悄地消失了。

　　过了半年,顾二娘的老伴突然回家了。问及他去了何处,他说在一个破庙里睡了一觉,刚刚醒来。

# 自动开演的电视机

女人嫁给了男人。

男人和女人都不是第一次结婚了。

男人以前的女人得病死了。女人以前的男人带着孩子去了地球的另一面。

女人胆子小,总觉得嫁给男人后,该换套房子住,而不是住在男人和以前的女人住过的房子里。可男人经济拮据,已没有了买房的实力。男人说:"等有钱了吧,有了钱,我给你买套像样的房子,复式的,有楼梯,你走在上面,回头时,有一种回眸一笑百媚生的情意。"

女人听着这些话,只是笑笑,并不说什么,照样该干嘛就干嘛。

男人一周上一个夜班,上夜班时只有女人一人在家。

明天,又该男人去上夜班了。新婚燕尔,荷尔蒙在两人的体内激荡。夜已深,男人先去浴室洗了澡。接着,女人又进了浴室。

女人进浴室前,环顾屋子四周,用手试了试门窗是否关严,顺眼看到男人已进卧室。女人在浴室洗浴时,客厅的电视突然很大声地响起来。女人以为男人等得无聊,又返回客厅看电视了。

女人出浴后,看到客厅并没有人,卧室的门关得好好的,男人已上床。女人随便问了声:你又开了电视吗?

男人回答:"没有啊,电视不是你打开的吗?"

女人随意答应着,心里便有了数。

女人穿好浴衣，走近电视。见电视上正演一电视剧，剧中的男人正激情澎湃地亲吻着女人。女人狠狠地关了电视，走进卧室。

两人亲热时，女人再也没有了干柴烈火式的激情，眼前晃动的，都是电视画面上那位妖媚却不漂亮的女人。

次日晚上，女人只身在家时，取了一刀纸，拿了男人以前的女人的照片，去了一个十字路口。女人点燃了纸和照片，说："你放心去吧，我们很恩爱的。"

之后的一段时间，家里没有什么异常的动静。

一天，男人和女人吃完饭，准备午休时，电视突然又自动演了起来，画面上，仍是一对男女激情相拥，然后滚倒在床上。

男人起身，关掉了电视。

女人说："真奇怪呀，我们要不要换一台电视。"

男人说："没关系的。我们修一下电视就可以。"其实，说这话时，男人是硬撑着的，他心里很害怕。

男人选了个风和日丽的日子，偷偷去了殡仪馆，将女人的骨灰搬出来，烧了一刀纸，嘴里念念有词，而后又把骨灰盒搬了回去。

之后的一段时间里，男人和女人的家里没有了异常的动静。

又是男人值夜班的日子。

女人自己在家，插好门窗，拉上窗帘。

夜深人静时，女人忽然听到有清晰的敲门声，很有节奏。"砰砰砰"敲三下停顿一会儿，再敲三下，如此反反复复，只到黎明。

女人一夜没睡，眼睛有些肿胀，像刚刚哭过。女人确实哭过，她打小就害怕鬼魂，更何况现如今天天生活在这样的环境里。

男人下班回家，看到女人的样子，问："怎么了，昨晚没睡好吗？"

女人的泪就下来了。女人说："我实在受不了了，再不，咱们离婚吧。"

男人很留恋女人。女人温柔敦厚，是典型的贤妻良母型。

男人说："才多大点儿事呀，你就这样说。"

男人再次来到殡仪馆，搬出了之前的那个骨灰盒，把骨灰倒进一个废弃的水池里，然后，把骨灰盒放了回去。

之后的一年时间里，家里再也没有异常了。

春日的一天，女人下班回家。走到家门前，女人还没掏钥匙，大门忽然敞开了，里面传出了另一个女人的笑声。

女人疑惑，小心地进到家里，见家里并没有人。女人赶紧摸起电话。在电话里，女人让男人快快回家。

男人急匆匆赶回来，问女人什么事。

女人说："不行，日子咱过不下去了，还是离吧。"

男人无言。男人明白，女人遇到了什么情况。因为，这几日，男人回家时，钥匙还没掏呢，门就开了。

男人对女人说："也好，别再凑合了，还是自己过自己的吧，我再也不能连累你了。"

女人收拾东西走的那天，刚出屋门，就听到身后"咣"地一声脆响，接着便是一阵女人的冷笑声，直逼她的后心。

# 我所经历的警服变迁

斜阳如画，秋风习习。茂密的秋庄稼摇曳在乡间土路的两旁，两个骑自行车的大盖帽一前一后从小路上向村里走来，上白下蓝的警服与墨绿色的庄稼稞交相辉映，鲜红的领章更衬托出其威严、俊逸。这是公安民警第一次永远定格在我童年的记忆里。

那时妈妈是村里的支部书记，时常会有县里、乡里来开展工作的人员到我家驻足，但我见到警察的机会极少。记忆里，我在村头和小伙伴们玩耍的那个瞬间，骑自行车、着上白下蓝警服的民警就这样进入了我的视线，且在我记忆的长河里长成了高大的城墙，带给我神秘、威严、安全。

从小在乡村长大的我，却总有机会到县城"见见世面"。记得有一年暑假，爸爸又带我和妹妹去了他工作的县城，那次我竟时常能见到着警服、骑自行车上下班的民警，他们那份潇洒和威武让我频频回眸。也是那次，我看到了一位身着警服徒步行走的女警，飘逸的身姿、威严的警服，而漂亮的大盖帽下弯弯的眉毛为上白下蓝的警服平添了一抹柔美，简直把我给看呆了。以至于若干年后，我在高考录取志愿表上第一个报了警察院校。

那年高考后，我身居儿时生活过的小村，静听着命运的判决。警服的影子像个美丽的飞天仙子，偶尔掠过我的眼前，我总对着自己笑一笑，在心里说，哪会呢，异想天开。

终于有一天，又有两名着上白下蓝警服的民警叩开了我家的院门。院中的泡桐树似一把大伞，把秋阳挡在了院外，泡桐树的叶子哗哗响着，似拍着手掌欢迎远道而来的客人。我似是而非地揣摩着两名民警的来意，从那鲜红的领章里送过来的微笑，让我的心怦怦跳个不止。他们是为我而来吗？

果然，这两名民警是专程骑了四十华里的自行车来为我考入警校政审的。从那时起，警服在我的心中更增添了一抹温情、感动的色彩。

步入警校后，警服换成了橄榄绿色。记得当时我穿上橄榄绿警服的样子，头发刚刚被剪过的，是那种刘海齐齐的学生头，待到把头发一捋全部藏在大盖帽里时，镜中的自己也有着几分飒爽英姿了。每逢周末和假期，我们坐车或徒步外出时都是特意穿着警服，不换便装的。一是穿着警服自己便觉得增添了与违法犯罪分子斗争的勇气，二是这身警服让人感到自豪。在穿梭的公共汽车上，我和同学们不知多少回从座位上主动站起，让座给同车的老年人、孩子、孕妇甚至非穿制服者；在放假回家的长途汽车上，我和同学们不知多少回提醒乘客放好贵重物品，帮助抱孩子的妇女或不便行走的老人拿行礼……橄榄绿色的警服让警察更加潇洒飘逸的同时，也把警察的职责和爱心化作了蒲公英的种子，不留痕迹地飘落进群众的心田里，使警察赢得了广大人民群众更深层次的爱戴。

2000年，我所在的县级公安局民警全部换上了99式警服。藏青色的常服配上浅蓝色的衬衫及深青色的领带，那份可丁可卯的合体，那份笔直挺括的潇洒，那份俊朗飘逸的感觉让每个穿上警服的民警倍感欣慰和自豪。

记得一个星期六的中午，我身着秋季常服徒步行走在大街上，路过一个鲜花摊时，那位卖花的大嫂硬是拉着我说："这不是昨晚电视上那位俊姑娘嘛，你们这身新警服真帅，昨晚我看了你们上街宣传的电视了，真给我们提供了方便啊！"

在我一愣神儿的瞬间，一下子想起了那天我们上街宣传户籍政策，给群众讲解户籍手续如何办理的事，便说："大嫂，您的眼真尖，是我呢。"

"这就对上号了，俺当家的上次给孩子办户口迁移，也是你给办的手续，他回到家里直夸那个管户籍的女民警服务态度好啊！"那位大嫂拉着我激动地说着。少顷，她从花摊前挑了一盆灿烂地盛开着白色小花的六月雪，一定要我带上，我推托不下，只好悄悄地给大嫂留了钱，带上了那盆花。

那盆六月雪被我精心浇灌后摆在了办公室的窗台上。

每天一闲下来我就情不自禁地思考。其实，那位卖花的大嫂执意要我留下的这盆六月雪是有着它自己独特的花语的：人民警察是人民群众的公仆，只有时时处处为群众着想，把身上穿着的这身警服所承担的职责履行好，而不是把警服看成权力的象征，用一脸微笑面对群众的求助，用热情细致的服务让群众满意，那么警察和群众间就不会存在任何坚冰，四季都不会有情感上的"雪"飘落。

三十年，我亲眼目睹了警服的三次变迁，对警服的含义由初见时的表象、对其理解的懵懵懂懂，到现在的身着警服、亲身履行警服的职责，明白了警服在不断变迁的同时，身着警服的公安民警也从圣坛上走进了老百姓的心里，他们用自己的实际行动诠释了警服的真正含义：威严与热情并存，执法和服务同行。

# 警车穿行在历史的长河里

三十年前的一个秋日的下午，曲曲弯弯的乡间小路两旁摇曳着茂盛的庄稼棵，两位身着上白下蓝警服的民警骑自行车匆匆而过。把这个场景里的偶遇定格为我对警察的第一印象时，他们所骑的那两辆自行车，可是那个年代人们引以为自豪的交通工具了。以至于记忆的相框里，那个斜晖脉脉的秋日下午，有一串自行车的铃声嘹亮地响在我的耳畔，一直响到今天。

后来，自己也加入到警察的队列里。

记得刚从警校毕业走进现在的工作单位时，全局民警出差办案所用的交通工具是以寥若晨星的几辆三轮摩托车为主的。汽车嘛，不是没有，全局共两辆，北京吉普。

治安专业毕业的我，第一天上班就被局长将了一军。那年的七月，仍是骄阳似火，小城公安局"大院"还是个只有五六排平房的小院子，那辆警用三轮摩托车静静地停在办公室门前的老枣树下休息，久经沙场的它已略显沧桑了，立在那儿却仍是醒目。

局长指了指那辆三轮摩托车，说："小王，你是走进咱们局的第一个大学生，开开这个让他们见识见识。"

"考我呢！多亏摩托车驾驶是我在学校时的强项，且考试时满分通过。"想到这儿，我不觉莞尔。稍稍忸怩了一下，就毫不犹豫地跨上了那辆警用三轮摩托车。绕院几圈下来，自然是赢得阵阵掌声了。自此，我被局长批准为三摩驾驶员。

记忆犹新的是那次公捕公判大会召开之前，在押解犯罪嫌疑人去会场的途中，我驾驶那辆警用三轮摩托车和同事们一同在大卡车前面开路。几辆三轮摩托车一溜排开，警灯闪烁，警姿伟岸，后面跟了北京吉普和载了犯罪嫌疑人的大卡车，耳畔不时响过"看，驾摩托车的女警！""哇，好威风！"的呼声。那一刻，青春的激情在周身涌动，有梅的韵致从心中开出来。

从治安警转成户籍警后，我又遇到了一辆崭新的三轮摩托车。那时，户政科初建不几年，局党组特为科里配了这崭新的交通工具。科长的脸上流露出抑制不住的喜悦，眼里却有几分迷茫。下村入户，走街串巷，我驾驶着三轮摩托车载着同事们穿行在乡间的土路上，尽管尘土飞扬，一天下来个个变成了土猴儿，却好不惬意！

几个月以后的一天，我和同事们再下乡时，科长说："小王，你坐侧斗，让我试试。"我和同事不觉对他刮目，见科长的脸上已没有了往日的迷茫，一种自信和坚定盘踞着整张脸。果然，摩托车一开，竟稳稳当当。原来，年过不惑的他下班后天天去操场练车，怪不得呢。就在科长学会了开三轮摩托车的那年，局里新添了十几辆三轮摩托车，有好多男警察学会了开三轮摩托车，同时，又有两辆崭新的警用汽车被"请"进了县公安局的大院，警车队伍在慢慢扩大。

九十年代中期，我被调到预审科，为了办案的需要，怀揣好奇和热情的我，频频"染指"北京吉普的驾驶。功夫不服有心人，那辆战功显赫的警用吉普车终于被我开着踏上了征途，只是"抢"到车不容易，开一次车就更是倍加珍惜了。令我欣慰的是，自己终于通过了考试，拿到了驾驶证，补上了在学校时就开了课而没学成的汽车驾驶这一课。

弹指一挥间，三十年的时光飞逝。随着时代的变迁和公安工作的需要，警用车流汇成了车的大河。特别是2000年以后，基层警用车辆的增长速度突飞猛进。仅"三基"工程建设期间，我所在的县公安局就新增警用车辆20辆，现在，警用汽车已有了50余辆，更不用说摩托车、自行车了。每当召开全体民警大会时，满院里都是排列整齐的警车，好不威风。

随着公安装备越配越强,公安民警履行的职责也越来越神圣。夜幕降临时,一盏盏闪烁的警灯把平安带给劳碌了一天的群众;电闪雷鸣时,那蓝白相间的警车救助起遇到困难的群众,穿行在风雨路上……

时代前进了,警车队伍壮大了,服务群众、维护稳定的方方面面更加广泛了,警察的身影更加忙碌了,警车日夜穿梭的身影更加频繁了。

看,夜色里,又有一队警车驶来,是巡逻的警队?是清查的行动组?是服务群众的流动警务室?

……

那串自行车的铃声再次回响在我的耳畔,与这清脆的警车的笛声呼应着,畅流在历史的长河里,成为创建平安和谐社会的一串串悦耳的音符。

## 警花绽放在警营中

春阳初照，和风轻拂。大街上走来一队身着戎装、面容清秀、修长帅气的女警，干练，洒脱，集阴柔之美与阳刚之气于一身，眼光中流露出一种气定神闲的淡定，让人感到亲切和熟悉。霎时，一道亮丽的风景展现在春日里，擦亮了春风中行人的目光。

已是春暖花开，万紫千红。放眼祖国大花园，警花以其柔美与刚强相融的韵致在百花丛中脱颖而出，独领风骚，一年四季怒放于警营中。

岁月如风，悄然而逝。一个个日子如秋叶般飘飘洒洒地飞去，一次次记忆却如春花般一回回绽放。而这些警花却仍然靓丽于红尘中，一如初始。岁月的刻刀似不曾在她们的脸上留下踪迹，那份仪态万千，那份神采奕奕，像维纳斯的雕塑成熟在岁月的沧桑里。

她们之中不乏空灵精巧而溢满才情的"大秀才"，也不缺干练洒脱风风火火的"假小子"，亦有心细如发、一丝不苟的"好当家"，还有争强好胜、不放过一个名次的"工作狂"，另有"极品警花"是囊括了上述警花的所有特点的。

楼道里响起低低的欢快的旋律，有节奏的走路声让熟悉的人听出来者的名字；手抱一摞厚厚的文件、资料，一边说笑一边递到同事们手里的精细；手机不停地响着的同时，左右手一手一个内线电话收集情报时镇定的微笑；把六岁的宝宝安顿在角落里，凝神处理一个卷宗的背影；无论刮风下雨总是跟案出警的"小抓髻"；为了那个无头案多次化装的"红风衣";颠簸的警用摩托车上与犯罪嫌疑人铐在一起的纤纤小手;手持证件登入群众家门时的"和风细雨";为了一个现场会上精彩的文字搜肠刮肚、累得增生的颈椎;隐蔽战线上永远说不出理由却来去无踪的高跟鞋;紧张忙碌了好几天回到家面对卧病在床的老人流出的愧疚的泪水……

欢快的歌声,飞旋的脚步,灵巧的双手,细心的服务,巧妙的应对,无私的付出……警花用心中的丝帛一丝不苟地织就着公安工作的锦绣。期间,激情与浪漫的冲撞,心愿与憧憬的热动,也曾让她们迷茫与无奈,却也让她们学会了坚强和执着。

警花也有情,警花也有爱,警花同样也在思考人生。也许她们的人生不会有马斯洛说的"高峰体验",但是,她们的人生却更实在,更充实。"如果我把生命的每一天都当作是人生的倒计时,我会由衷地感谢我的生命的充实,并提醒自己我做到了善解人意、勤奋自强。"在一个女同事的笔记本上,我无意间发现了这段话。

沧海桑田,斗转星移。警花不但在永无休止的数字、报表、电话、收发中尽情展示自己,将每一件事都做到毫无差错,还要加班加点与男警一起巡逻、出警、侦察破案、走访群众,发挥着一位女警独到的工作优势。难得一个星期天,她们也会"偶尔露峥嵘",换上时尚的淑女裙装、漂亮的真丝纱巾,带上老公和孩子逛商场购物,去美容店美容,甚至会掏了腰包请"大孩"和小孩大吃一顿。没有舞池里的飞旋,没有烛光下的浪漫,没有购物时一掷千金的潇洒,没有陪家人休闲时大把的时间。但警花却有警花的满足,对生命价值的满足,对付出真诚的满足,对多彩生活的满足。训练场上的苦与痛,竞技场上的乐与悲,服务群众中的委屈与忍耐,追逃与破案中的出生入死,在回忆的屏幕上,都化作了对警察这个职业的执着和痴迷。

歌德说:因为男人们急躁,往往会想到极端,一碰到阻碍,就很容易脱离正轨;而女人们却很善于想方设法,尽管她拐弯抹角,但总能巧妙地达到目的。记得那次去省城学习,是一个细雨霏霏的夏日午后,被雨所逼的我走进了路旁的一个大型超市,站在门口焦急地等那缠绵悱恻的雨快快停下无休止的欢愉。这时,从超市门口的玻璃窗向外望去，见一顶粉红色的花伞掩映下，走来一个亦袅娜亦娉婷的女子，披肩的长发如瀑而下，动感的身影如一首令人愉悦的散文诗，拉直了焦急中等待的人们的视线。待那女子进门收伞步入大厅后，我不由自主地跟了上去。虽是雨天，这个以信誉著称的购物中心人并未减少，再加上一些如我一样的躲雨人的参与，整个超市便拥拥挤挤了。一边欣赏那位女子的背影一边用眼睛的余光溜一眼两边的商品时，突见那女子迅速拉住一名中年男性的手，短促有力地说了一句："跟我来一下。"男子愣怔了一会儿，见那逼视他的目光深深的，有一份震人心魄的威严，就说："你是谁？我并不认识你啊。"此时，周围的人从四周聚拢过来，好奇地形成了一个包围圈。只见那名女子坦然地对手中抓着的男人温柔地说："你这人真爱忘事呀，你去见见门口那个人就知道我是谁了。"男子乖乖地跟了女子向超市门口走去。我觉得好奇，一路跟随他们来到了一个小房子，却见门口的牌子上写着治安室。我有些明白地候在门口听着，原来这个男子偷拿了超市的商品，正往腰包里塞时被那名女子逮了个正着。经讯问才知，这是个惯偷，而这名女子就是化了装专盯这个这家伙入网的派出所内勤民警。

　　警花正是凭了自己的智慧和柔性把一个个复杂的事件化险为夷，让一个个怒气冲冲的上访群众心服口服地满意而归，把一个个细节处理得天衣无缝，让一件件事情更加完美。

　　时光飞逝，时代的脚步不断变换着频率。事争一流的警花们正按住时光的脊背，让知识使自己更充实，更美丽。做警花不易，做一枝常开不败的警花需要有更多的毅力、胆魄、智慧和专注。当然，这并不见得就必须放弃其他的一切，包括美丽、贤淑和幸福的生活。

　　警营中怒放的警花，事业让你更加完美，生活使你更加高雅。从容书写你的平静之烈、妩媚之刚吧，群众需要这道亮丽的风景，平安召唤你们铿锵的步伐。

　　看，那队巡逻的警花把宁静的天空擦得更蓝了，庄严的警服里一股英气袅袅娜娜地袭来……

## 站在时光的列车上

　　站在时光隧道的深处，看 2008 年如一列飞驰的火车呼啸着打眼前经过。

　　雪姑娘姗姗而至，她向空中扬起大片大片的雪花，那些玉蝴蝶般的雪花在这列火车的窗前飘动着，翻飞着。

　　透过雪姑娘屈指细数的纤纤玉手，我看到 2008 年还有三天的时光。

　　回首驶过的这列火车的节节车厢，每一个窗口时时处处都闪动着公安民警忙碌的身影：南方春节雪灾现场，银色的警徽暖化着白雪的寒光；达赖等反动分子扇动的打砸抢事件现场，身着藏青色警服的民警英勇无畏地把这些反动分子送进高墙；奥运圣火传递的征途上，几万名民警手拉手守护着圣火的神圣之光；汶川大地震的救援现场，公安民警一次次舍生忘死把一个个受伤的群众从废墟里救起，转移到安全的地方；北京奥运会保卫战中，全国 170 万公安民警枕戈待旦、宵衣旰食，把每一个细节做到最细、做到最精、做到最实，让北京奥运会的安保经验成为凝聚中国警察智慧的华光……

　　岁月把荒原磨成沙丘，无畏和挑战把忠诚植入警察的躯体。回首这雪片般逝去的日子，我为自己是一名光荣的警察而倍感自豪和骄傲。身处基层，天天做着单调重复的工作，可每一个细节、每一个数字、每一个词汇、每一次会议、每一个方案……都是成功链条上的重要一环。那些在加班中度过的星期天，那些在执勤时吃过的方便面，那些在追捕犯罪嫌疑人的路途中喝下的矿泉水，那些在批阅文件的办公桌上从针管静静流进身体的"点滴"药液，那些群众送来的锦旗、牌匾……叙说着、记录着、诠释着公安民警一个个不平凡的日子。

片片雪花飘飘洒洒，漫过明眸，在心中的七彩虹中变幻着瑰丽的颜色。她们忽而如深秋里的枫叶飘落在大地，那可是为了正义而付出鲜血和生命的战友的躯体？她们忽而如橙色的棉絮覆盖在冬天的旷野，那可是为了扑灭火灾而跳进火海的斗士？她们忽而如绿草丛中的一朵朵小花开在无尽的春光里，那可是为了群众的利益不惜操碎心的社区民警的影子？

站在雪的五彩斑斓的光圈里，我仿佛听到清脆震耳的铃声，从遥远的九天而来，落进大海的光波里，寂静如浪花一样绽放，心绪如海涛一样跌起。警察是和平年代流血、牺牲最多的一个群体。改革开放30年来，广大公安民警服务群众，打击犯罪，真情付出，舍生忘死，他们用自己的生命和汗水融洽了与人民群众建立起来的鱼水关系，藏青色的警魂深深地烙进群众的心里。

时光的列车呼啸着向前奔去，它马上就要撞开2009年的大门。在这漫天飘雪的年终岁尾，我仿佛读懂了雪姑娘祝福的眼神。面对全国170万公安民警，雪姑娘呀，你这祝福是碳，你这祝福是火，你这祝福是蜜，温暖、燃烧、滋润着我们的心。在雪姑娘的祝福里，面前的战友们再次让我明白了什么是无畏无惧，什么是无怨无悔。就让我们把自己的身子变成一块砖吧，为了让祖国长城的躯体更加坚固、结实。我们警察也有伤，我们警察也有痛，可是在祖国的怀抱里，面对人民群众的利益，我们何曾把"小我"挂在心上。

在雪姑娘款款的脚步里，时光的隧道就要为2009年开启。我的战友，我的警察兄弟姐妹们，沉淀所有的喜与乐、伤与痛吧，因为，我们又要步入下一段征途，我们又要书写一页崭新的历史。

# 往事只能回味

星期天值班。早上，冬阳初照。我迎着凛冽的寒风，乘坐"11路"向单位进发。小城宽阔的柏油路两旁，各类门店里已开始张罗新一天的工作了。

自家通往办公室的这条路，一般十分钟就可以徒步走完的，我已试过无数次。新一年的开端，走在同一条路上，不同的是心中就多了几分激奋，脚下的步子也愈发地快了起来。

路两边的梧桐树上仍然满缀着一片片浅褐色的叶子，像夹道欢迎的两队少女，各披着一头浅褐色的秀发，冷俊端庄地站立在那里。叶子在风中哗哗地摇动，不时有一二片被摇离枝头。落叶随着寒风一片片飘飞，落下。不知哪家的门店里飘出邓丽君那温婉曼妙的歌声："时光一去不复返，往事只能回味……"歌声从足下脆裂的落叶上穿过，钻进我的耳膜。是啊，时光飞逝，留下无尽的往事，令人回味，催人奋进。

回首过去的2009年，对于公安民警来说，仍是充满挑战、忙碌、艰辛的一年。新中国成立六十周年、平定新疆暴力犯罪事件、澳门回归十周年、全运会安全保卫、金融危机带来的不安定因素……警察的身影穿梭在祖国的山川平原，警察的足迹踏遍了千家万户的庭院，警察的热血和汗水流淌在祖国的每一寸土地上……

"日月似穿梭，征程苦若何。身如江上客，瘦影苍海磨。"在这岁末年初的交接时，饮着回忆的陈酿，感慨时光的匆匆和无情，总有亮色的东西激起我们心底美好的回忆和向往。作为一名基层民警，过去的一年里，我们休的几天假是屈指可数的，我们加了多少个班却是无以计数的。没有加班费，没有休假旅游，没有茶室的雅情，没有舞曲里的放松；我们从未为那些看似我们不该享受和不该得到的东西而抱怨过，我们的目光被一个个带着怨气而来又挂着微笑而去的群众所左右，我们的脚步被一个个急需帮助急需救助的报警电话而牵引；心底的涟漪也曾在夜深人静时激荡，眼角的泪水也曾为愧疚和无奈狂奔。但是我们稳稳地站在脚下这块土地上，一刻也未曾忘记警察的使命和责任。于是，我们尽心尽力，如履薄冰，于是，我们排除万难，如虎添翼。我们就这么一步一个脚印义无反顾地走着每一步，不问收获，不问报酬，只看群众的脸色，只管良心的感受。令我们感到欣慰的是，而今，静下心来回味过来的日子时，我们的心里是坦荡的、平和的、感动的、激越的。这份感动来自心底对自我付出的肯定，来自群众对我们工作的理解和支持；这种激越来自对警察这一职业深深的理解和执着的热爱。

　　有位名人曾说过："什么是不容易？不容易是把每天应做的事每天都坚持做。什么是不简单？不简单就是把每件事都做得最好。"做一名基层民警确实不容易。上边千条线，都要在基层这儿落实，身边万张脸都要求基层民警沉着冷静乃至微笑着面对。身为基层民警，这些年，自己的体会是做事掏真心，说话换换位。身着这身藏青色的警服，一行一动就是名片，一言半语都要对群众负责。只有把公家的事当成自己的事用心去做，只有把身边的群众当成自己的父母兄妹般去对待，才会尽了警察的责，才会把自己经手的事儿做得好，才能称得上"不简单"。

　　站在新一年的起点，回顾身后的串串脚印，还是那些闪光的、带彩的，无论是那些艰难跋涉的，抑或是那些含泪挣扎的，已全部留在了岁月的年轮上，成为永恒的回忆。

　　面对眼前崭新的征途，让我们用虔诚的心努力去印上自己清晰的足印吧。请记住：无惛惛之事者，无赫赫之功。用脑，用心，用力，用我们的最大努力，去履行对群众的承诺，去捍卫警察的职责，让生命的价值在拼搏与奉献中升华。只有这样做了，才会在人生的岁末回味已逝的岁月时，能在心底坦然地对自己说：走过的这些路上，我已经努力地迈出了每一步，收获了值得回味无穷的宝贵财富。

时光不可追，往事只能回味。让我们在回味中悟出真谛，在回味中理清自己的思绪，在回味中总结过往的得失，在回味与感悟中再次奋起。

又一个十分钟与我擦肩而过。我微笑着踏进单位的大门，仿佛看到院中的梧桐树上已蓄满了浅紫色的花蕾。

# 女人花摇曳在红尘中

喜欢梅艳芳那低沉、曼妙的歌声。每次听她唱这首《女人花》时，心中就有一种感动由心底悄悄漫上来，像皑皑白雪下，突然露出了一件青花瓷的古董，一股冷艳凝重的美直逼视线，直入胸怀。

"女人花摇曳在红尘中，女人花随风轻轻摆动。"略显沧桑的嗓音，专注深情的演唱，把我的视线带进了一个万紫千红的花的海洋。

女人如花，闻香识女人。大千世界，芸芸众生中，女人以其仪态万千、婀娜多姿、亮丽娇艳而使俗世红尘多姿多彩。君不见，有一种女人如空谷中的幽兰，静静地开放于一隅，悄无声息地沐浴着大自然的阳光雨露，傲然自赏。"幽兰香风远，蕙草流芳根"这种气质脱俗的女人并不因其香味的清淡或浓郁而被人识，她那高洁、矜持、丝毫也不张扬的个性，只有识她、懂她、爱她的人才有缘被她的柔美和深情所陶醉；有一种女人如娇艳的玫瑰，妩媚俏丽，让你的目光永远追随，却会让任何一个想亵渎她的人带伤而归；有一种女人如高雅的牡丹，艳丽而华贵，虽"长得君王带笑看"，那神韵却逼视着你不可轻易靠近；有一种女人如傲雪的寒梅，凌寒独开，"素面常嫌粉涴，洗妆不褪唇红。高情已逐晓云空，不与梨花同梦。"就是对这种女人的真实写照；有一种女人如圣洁的莲花，高雅而恬静，"出淤泥而不染，濯清涟而不妖，……可远观而不可亵玩焉。"……更多的女人却如那些默默开放的不知名字的花，在她们自己的世界里坚强、执着地盛开着，努力地飘散着各自的香气，为凡世红尘快乐地摇曳着。

女人如花的外表与品格中灵动着的却是本质的女性原则。李掖平教授将其总结为：一种优美细致柔韧温婉的品格，一副悲天悯人仁厚慈爱的情怀，一份聪慧隐秀妙语天然的灵性，一派清雅高贵平和从容的气度，一股蓬勃激荡的生命热情和活力，一脉博大沉厚代表生生不息的自然母性。是啊，女人正是因了这种女性原则而更具神韵和魅力，女人也正是因了这种女性原则而感动了男人。

一花一世界。在灵魂里开出艳丽之花的女人当拥有最广阔的世界。著名科学家居里夫人成为把事业爱情家庭完美统一的典范；苦难铸就了海伦·凯勒坚强的性格，使她成为一个学识渊博，掌握英、法、德、拉丁、希腊五种文字的著名作家和教育家；当年，打入国民党中央党部的速记员沈安娜，为我党搜集了大量重要情报，立下了汗马功劳，被称为"按住蒋介石脉搏的人"；遇难时年仅29岁的钢铁战士江竹筠用自己的鲜血为新中国的成立写下了浓墨重彩的一笔；渊博的学识与果敢的胆识，令政治家吴仪叱咤政坛，享誉世界……平凡女性的渊深，同样展现在她们的铮铮骨架中，宽广胸襟中，被辛劳雕出的皱纹中，被风雨浸染的白发中，被苦难风干的泪水中，被岁月镌刻的脚印中……

警花作为女人花海中的一个品种，同样以其千姿百态的神韵灿烂地绽放在红尘中。她们少有花前月下的浪漫、小桥流水的缠绵，却多了份空灵精巧，多了份开朗豁达，多了份机智沉稳，多了份出生入死的淡定。那藏青色的警服里袭来的是庄严与明丽，让人感觉到的是阴柔之美与阳刚之气、心灵与才智的有机统一。

如花的女人在现实生活中不应一味把自己看成一朵花。因为，花终有枯萎、凋谢的时候；一个女人，如果把自己看成一棵小树倒是总有长成参天大树的一天。生命是一场独自的滑行与拼搏，勇敢、智慧的女人，永远不会把希望寄托在别人的身上，而是抓住生活赐予的一切机会，踏实付出。我们无法使自己的生命永恒，但可以用自己的努力与拼搏在生命的日历上书写自己的精彩；我们无法使昨日回转，但却可以把握今天，握紧现在。只有这样做的女人才不会有"记得当年骑竹马，转眼已是白发妪"的叹息和感慨。

做个外表与内在都如花一样美的女人吧，然后记得：我首先是一个人，其次才是一个女人。对于我们身赋特殊使命的女警官来说，更应该在内心与世俗的天幕上写下这样潇洒的行楷：我首先是一名警察，其次才是一名女警察。

女人如花。女人花摇曳在红尘中，永远灿烂、妩媚。

# 大年三十

大年三十那天，一大早，雪花就飘飘洒洒地舞个不停，到吃早饭时，地上房上树上全白了。雪姑娘真是多情，偌大的世界，顷刻就变得白茫茫的一片素洁，美不胜收。

八点半，汪云飞所长喊上我和协警小任去辖区走访。吉普车行走在雪花飞舞的乡间小路上，轧着厚厚的积雪，听雪地吱吱嘎嘎地发出快乐的喊声，我们的心里生出一份别样的情致。来到离派出所不远的小李村，沿着刚刚扫出的一条羊肠小道，我们去了探望三家贫困户，送去了油面等过年的物品。感受着贫困人家过年的氛围，听着他们那些感激不尽的话语，瞬间，我觉得好像成了他们中的一员。从最后一户人家出来时，我眼中的泪水再也控制不住了。借抬头看飞舞着的雪花之机，我悄悄擦了擦脸。这个小小的动作，还是被细心的汪所长看到了。

"健子，你就是眼窝子浅，不像个当警察的样子。"汪所长不经意地说。

"唉，活了三十多岁，就是见不得落难的人，恨不得把自己能给的东西全给了人家。"我不好意思地说。

协警小任从车上的纸巾盒里抽了一张纸递给我说："健哥，我理解你。有时，我也这样呢。大过年的，别这样了。"

"哈，绕口令呢，一对小孩，不逗你们了。咱再去张二蛋家走一趟吧。"人到中年的汪所仍喜欢嘻嘻哈哈地打趣。

"对，是该去他那儿走走看看。"我和小任附和着。

来到与小李村相邻的张庄村，我们下车徒步走进了一个没有院落的土坯房子里。长着一张瘦长脸的张二蛋看到身着警服的我们进来，脸上一会儿红一会儿白的，身子佝偻着左躲不是，右藏不妥，没处放了似的。

汪所说："二蛋，我们这次来没别的意思，就是大年三十了，来给你拜个年啊。呵呵。"

"你们还来给我这样的人拜年啊，我做梦也没想到。"张二蛋诺诺着。

"你怎么了，不就是犯了回错，被行政拘留过嘛。人哪有不犯错的，关键是犯了错要知道改。"汪所借机开导他。

"汪所，你们太让我感动了。就冲你们这份情义，我提供个线索。前几天，俺们村的张大勺新弄了一台手提电脑，还拿了两部高档手机去镇上的手机门店配了两个充电器呢。我估摸着，他的东西不是好来头儿。"

"好小子，真有你的，给我们提供了一个重要的线索。"汪所重重地拍着张二蛋的肩膀说，"值得表扬，以后继续啊。"

我们三人赶紧去了张大勺家。在他家一下子就搜出了五部手机和两台笔记本电脑。在铁证面前，张大勺只好交代了年前伙同六指和麻子入户盗窃五起的犯罪事实。汪所立即给刑警大队长打电话。就在年三十儿当天，六指和麻子也相继被逮捕了。

今天的拜年太成功了，竟破了大案，没想到啊。傍晚时分，在回去的路上，我还在感慨。汪所和小孙也美美地陶醉着。车上飘出了那首正热的歌曲——《感恩的心》。

路过镇上的一个小公园时，四个民工模样的人东张西望的表情引起了我们的注意。下车一问才知，他们是因路远没回家过年的民工，正在找一个能看春节晚会的地方呢。把他们四个人迎上车，我们一起赶回了派出所。

"你们年年在外地过年吗？"我一边泡茶一边和四个民工搭讪。

"是啊，有好几年都是在外地过春节了。一是路太远，回家的票难买，路上用的时间也长，如果买的是站票更遭罪，还花钱。二是正月里缺人，正是工资最高的时候。这一反一正能省下不少钱呢。"民工们渐渐收起了不自在，说话随意多了。电视上春节晚会的四位主持人已经亮相，四个民工也全然忘记了是在派出所。

十二点的钟声敲过，我们煮了水饺端上来。民工们激动地一会儿坐下一会儿又站起来，不知说什么好。其中一位年轻人搓着手说："平时见到警察心里就发怵，没想到这个年和警察在一起过得如此开心，谢谢你们！"另一个年岁大点儿的民工站起身说："你们平时工作就忙，过年了也不能和家人在一起，太辛苦了，我在这儿给您的家人拜个年！"

我的眼里湿润了，赶紧拿起了电话。电话那头儿，年迈的父亲颤巍巍地说："健儿，别挂着我了，邻居们知道你年年三十儿值班，这不，都来陪我过年呢。和你祥叔说个话吧。"

"祥叔，给您老拜年了，谢谢您陪我爸过年！"我的话儿有些哽咽。

"健儿，好好值班，正因为有你们这些警察值班，我们才能过这么平和的春节啊。"祥叔爽朗地笑着说。

我又分别拨打了汪所和小孙家的电话，给每一位老人拜年。

汪所在拨打了我和小孙家的电话拜过年后，又问了四位民工家的电话，分别拜了年。

窗外，雪地里的鞭炮声此起彼伏。

值班室里春意正浓。

## 蝶儿翩翩

耿老太鼓足勇气,终于踏进了花园派出所的大门。

一只黄黑白三种颜色的蝴蝶在耿老太面前翩翩飞过,停留在她身边的花丛里。那是朵白色的康乃馨,底子上的叶子有些蔫了,花心还有几分精神,配上彩色的蝴蝶,让人陡然生出几分爱怜。

在挂着户籍室牌子的门口,耿老太犹豫了一下,还是抻了抻深蓝色的短袖衫,低着头走了进去。

"同志,我来……"一句话还没说完呢,耿老太眼里的泪就滚了出来。

户籍警庞静连忙站起身,扶耿老太坐下,说:"大娘,您老有话慢慢说,别着急。"

庞静泡了一杯茶端到耿老太面前的桌子上,说:"大娘,您先喝口水,有什么事我会尽力帮您的。"

"闺女,我是没脸啊,来你们派出所三趟了,我全没进来。今天总算走了进来。"耿老太边擦泪边说。

"您走进来就对了,不然,我们不知何时才知道您的困难呢。"庞静在一旁安慰着。

"那个死老头子就这样走了,头也不回地去北京找他的儿子去了,什么也没给我留下,连房子他都卖了,十七年啊,我跟了他十七年。如今,我年过七十了,却落了这么个下场,分文没有不说,连住的地方及户口也没有了。"说完,耿老太又哭了起来,颈部手部的青筋夸张地凸出来，像一条一条的蚯蚓。

庞静把水杯举到耿老太面前，柔声说："大娘，您先喝口水，您是来落户口的吧，带手续来了吗？"

耿老太说："我不知带什么手续，才来问你们的。"

庞静把需要带的手续详细地写在一张纸上，让耿老太收好。

"大娘，您都这么大岁数了，让您的孩子帮您办手续吧，这么热的天，您自己就别跑了。"

"儿子能答应让我把户口迁回来，我就很高兴了，哪还敢指望他给我办手续啊。当初都是我不对。"

在一问一答的对话中，庞静了解到耿老太的第一任丈夫十八年前就去世了。那时儿子已成人，耿老太没有征求儿子的意见，就嫁给了第二任丈夫，户口也迁走了。半年后，耿老太因与第二任丈夫感情不和，离了婚。离婚后的耿老太，为了生计，很快又与第三任丈夫同居了，还把户口迁了过去，二人始终没办结婚证。

如今，第三任丈夫不顾夫妻多年的情义，抛下耿老太，独自变卖家产找儿子过日子去了。耿老太就像泡在苦海里的一只纸船，任凭漩涡翻卷把自己的蹉跎和坎坷折了再折。她觉得自己对不起儿子，如今没有着落了，再来找儿子，很没有面子，哪还好意思让儿子给办手续。

第二天中午，耿老太汗流浃背地骑车来找庞静。正是下班时间，家住在办公室旁边的庞静正在做菜，喊耿老太一起吃。

"别管我了，你快吃吧，我在这儿等一会儿。"耿老太拘谨地坐在角落里说。

庞静赶忙放下手里的活计，说："大娘，您把手续拿给我看看。"

耿老太从上衣口袋里掏出一个手绢小包，颤抖着手一层层展开，拿出一页纸递给庞静。

庞静接过来一看，只是一张村里开的证明信，没有落户申请和支书和文书的证明。

"大娘，您老人家是自己办的手续呀，不全呢。这样吧，咱先吃饭，吃过饭我和您一起回去。"

"唉，儿子根本不管我的事啊，大热天的，现在村里又忙，我是趁着村支书中午在家时去的，急急匆匆的，也没说清楚。"说完，耿老太又流起了泪。

下午，庞静和耿老太一起驱车赶到她将落户的田庄村，找到了她的儿子。

耿老太的儿子态度明显地冷淡，说出的话像冰块，扔在这三伏天里都不会化。

庞静耐着心给他讲了耿老太三次婚姻的前因后果，他终于醒了，深深地愧疚着，用颤抖的手主动为母亲写出了落户申请书。写完后，母子二人抱头痛哭。

又过了两天，耿老太在儿子儿媳的陪同下再次来到花园派出所。庞静微笑着迎接了他们。

当耿老太拿到崭新的户口本时，高兴地举着，左看右看，看着看着，两行清泪顺着脸颊淌了下来。

庞静把耿老太一家送出了户籍室的门。

望着院子里的花丛中，翩翩飞舞的蝶儿，庞静的眼睛湿润了。

# 暗处的双眼

他看着空空的房间,眼前再次浮现出女友气鼓鼓的脸。

"没有首饰怎么结婚呀,你说,哪个姑娘结婚时没有一枚像样的戒指。"女友的声音高八度地在他耳边缠绕着。

他没开灯。在这样的黑暗里,他不用担心会碰上任何东西。买房子已经借得四窟窿八债了,室内其他的东西,他没有任何能力去准备。

站在处于十六楼的自家窗前,他点燃了一支烟,边吐着烟圈边向夜幕中的四周逡巡。对面楼下的女人,引起了他的注意。

采薇行走在楼梯上,回眸时,见楼下的老公仍盯住电视上的体育节目出神。

采薇上到二楼,向卧室走去。在卧室的洗手间里,她双手轻轻地搬出了一架轻便的五节梯。伸开梯子,采薇小心地爬上去,颤巍巍站直,双手举起,从大衣柜顶上取下了一个四四方方的东西。打开一层蓝色的布,又打开一层红色的彩缎包装,露出一只油漆的大红色的盒子。盒子的四周全是刻花,最上面的盖子上,刻的是一大朵淡黄色的牡丹。这只盒子是老公在结婚十周年时送给采薇的,她如宝贝般呵护着。

打开盒子,一道耀眼的金光射出来。采薇微微笑着,端详这只宝盒。盒子里,是结婚十五年来老公买给她的全部首饰,是他们十多年爱的见证。翡翠玉等各种手镯手链，各种金戒指项链，林林总总，应有尽有。每一件首饰都记录着那一刻的精彩。采薇轻轻抚摸着件件宝物，曾经的点点滴滴，如一个个画面在眼前浮现。天长日久，打开宝盒，慢慢欣赏抚摸一件件宝物成了采薇的一个习惯，一种爱好。

采薇的这种爱好都是在卧室的双人床上完成的。一是从壁橱顶上拿下宝盒，距离最近，最安全的放置处就是床。二是床是他们爱的场所，在这儿欣赏这些宝物更具一份独到的浪漫。采薇居住的复式楼房位于这幢大数的十四层和十五层。一百八十平方米的空间被老公装饰得层次分明，井然有序。当然了，在前后左右均是高层住宅楼包围的小区里，他们家仅仅是一个小小的单元。住高层楼图的是个宽敞豁亮，采薇打住进来后，感触最深的就是凭窗而立时的那种惬意。为了这种享受，除晚上睡觉时，她很少拉上窗帘。当然，今天也不例外，没到睡觉的时间呢。

他在十六层的家中站了十多天了，细心观察对面十四层十五层这家的活动规律。他发现了女主人经常上楼欣赏一个盒子，盒子里应该是很贵重的东西，还有他们吃完晚饭后一定会去散步的。他在白天对照了单元号和楼层号房号，掌握了目标的准确方位。

晚饭后，采薇和老公照例出去散步。一个多小时后回来。老公打开了电视，采薇又走上楼梯，向卧室走去。突然，采薇大惊失色地喊了一句——妈呀，宝盒不见了。老公立刻赶上来，帮助采薇寻找。见宝盒真的不见了，老公赶紧打了报警电话。老公知道，采薇的心被人摘了。他寸步不离地守候在媳妇的身边，说着一些劝慰的话。

社区民警汪洪在不到五分钟的时间里赶来了。听了采薇夫妻的叙述，汪洪又把电话打到了刑警队。技术民警立马赶了过来。勘查完现场，汪洪又详细询问了采薇一些情况。现场除防盗门被撬外，室内没有任何翻动的痕迹，犯罪嫌疑人是直奔宝盒而来的。

三天后，汪洪通知采薇去领被盗物品。采薇以为宝盒再也找不回来了,却没想到办案民警这么神速地又把它找了回来。

见到宝盒,采薇如见到亲人一般,一下子扑了过去,眼里浸满了泪水。

汪洪说:"以后你再欣赏宝盒时请注意保密,至少要把窗帘拉上。"

"啊?宝盒被盗与拉不拉窗帘有关?"

"是的,盗窃宝盒的人买了房子正想结婚呢,却愁着买不起像样的首饰。他就住在你的对面,天天看你欣赏宝盒的样子。"

采薇再在家里活动时,总觉得暗处有无数双眼睛从四周盯住她。她关好所有的防盗窗,拉紧每一扇窗的窗帘,仍会觉出有双眼睛透过来蓝幽幽的光。

# 老　姜

　　老姜，四十开外，中等个儿，黑脸膛，精瘦，一双大眼却炯炯有神。

　　和老姜在一起工作的刑警，很少见过他脸上挂着笑。只有这次，老姜冲着刑警大队长章彬腼腆地笑了。

　　这事还得从头儿说起。那天，老姜所在的刑警六中队接了一个案子。城区一户居民家遭入室盗窃，一对黄金耳环、一千九百元现金及一部手机全部被盗。老姜和小李子出的现场。勘察完现场，固定证据后，两人回到了队部。

　　"中队长，那部手机还没关呢，让技术中队上吧。"小李子眯缝着一双小眼睛，若有所思地说。

　　"看他们那牛逼样儿，个个忙得跟孙子似的。自己能做的事，咱尽量别求人。"老姜伏在卷宗上，头也不抬地说。

　　小李子愣愣地看着中队长，不再说话。因为，对这个案子，他目前还没有辙儿。

　　在餐厅吃晚饭时，小李子和老姜面对着面，各吃各的，只有轻轻的咀嚼声在两人之间传递着。小李子明白，中队长在思考问题呢，不然，早开了话匣子。

　　从餐厅到办公室的路上，老姜终于开口了。他说："李子，一会儿回办公室给那个被盗的手机发条短信。"

　　"哎，好。"小李子兴高采烈地问，"咱怎么写？"

你就写："老弟，我借你的那三千元钱早过了半年的期限呢，不好意思，现在终于有钱还你了。我在天津打工，暂时回不了家，你若着急用的话，我先从银行打给你，你若不着急用，待我回家时给你送过去，你打壶老酒咱哥俩儿好好唠唠。"

短信发出去不到五分钟，小李子的手机就有了回声。小李子抓起手机，看了一眼，冲老姜做了个鬼脸，读道："老哥，你就不用再跑一趟了，从银行打过来就行，我急需。"

"哈，有戏。"老姜双手相击，发出啪的一声响。"再发，让他把银行账号打过来。"老姜慢悠悠地说。

小李子又发出一封短信，刚刚放下手机，回信就来了。

农业银行。后面是一长串阿拉伯数字。

老姜瞅了一眼短信，立即拿起办公桌上的电话，打通了农业银行营业部，一字一顿地让他们帮忙查找这个账号及用户名。

五分钟后，农业银行的回话来了，用户名登记的是赵中发。

老姜放下电话，坐姿没变，两眼却做了个向右看齐的动作。小李子明白，中队长又开动脑筋了。

"李子，再发一条，说农业银行没有账号，让他把别的银行账号发过来。"老姜右手抻着耳垂，说出的话仍是不紧不慢。

短信又快速地回了。这回发过来的是建设银行的一个账号。

老姜扫了一眼短信，拿起办公桌上的电话，打到了建设银行营业部，请他们帮忙查一下这个刚到的账号。

五分钟后，银行回话说，账号的用户名是赵中发。

"好，对上了。"老姜的大手拍的办公桌颤了一下。

灯火通明中，老姜坐到微机前，把赵中发网上的住宿交通等个人信息全部查了个遍。而后，老姜胸有成竹地对小李子说："哥们儿，走，咱去会会赵中发。"

小李子佩服地看了中队长一眼，轻轻地说了句："姜还是老的辣。"

五月，平原上的后半夜，村庄安睡着，石榴花怒放了，香气悠悠。

离赵中发所在的村庄还有一里地呢，老姜和小李子就从警车上下来了。两人步行来到村里，治保主任早等在村口了。仨人简单地交谈了几句，悄悄向赵中发家走去。

在审讯室里，赵中发一五一十地交代了自己的作案过程，并主动说出了以往所犯的其他案件，涉案价值达七万元。

在周末的刑警工作会议上，大队长章彬表扬老姜说："人家老姜就是爱动脑子，自己能做的事情不愿麻烦别人。在这个动不动就指望技术的年代里，老姜能转变思路，不断变换战术，让所有人，包括我们的对手，不得不刮目相看。"章彬说到这儿，深情地瞅了一眼拉着脸默默坐着的老姜。

就是在这个时候，老姜突然冲着章彬咧了咧嘴角，腼腆地笑了。

# 水仙的心事

张老太躬着腰,手提洒水壶,微笑着向阳台上的水仙又喷了一遍水。冬阳暖暖地照下来,张老太的心情好极了。

这盆水仙是老伴今天早上冒着严寒买来,递到她手上的。

水仙见张老太乐成菊花似的脸,心想,今天是张老太七十五岁生日呢,一会儿,我会有很多伴儿的。

张老太和老伴育有七个儿女。在那个年代,拉巴起七个孩子,又把老人送了终,张老太的腰也累成了弓。

张老太的老伴心里是有数的,他知道妻子这辈子不容易,总在孙男娣女面前夸老伴对家里的贡献大。

七个儿女个个孝顺,逢年过节总会拎着大包小包来两位老人的住处,陪老人吃饭聊天。张老太和老伴过生日时,七个儿女更是拖家带口赶过来,三四十号人拍个全家福,再去饭店撮一顿,让老人乐呵乐呵。

打年轻就节俭惯了的老两口,见孩子们在老人身上花钱一向大方,自己的小日子花分钱却算来算去。于是,两人一合计,把各自的生日都变了变,凑成了一天,定在每年的农历九月九。一来这天正是老人节;二来,这个日子位于两人生日之间,恰到好处。

张老太的老伴生日在九月九之前。那天,张老太一大早起床,两次按住想起床的老伴,让他好好躺一会儿。张老太则拖地做饭,把一切家务全包下来。待老伴起床后吃着热腾腾的长寿面时,感慨地说起年轻时张老太对他好的很多细节。

因为早就说好,两人不再单独过生日,一年只集中过一次生日。张老太的老伴生日那天,儿女们就没有特意来祝寿的。孩子们倒是来了几个,也没有提及生日这个话茬儿的。只有二儿媳水仙手捧一盆水仙花,和儿子站在门前,笑嘻嘻地说:"爸爸生日快乐。"

张老太欢喜地接过水仙说:"你看,这孩子,不是说好不过生日了嘛,你怎么又花钱呢。"

水仙说:"妈,花不了几块钱的,今天才是爸爸的生日,我们是特意来吃个饭的,你让不让吃呀?"

张老太的心里热乎乎的,赶紧说:"哪有不让吃的理儿,让,让,快进来。"张老太明白,儿子虽然孝顺,可他是个粗人,今儿个来吃饭这个主意,一定是水仙想的。媳妇比闺女处得还亲,张老太怎能不乐。

水仙被安置在阳台上,静静地瞧着家里的一切。

张老太的生日很快也到了。老伴大清早买来了一盆水仙。阳台上的水仙就凑成了对儿。两盆水仙在阳台上可以自由对话了。

早落户的水仙对新来的水仙说:"你不要奢望有更多的伙伴了,如果我没猜错的话,今天也只有水仙会过来。"

"你怎么能摸这么准?"新水仙问。

"因为只有她知道老人心里想什么。"

"她是儿媳呀,能比上闺女猜老人的心意猜得中?"

"不信你走着瞧。"

中午,吃饭的时间到了。水仙果然买了菜和新衣来。说:"妈,今天是你老人家的生日,祝你生日快乐!"

"这孩子,你怎么又记住了我的生日,咱不是说好不过了吗?"张老太心里欢喜着,嘴里却如是说。

"妈,孝敬老人是中华民族的传统美德,你们健健康康的,是我们做小辈的福分啊。"

张老太穿上新衣,走到大镜子面前。红色绣花的金丝绒棉袄,把张老太的银丝衬托的更加飘逸。

开饭了，望着水仙准备的一在桌子菜，张老太一样一样朝她盘里夹。

"妈，我自己来，您老先吃。"水仙把菜夹到张老太的盘子里。

楼道里传来咚咚咚的脚步声，张老太抬起头望着门口。脚步声咚咚咚地上楼了。张老太说："不会有人来了，快吃快吃。"

一会儿，楼道里再次传来咚咚咚的脚步声，张老太又抬起头朝门口张望。脚步声再次远去。张老太自言自语地说："不会有人来了，快吃快吃。"

儿子看到张老太的样子，举起酒杯说："媳妇，今天是咱妈的生日，可我也要特别地敬你一杯，我这个当警察的儿子是真的比不过你这当儿媳的，敬一个。"

"儿啊，我早把水仙当成了闺女。"张老太自豪地说。

"不要找借口好不好呀，老公，我也是警察呢。"水仙嗔怪着。

"哦，对了，望了这茬儿，你是户籍警呢，心细。"儿子打趣着。

"去你的，当警察的不论什么警种，哪有不细心的？"水仙笑着说。

"细节决定成败。"父亲在一旁插话了。

阳台上的一对水仙也笑了。笑过之后，两人却陷入了深思：明年张老太和老伴的生日，那些孙男娣女的能不能改一改庆祝的方式？

## 南瓜花儿黄又黄

我和同事到乡下出警,赶回来时,城区已是华灯初上。摸着咕咕乱叫的肚子,这才想起还没吃晚饭。把面包车停在街道边上,哥儿几个去了旁边的肉夹馍店。干我们这行的,能弄上个肉夹馍吃,再来碗羊汤,已经很不错了。毕竟,比干吃方便面好得多。

手里的肉夹馍才咬了两三口,手机响了。接听完这个报警电话,我的心头一激灵,不敢相信自己的耳朵。你昨天还和我说话来着,怎么转眼就没了?

我和同事又出发了,目的地是辖区一个叫杨庄的小村子。

"邱所长,你们快来吧,人死的挺惨的,肚子上还咧着刀口呢,满身都是血。"身子在破面包车里颠簸时,耳畔一直响着刚才报警电话里的声音。十几分钟的路,我脑子里设想了几百个见到你时的画面。

真的见到你时,我还是惊呆了。穿过扁豆藤缠绕的矮墙,一座低矮的门楼出现在眼前,破烂的木质门四敞大开着,一个不大的灯泡在门楼上发出暗红的光。南瓜花热烈地开着,黄黄的花朵在门楼前挤挤挨挨,与绿藤争抢着风头儿。你四肢张开躺在院子里,面色灰白,眉头紧锁,瞳孔放大,瘦长条脸上,橘皮纹条条拉紧,使你的脸看上去特萎缩。白发全乱了,有一缕斜搭在你并不宽阔的额头上。那件灰白的确良褂子铺在身子下,两个袖子却穿在胳膊上,这样以来,咧开一条刀口的光肚皮更显得突兀。血成线状从顶端淌下来,凝成紫黑的长条。

我默默注视着你痛苦的脸，心里越发沉重起来。在想：老哥，你这是怎么了？是谁干的？

关于你的相关信息立时在我的脑海里快速聚集起来。

第一次见你，是三年前，我刚来派出所的那段日子。记得是一个秋日里，我和杨庄村的村主任来到你的家门前。你正在自家的角门楼里小酌。黢黑破旧的四方小木桌上，油迹斑斑，上面摆了一盘凉拌黄瓜。一瓶老白干已打开，倒了一杯在桌上。一篮筐馒头在凉拌菜的一旁冒着热气。旁边的小煤火炉上蹲着个铁锅，铁锅里是刚刚炒出来的丝瓜肉。全村的苍蝇似乎都集中了过来，密密匝匝的，落在桌上碗上筷子上菜上酒杯上。见我们来了，你站起身。你站起来的同时，苍蝇们也轰地一声飞起来，重新找落脚的地方。于是，我们的身上头上落满了苍蝇。你龇着牙微笑，双手交叉了，却没有放的地方。边笑边讷讷地说："一块喝杯吧。"

我和村主任笑着，异口同声地说："你老哥挺懂得享受的啊。"

你也笑出了声，说："一个人，再不喝点儿，有啥意思。"

"是啊，你一直一个人住，一直一个人过日子。倒也潇洒，自在。"

站在你家的院子当中，不得不任苍蝇们在全身踅摸，停靠。院子里，靠西边的柱子上，拴着一头灰色的小毛驴，正在懒洋洋地吃草。院子北边是四间房的地基，却只盖了两间土坯房，另两间地基上堆着秋秸杂草。东边是两间砖房，新的。听村主任说这是村上刚刚帮你盖的，让你搬进去住。院子南边种了多种蔬菜，豆角顶着紫色的小花，南瓜上的黄色花朵像盛开的小喇叭，还有茄子、茴香、韭菜、大葱等，郁郁葱葱，向走进这个院子里的人述说着你的勤劳。院子正中有一棵核桃树，满树的果子在微风里叮咚摇曳。

我和村主任直接走进北屋。见地上铺着块灰色布单子，上面有个枕头。

"你就这样睡啊？直接在地上，连个草席也不铺。"我愕然。你却只是笑笑，不语。

村主任说:"不这样睡咋睡呢,你看看他这屋里尽是啥。"

我这才仔细察看。屋子里连床都没有,除了铺在地上的这块布单子外,其余就是竖着的编织袋子。每个袋子都满满的,用细绳扎着口。我用手一摸,全是粮食。

见我吃惊的样子,村主任说:"再看看东屋吧。"你迅速打开了东屋门。门开处,却连脚也跨不进去。屋里满满的,都是装在编织袋里的粮食。见我们瞪大眼,张着口无声,你冲我们幸福地笑了。

村主任说:"让你搬进去住你就住吧,北屋这土坯房下雨盯不住了,危险啊。"

你诺诺着,说:"是是是,尽快搬。我寻思着,粮食要紧。人跑得快,有情况时就跑出去了。"

听了你这句话,村主任急了,冲你直瞪眼。说:"你必须得给我搬,这房是我盖的,我说了算。"

我说:"老哥,你还是去镇上的敬老院吧,那儿有做伴的,条件好多了。在这儿让人太不放心了。"

"没关系的,我想趁着年轻多挣点儿,等老得不能动了再去敬老院也不迟啊。"你小声说。

"挣了就存起来,这么多粮食你不怕坏了吗?"我问。

"穷怕了,存下点儿粮食,心里踏实。"你说。

后来,我在村主任那儿了解到,因为家里穷,你一直光棍,父母去世后,就独身一人,连房媳妇也没娶上。如今条件好些了,也六十多岁了,没了娶房媳妇的打算。

你说,一个人好,吃饱了全家不饿,愿上哪儿蹦跶就去哪儿蹦跶。于是你去天津,去北京,去上海,在建筑工地看门,搬砖,当小工。农忙时,回到家乡,侍弄那几亩地,一年下来也积攒了不少钱。

可是,就是这样一个与世无争的你,怎么就遭了如此毒手呢。就在昨天,我去杨庄村走访,你还站在街上和我说,今年地里的收成好,收完秋,在家多待一段时间。我还表态,给你找个老婆呢。你怎么说走就走了。可我知道,你也是不愿走的,你的死,不以你的意志为转移。

我和几个同事开始围绕你的社交圈展开调查。

　　你有一个养女，嫁到了外地，平时少回来。每年，你们见面的次数有限。和周围的邻居处得平常，没有什么深交。你一年四季在家的时间，加起来连一季也不到。邻居们知道你的情况不多。村里有个男孩，哑巴，十七八岁，孤儿，你们打好几年就处得很好，他成了你的莫逆之交。只要你回家，他都知道。你在家的日子，他就像你的儿子，寸步不离。好像你回来他才有个家。所以，我得出结论，在杨庄，你是没有树过敌，得罪过人的，也不会引来杀机。莫非，你在外面有纠葛，感情的，经济的；抑或与人打过架，结了仇。围绕这些，我想了很多。我把自己的想法和侦破小组讲了，他们分头去了你曾经打工的地方。几天后，我想到的诸多你被害的原因，都被外出调查的同事一一排除。

　　七天过去了，到底是谁杀的你，仍没有答案。院中的南瓜花还是那么娇艳地开着，你在南瓜花里忙碌的面孔，总在我眼前闪现。这天，我又去了小哑巴家，想再从他那儿了解一些关于你的情况。在那个只能叫作窝的家里，屋子里散发着霉味，床上床下凌乱不堪，东一只鞋子，西一只袜子。几个空啤酒瓶东斜西歪地躺在地上。靠门的桌子上，吃剩的方便面袋子，啃了两口的馒头，两张破报纸散乱地堆着。突然，我在这堆杂物里发现了一把水果刀。这把刀外型特别，刀刃较长，有十公分左右。我顺手拿起刀，把玩，观赏。抬头时，无意间发现小哑巴的表情很特别，是那种介于紧张与惊恐之间的表情。我的心里迅速打了个惊叹号，紧接着又打了个问号。

　　是啊，我一直把小哑巴作为你的知己，没往另一个方向想。拿着那把水果刀，我来到了案发现场。仔细辨别，明白你肚子上的刀口就是这把水果刀所至。我和同事找来了哑语教师，开始与小哑巴交谈。按着我设计的讯问提纲，几个回合下来，小哑巴终于供认了一切。

　　哑语教师告诉我，小哑巴是因为你平日总爱管教他，当天又不让他摘院子里的核桃吃，心中涌起杀机的。

　　哑语教师还告诉我，你之所以储存那么多粮食，是怕你死后，小哑巴没人管，日后没的吃。

一个孤儿，一个好多年得到你关爱关心的男孩子，因为你平日约束他的行为，因为吃不到你院子里的核桃，竟起了杀机。我蹲在你坟前，心里的惋惜撞击着胸腔。终于，一滴又一滴的泪在我的脸颊上滑落。

人的心都是肉长的。我善待人家，终不会有错的。你生前常说这样的话。

杨庄村的乡亲们在村主任的指挥下，早已把你的尸体入土为安。小哑巴坐在警车里瞅着你的新坟，嘴里发出呜呜呀呀的悲鸣。你一定懂得他在说什么。对吗？

走出空无一人的院子，立在角门前，任秋风轻揉着我的衣衫。一朵又一朵南瓜花从矮墙上探出头，挤挤挨挨地凑在角门楼的四周。黄灿灿的南瓜花儿啊，她们在等待你的归来吗？她们在为你的那片心吹一曲奏歌吗？

## 浓雾散

晨雾不知何时就漫了上来，村庄隐在雾里，四周白茫茫一片。

能见度太低了，十米之外的物件一点儿也看不到。这大冷的天儿，哪儿来的雾啊，纯粹是和我张新做对。张新奋力向前蹬着自行车，狠狠地自言自语。

唉，谁让自己是公社的特派员呢，就这命，案子就是命令啊。张新在心里劝自己，挥起袖子擦了一把帽檐下的雾水，拼上命地往前赶。

不知是不是三年自然灾害的后遗症，六二年，刘桥公社的盗窃案竟有十余起。刚进入六三年，又出了一起山羊被盗案。张新正是因这起案子，起早往公社里赶。

身上的汗热腾腾地往外冒，手却冻得生疼。张新实在挨不住时，不得不停下车，摘了手套，呵一会儿被冻麻的双手。无意间，张新发现前面朦朦胧胧的浓雾中好像有一个人牵了一头羊。这么早的天，这么大的雾，这人牵只羊去做什么。张新心里嘀咕着，重新戴上手套，骑上了自行车。

听到后面有自行车声，牵羊人头也没回，竟赶了羊朝路边的田地里走。

咦，这人也真是奇了怪了，放着笔直的公路不走，偏偏到野地里去踩，有意思。张新在心里划着问号，冲着那人大喝一声："站住，到这边儿来。"

牵羊人一听有人喊自己，撒开羊，跑了起来。

"站住，再跑我就开枪了。"张新大声说，脑子里迅速地把那些盗窃案穿成了串。

那人继续跑。

砰——，一声枪响划破了雾茫茫的天空。

这回，那人不跑了，重新牵上羊，慢腾腾地来到了公路上。

"走，跟我到公社去一趟。"张新命令道。

那人牵了羊在前面走，张新骑着自行车在后面跟。

"我是公社的特派员。你是哪儿的人？从何处牵的羊？"张新在后边问。

"我是大马张村的，外号叫野物。这羊是从颠池村我姐姐家牵来的。"野物流畅地回答着。

到公社驻地后，张新喊上办公室的小夏，两人骑车去了颠池村。

浓雾开始成团成团地飘起来，像《聊斋》里的鬼影缠缠绕绕，如影随形。

两人骑到颠池村已是满身大汗。进村一打听，野物在这儿根本就没有一个姐姐家。

张新和小夏又去了大马张村。

浓雾东一头西一头地撞在他们身上，像在和他们挑战。张新和小夏的身上冒着热气，眉毛胡子上却挂着白花花的一层。

一天的时间，村民的反映上来了。野物经常宰猪杀羊，赶集卖肉。野物手头很宽裕，经常买这买那的。野物前段时间刚买了一辆崭新的自行车。野物家常来外村的人和他吃吃喝喝。

张新和小夏骑车往公社驻地赶。

浓雾渐渐散了，冬日的田野露出了原本的面目。一弯清月斜挂在东天上。

在大量的证据面前，野物不得不一一道出了自己的盗窃实情。

张新和小夏把野物供述的每一起案件都查实了。

刘桥公社六二年的盗窃案，竟全是野物一人所为。

# 春天的海洋

　　王海洋来出入境管理大队报到那天,一进门就和大队长王春海撞了个满怀。

　　当时,王大队正着急出门,王海洋则兴高采烈地进门。两股惯性使然,王海洋就像久别的孩子一样,下意识地扑进了母亲的怀抱。王春海一个愣怔,抬头看过去时,已是四目相对了。

　　四目相对的几秒钟里,王春海的目光由硬变软了。王春海习惯性地推了推鼻梁上的近视眼镜,咧开嘴,笑出了声,一双大手也热情地伸了过去。

　　让王春海的目光由硬变软的动力,最根本的还这是王海洋长得太帅气了。一米七八的个子,长方脸,一双剑眉,双眼皮下的大眼睛炯炯有神,透出善良和睿智。还有那句"对不起,领导,都是我莽撞,请原谅。"把愧疚通过磁性的男中音送出来,直接送进王春海的耳朵里,深深地打动了他。就在那一霎,王春海的心里动了一下,喜欢上了这个第一次见面的大小伙子。

　　出入境管理是公安局的窗口单位。说白了吧,窗口单位是一个公安局的门面,服务质量的高与低,民警服务态度的好与坏,直接影响着公安局的形象和声誉。

　　局里能把王海洋派到这儿来,定是做过一番考察的,说明他具备窗口工作的素质和形象。自王海洋进了出入境大队的门,王春海的脑海里就经常翻腾着,琢磨其中的原因。

通过一个多月的观察，王春海觉出了王海洋身上的活力和光亮。爱学习，勤思考，不但外语说得呱呱响，法律法条也用得滚瓜烂熟。于是，王春海的心里便有了几分自豪。强将手下无弱兵嘛，这是古话了。

进社区，走企业，访涉外人员，与旅行社沟通，出入境管理工作点多面广，不是一句"办证"能了得的。王春海每次外出走访时，总把王海洋带在身边。

"王春海洋"，不管是对企业老总还是对辖区群众，王春海第一次见面时，总是这样介绍自己和新搭档。

也许是这张名片太吸引人了，第一次见到王春海和王海洋的人都非常感兴趣地问东问西。

四个字？你是日本名啊？

原来是双名片啊，亏你想得出。妙。高。

这小伙子有潜力，不但态度谦虚，心思细密，这心眼儿呀好得没法说。

王春海推出的双名片很快让王海洋在社区里红火起来。王海洋就像得到水的鱼，一猛子扎进了辖区群众中。沉到水底的鱼，很快就摸清了水的深度和温度，还弄明白了水里面的鱼虫虾草。

两周后，王海洋再坐在王春海的对面时，对辖区出入境管理涉到的各项工作已说得头头是道了。

王春海听在耳里，喜在心头。手头上有分量的活儿再派出去时就有了方向和底气。

一日，一封寄自香港的信飞到了王春海的办公桌上。王大队打开信封一看，内容与王海洋有关。他还没来得及细看呢，大厅里迎来了办证高峰。王大队只好披挂上阵，做起了大厅的引导员。唉，人手少，没办法，总不能让群众等着吧。不能浪费群众一分一秒的时间，是王春海任大队长以来遵循的座右铭了。

待一天的工作结束，王春海才有时间看完这封落款是一位辖区群众的来信。王春海的心里更有底了，嘴角也悄悄向上吊了起来。

晚上的新闻联播刚刚结束，王海洋正在办公室里整理一天的工作档案。王春海默默走到他的身边，把信放在他面前，说："好样的，干得好，继续。"

王海洋立即站起身，满脸羞涩地说："大队长，我出身农家，本来就是个和群众有缘的人，来到这儿后，真怕辜负了你一片深情厚爱啊。"

"我还没对你做什么呢，别把我抬这么高吧。"

"大队长，你嘴上的双名片，比别人双手递给群众的普通名片厉害多了呢。"

"哈哈，春天的海洋，我这创意不错吧。"

"总有让我学不完的创意。"

"你小子悟性好，我不会看走眼的。"

"大队长，我会好好学习的。"

数年后，退休的王春海终于有时间出境走走了。在出入境办证大厅，他被大厅一隅整齐排列的一面面锦旗着实震住了。时任出入境管理大队长的王海洋热情地对身边的新同事介绍说，这位是"王春海洋"，我的老领导。

哦，你们就是有名的"王春海洋"组合啊。年轻的同事们羡慕地张大嘴巴说。

## 爱的细节

男人五十岁时，从警察岗位上退了下来。

虽说是内退，但和真正退下来没什么区别。不用再定闹钟，不用再穿警服，不用再按时上下班。总之，一个大男人从忙碌变成了轻松，倒也潇洒自在。这种状况是男人上班时憧憬过的。

"快退休吧，退了休就不用被这些烂事缠身了。"上班时，面对一个又一个纠纷，一次又一次上访，男人回家后，对自己的女人说。女人默默听着，并不说话，心里却在想着心事。

睡觉，上网打牌，骑自行车，散步，和三五好友聚个餐喝个小酒，当这些内容成为男人的主业时，细心的女人还是观察出了男人的心思。

男人开始一遍一遍讲儿时的趣事，少年的张狂，青春的拼搏。每当讲到接到警校的录取通知书时，总会详细地描述那天下着多大的雨，是如何推着自行车行走在黑漆漆的泥泞的乡间小路上，只为了回家报告考取警校的好消息。末了，男人说，那天差一点儿就累死，从此却是人生的一个大转折。

女人知道，男人在心里为自己的曾经骄傲和自豪。女人也明白，内退后的男人，空虚，寂寞。

女人有早起的习惯。早起后的女人喜欢读书。她从书橱里精心挑选了几本适合男人读的书籍，悄悄放在明显处。她想，男人感到无聊时，一定会看看这些书的。

离上班时间半小时,是女人出门去上班的时间。女人瞅一眼看似熟睡中的男人,悄悄拿起包,轻轻换好鞋子,一只手用劲向上提着门。门无声地打开了,女人轻手轻脚出门。锁门时却有些费劲,末了,还是咣的一声脆响,门才被锁上。女人下楼梯时边走边自责,是不是吵醒了他。唉,本想让他多睡会儿的,因为,他起了床也没什么事可做。

再去上班,女人仍是费很大的劲才锁上门,女人的心里一直在自责,这个门是怎么回事了,总是这么响。

其实,男人在女人出门前早就醒了。男人只是不愿起床。起了床,去干什么呢。男人很是困惑。所以男人就在床上躺着,直到躺够为止。

可是,躺在床上的男人还是听出了女人出门时的迟缓和用心。

这天,等女人上班后,男人一咕噜爬起来,穿好衣服,在门口反复试门锁的开关。巧手的男人左琢磨右捣鼓,门终于被修好了。男人轻手一试,门就牢牢地关上了,没有半点响声。男人微笑着,在室内散步。

男人看到了女人特意挑好的书。

男人明白了女人的心思。男人拿起书读时,觉得浑身都是劲。于是男人记住了书里的一个又一个故事。

一次,男人和女人被朋友请去做客。男人与这家的男主人侃侃而谈,引经据典的出处竟是女人挑选的那些书。

女人并不插话,在一旁默默听着。女人听着听着,心里乐开了花。这花一直开到女人的脸上。

女友看出了女人的变化,问她心里有什么秘密。

女人说,我终于明白了,俺家锁门时,那个门锁为何再也不响了。

女友感到莫名其妙,一头雾水。

女人对女友说,你不用明白,我明白就行。

次日,女人买了纸墨和毛笔,还买了一部价格不菲的照相机。

女人坐在桌前认真地写着。写完,就把照相机毛笔纸墨等在书房摆好，把刚刚写完的一页纸放到显眼处。

女人又去上班了。

下班回到家的女人见书房里摆满了男人写的大字。

周末，女人和男人去南部山区采风。

望着一处又一处的美景，男人架着相机对女人说："我的艺术细胞又让你给点燃了。"

男人拍照，女人配文字，琴瑟和鸣，令人羡慕。男人的照片越照越好，女人的诗歌散文也频频见诸报刊。

很长一段时间后，男人在书法及摄影领域崭露头角，并领回了一个又一个奖。

女人沉醉于文字的同时，也觉得自己的男人又活力四射，满脸阳光了。

男人深情地对女人说：有目标才会有动力，有计划才会有成绩。亲爱的，谢谢你，谢谢你的兰心慧智。

## 金桂飘香

　　晏虹刚刚在办公桌前坐定，一缕奇香让她不由自主地抬起了头。
　　"安大爷，是您老啊，快请进。"晏虹边和安大爷打招呼边起身走到大厅里。
　　"晏大队，我自家院子里有一棵金桂树，花正茂盛，就采了一把，特意送过来，表达我对你们的谢意啊！"安大爷郑重地把一束柠檬黄色的桂花递给了晏虹。
　　晏虹微笑着，嘴里说着谢谢，双手接过桂花。花水灵灵的，散发着沁人心脾的香气，整个出入境大厅很快被这种香填满。
　　民警小陈接了一杯热水，说："安大爷，您请坐，喝杯水吧。"
　　几天前的一幕又在晏虹的面前闪现。
　　那天下午，安大爷来出入境大厅办理赴台湾的签注手续。手续办完后，安大爷一直向微笑着的晏虹咨询了一大堆问题，末了才问："姑娘，这个签注明天就能办回来吧，我后天上午九点的火车票，去上海看儿子呢。"
　　"大爷，签注最快也得五个工作日办结，您这种情况，我们可以加急处理，但至少也得三个工作日啊，后天上午是赶不上的。"晏虹又给安大爷详细介绍了签注手续的制作过程，最后说："大爷，还是这样吧，您老把火车票改签一下，改到大后天，我这边麻利地给您办，然后再求助市局，争取三天办下来。证一出来，我第一时间通知您。您看如何？"

"好，我不知道签注这么麻烦，以为鼠标一点就完事呢。不好意思，给您添麻烦了。"

临出门时，安大爷犹豫了一下问："晏大队，如果从台湾来大陆这边旅游，手续也很麻烦吧。"

"不麻烦，若是住在家里，及时到公安机关登记临时住宿就行。"

"哦，明白了。"

晏虹送走安大爷，兀自笑着说："这老头，神神秘秘的。"

想到这儿，晏虹微笑着说："安大爷，太谢谢您了，那天的事是我们应该做的，这是我们的工作，您老太客气了。对了，您台湾之行挺愉快吧？"

安大爷却不自在起来，低了头，轻声说："还好。晏大队，我一个糟老头了，啥也不懂，你们不嫌弃我，还这么耐心地给我讲，帮我办，我心里实在感激啊。其实，我今天来还有一个事呢，你看着处置吧。"

安大爷向门外招了招手，晏虹这才明白，门外等着的一男一女两个年轻人，原来是和安大爷一起来的。

"这是我侄子和他的女朋友。好，你们自己和晏大队说吧。"

"晏大队好！我叫付香子，前天从台湾来的，住在男朋友的公司里，没及时到公安机关做临时住宿登记，您处罚我吧。"女孩子声音很低，却说得一口标准的普通话。

"晏大队，都怪我，前几天，我大爷专门来你们这儿咨询后，告诉过我的，可我没把它当回事，忘了让香子来登记，还是大爷再次问起，我才明白错了。您处罚我吧。"男孩子态度非常真诚。

"安大爷，原来是您老人家替我们做了宣传啊，太感谢了。虽说这次他们做得不对，可我们的宣传工作也不到位，就教育一下吧，下不为例。"

"我们记住了，以后绝不会再犯。"两个年轻人异口同声。

桂花的香气让晏虹下意识地吸了吸鼻子，她笑呵呵地说："安大爷，如果我没记错的话，金桂还有个名字叫仙友，是吗？"

"正是，她象征贞洁、友好、吉祥呢。姑娘，你是个爱学习的人。"

"'一枝淡贮书窗下,人与花心各自香。'安大爷,您的言行让我忽然联想到这句诗。仙友这个名字是不是很适合我和您呢?"

"对,适合。适合现在的我们,更适合将来的我们。"

# 热　线

## 一

　　冬天，太阳也像怕冷的老人，一擦黑就躲到了地平线下面。

　　严老太立在窗前，眼看着太阳一点一点沉下去，暮色渐渐漫上来。她瞅瞅墙上挂的钟表，才五点，还要半个小时，女儿才到下班的时间。

　　严老太在屋子里又转了五圈，停在那部白色电话机旁。

　　没有约定，也没有要求，女儿每天都会打一个电话回来，至少是一个，有时，还会打两个，或三个。女儿打来电话的时间一般是在五点半以后。严老太在听完女儿的电话后，总爱回忆刚刚打电话的情景，猜测女儿在几百里之外的那端说每句话的表情，进而想，这个时间，有可能是女儿一天相对轻松的时刻了。于是，严老太的心情也随之轻松起来。

　　老伴早在二十年前就被病魔吞噬了。严老太是和女儿相依为命挺过来的。多亏女儿争气，高考时报了警院，竟以全校第一名的成绩顺利成为警院的学生。毕业后，女儿被分配到离家三百多里地的一个县级公安局，做一名出入境民警。

　　五点四十分了，电话还没有响。若在平日，女儿的电话这时该讲完了啊，今天这是怎么回事？严老太的心揪了上来，双目紧蹙。再等会儿，说不定今天临时加班呢，这种情况以前又不是没有过。严老太在劝慰自己。其实，严老太早已把女儿的电话号码背得滚瓜烂熟，可是，她却很少给女儿打电话，她明白，女儿工作忙，她不能打扰她，让她分心。再等等，再等等。

## 二

晏虹送走大厅里的最后一名申请人，正在收拾办公桌上的材料，准备下班。

随着一阵冷风挤进门，一对中年夫妻出现在大厅里。细看，男的好像是一名盲人。

晏虹赶紧迎上去，热情地打招呼。

"您好，请问你们需要什么？"

"姑娘，我们两人是从距县城八十多里地的乡下赶过来的，准备办理去台湾的通行证呢。"中年男子的声音。

中年女子赶紧拿出包里的手续，递给晏虹。

"姑娘，耽误你下班了吧，我们两人一个是瞎子，一个是哑巴，你就帮帮我们吧。"中年男子谦卑地说。

"您就不用客气了，为每一位申请人提供令他们满意的服务是我们的职责。"

晏虹娴熟地为这对夫妻采指纹，现场拍照，刷卡收费，以最快的速度受理。

这对夫妻非常感动。

中年男子说："谢谢您这么热心，我们来趟县城不容易，如果办不了，今天就白跑了。真对不起，耽误您下班了。"

晏虹微笑着说："不用客气了。天这么黑了，你们怎么回去？"

"刚才来时，和最后一班客车说好了，在等我们。我们这就去车站。"

"车站离出入境大厅还有四里多路，天又这么晚了，他们走到那儿得花费很长时间。晏虹想到这儿，很自然地说，你们就上我的车吧，我正好路过车站呢，咱们顺路，我带你们一程，捎个脚。"

夫妻两个高兴地上了晏虹的私家车。车子出了公安局大门，向晏虹每天走的相反方向驶去。

晏虹回到家，抓紧做饭，忙家务，心里还牵挂着那对夫妻几点能到家。

## 三

晚上六点多了，严老太没等到女儿的电话。她拿起电话，拨通了那个心里最熟悉的号码。电话在几声振铃后，没人接。严老太自言自语地嘟囔着，坐在了电话机旁。她觉得，女儿会回电话的。

晚上九点多了，严老太的电话终于响了。正在洗脚的严老太顾不得把湿漉漉的脚擦干，赤脚朝电话机奔过来。突然，严老太脚下一滑，身子重重地向后倒去。

## 四

临上床休息时，晏虹才看到有妈妈打过来的未接电话。晏虹的心立时紧了起来。妈妈很少给自己打电话的，每天都是晏虹打给她。晏虹这才想起，今天因照顾那对中年夫妻忘了给妈妈打电话。

晏虹赶紧拨通了妈妈的电话。

电话的那端，妈妈平静地说，"虹儿，我一直担心你呢。是不是很忙呀？"

晏虹给妈妈汇报了一天的活动。

妈妈高兴地说："你做得对。不给妈妈打电话没关系的，要多做些这样的好事儿。"

## 五

春节快到了。周末,晏虹驱车回几百里路之外的家乡。等赶回家时,才知道妈妈因为着急接自己的电话摔了一脚。年近八十的老人,摔了这一脚,腰椎竟有两处骨折。

躺在床上的妈妈说:"虹儿,不用担心,我只是摔断了骨头,伤筋动骨怎么样也得一百天啊,你该上班还得上班,这儿有医生护士和亲朋好友照顾就行了,你工作忙,别耽误太多。你是个孝顺的女儿,最懂得妈妈的心。"

妈——,晏虹哽咽着,再说不出一句话。

## 无悔的选择

在这个数九寒天的冬日，在文明古城泰安，在巍巍泰山脚下，几位优秀的警员在瞬间毅然选择了不惜一切代价、打击违法犯罪，其中的四位用他们宝贵的生命谱写了一首大爱之歌。出租车上的黄丝带，商家门口显示屏上滚动着的"向最英勇的警察致敬"的字幕，英雄献身的地方悄然摆放的一朵朵菊花，从四面八方涌来的寄托哀思的人们，用无声的敬意述说着英雄的名字和事迹。

人的需要最重要的是安全，是依靠，是爱。面对穷凶极恶的歹徒，当人民群众的生命财产受到威胁时，警察的职责是义无反顾地冲上去，将犯罪嫌疑人制服，确保群众的安全。在罪恶的子弹射出的一刹那，作为警察，他们最懂得群众的需要是什么。那一刻，身为警察的他们没有了自己的生与死，苦与痛，在他们的眼里只有"抓住歹徒，不能让群众吃亏"这一个概念。于是，他们把自己交出，用"警察"这个无畏的字眼，用舍生忘死的实际行动，支撑起自己的高大形象，成为群众最坚强的依靠，用满腔的热血书写了他们心中的大爱。

人的生命只有一次，警察的生命也不例外。在一次次出征前，在追捕的间隙里，警察的领导曾一遍遍告诫他们，要细心，要小心，注意安全；在一个个不归夜，在一次次遇险时，警察的家人曾千叮咛、万呼唤，小心呀，早点回来……可是，在罪恶的子弹飞来时，他们的脑海里早就没有了小家里的甜甜蜜蜜，恩恩爱爱，他们的眼前只有群众的安危，他们的心中只剩下正义的呐喊。于是，他们披肝沥胆，冲锋在先，用自己的一腔赤诚，一脉鲜血书字了入警时的铮铮誓言，用自己的生命做出了一个无悔的选择。

处处有流血，时时有牺牲，是和平年代人民警察的真实写照。无数个警察，为了群众的安危，正值英年时就长眠于地下；千万个警察，为了人民的利益，在平凡的岗位上负伤"挂彩"。可他们，对于自己的付出与奉献从无怨言，永不言悔。因为他们知道，有得必有舍；因为他们明白，是人民养育了他们，他们一直怀有一颗感恩的心。在家与国之间，在群众的安危面前，在大局的取舍之间，在"两全"不能保的选择面前，舍了小家，舍了自我，是警察唯一的选择。

高尔基有句名言："给，永远比拿愉快。"人民警察只有在不断地为人民服务中，在不断地为群众的利益付出与奉献中，才会得到自我的升华，才会安心和愉快。

生命是宝贵的。警察常常在生与死的较量中考验着自己的丹心、智慧和能量。面对日益严峻的治安形势，警察在与违法犯罪嫌疑人斗智斗勇的同时，更应多一分警惕，多一分智慧，多一分自我保护的意识，少一分壮志未酬身先去的遗憾和惋惜。在人生的道路上，比的不是直行道上的速度，而是过"弯道"时的经验、技巧和耐力。同样，在从警路上，比的更是如何运用艺术、智慧的方法，解决面临的危险和问题。当然，在人民群众的生命和警察的生命面临残酷抉择的刹那间，作为一名人民警察只有一个选择，那就是用自己的生命去保护群众的生命。

逝者已去，英魂长存。"1.4"枪击案中的英雄们用自己的鲜血和生命践行了人民警察为人民的誓言。他们中的四个人倒下了，他们的精神将激励身后的战友，沿着英雄用鲜血染红的路，勇敢地走下去，用一颗赤胆忠心，保卫一方热土，用自己的奉献和付出维护一方人民的安宁。

心素如简，人淡如菊。人民警察在自己平凡的岗位上默默地为人民付出和奉献，他们知道这是自己的职责，他们明白必须这么做，只有这么做。泰安街头飘动的黄丝带，静卧一隅的菊花坛，在为我们的英雄述说！

　　为人民的利益而死重于泰山。巍巍泰山，滚滚松涛，印证了英雄们的无悔选择。